KB239679

양사(樣師) 新무협 판타지 소설
FANTASTIC ORIENTAL HEROES

金鯉
倒穿波

[완결]

금리도천파

4

잉어가 큰 파도를 넘듯
위기를 이용해 뜻을 이룬다

도서출판

청어람

序章

몸을 조금 움직였을 뿐인데 쑤시고 아팠다.

"윽……."

고통에 익숙하지 않은 나는 잠시 가만히 누워 있었다. 하지만 몽롱한 와중에도 언제까지 움직이지 않고 있을 수는 없다는 생각이 들었다.

다시 몸을 움직여 보려고 하자마자 고통이 밀려왔다. 정신을 좀 더 차린 만큼 고통은 더 심했다.

귓가로 비명이 들리는 것 같았지만, 정확히는 알아들을 수 없었다.

눈도 떠지지 않지만 뜨고 싶지도 않다.

눈을 뜨면 더 아플 것 같았다. 아픔이나 고통은 내게는 너무나 낯선 것이었다.

어릴 때부터 다른 평범한 아이들에게는 항상 따라다닌다는 자잘한 상처 한 번 난 적이 없었다. 감기 한번 걸리지 않았다.

내가 고통이라는 낯선 경험을 한 것은 겨우 몇 달 전이었다. 화살을 맞고 피를 보고 난 후에 몸을 후벼 파는 듯한 고통.

그때는 아파도 주변의 시선 때문에 그런 표현도 제대로 하지 못했다. 그래서 잘 몰랐는데, 아픔은 참 기분 더럽고 사람을 비참하게 만드는 것이라는 생각이 들었다.

'그러고 보니 아직 그때 그 화살을 날렸던 놈을 응징하지 않았군.'

그때는 눈앞에 있으면 씹어 먹고 싶었는데 하도 많은 일이 있어 복수를 잊고 있었다.

뒤끝이 있는 나였는데 그런 고통을 안겨준 자를 잊은 것을 보면 지난 몇 달간 어지간히도 바쁘게 살았나 보다.

아니, 좀 더 정확히 말하면 전쟁놀이에 너무 빠져 있었다고 해야 할까?

복수는 못하더라도 이번에 일어나면 언제든지 복수할 수 있게 행방을 파악해 놓아야겠다는 생각이 들었다.

생각 같아서는 더 누워 있고 싶었지만, 코끝을 간질이는 매캐한 냄새에 숨이 막혔다.

나는 천천히 몸을 일으켰다.

몸을 일으킨 다음에도 잠시 무언가에 취한 듯한 기분에 멍하게 있었다.

"하하하!"

나는 살아났다는 기쁨에 크게 웃었다.

웃을 때마다 온몸에서 고통이 밀려왔지만 살아난 기쁨을 참을 수 없었다.

지금까지 나는 내가 특별한 사람이라고 생각했다. 아등바등 사는 주위의 사람을 이해하지 못했다. 내가 보기에는 살아봐야 별 볼일 없는 사람들이 노력에 비해 성과도 없는 일에 매달리는 것을 이해할 수 없었다.

하지만 지금은 전보다 그들을 조금은 더 이해할 수 있을 것 같았다. 지금 나는 그냥 죽지 않으려고 발버둥 치다가 살아난 것을 기뻐하는 인간일 뿐이었다.

"이런 것을 보면 나도 평범한 다른 사람이나 다를 바가 없는 것인가?"

나도 죽기 싫어하는 보통 사람일 뿐이라는 것을 기뻐해야 하나?

어릴 때 형과 장에 갔다가 붉은 방을 읽은 이후 만나는 사람들은 내가 주변 사람들과 다르다는 사실을 항상 느끼게 해주었다.

그게 좋은 쪽이든 나쁜 쪽이든 말이다.

내가 최연소 진사나 최연소 대학사가 되겠다는 계획을 세우고 명성에 매달린 것은 그런 것들을 할 동안에는 주변 사람과 동질감을 느낄 수 있었기 때문이다.

시간이 지나면 바뀔지 모르지만… 지금은 굳이 남들이 보기에 대단한 목표가 아니더라도 세상에 홀로 떨어진 것 같은 기분을 느끼지 않을 수 있을 것 같았다.

다시 정신을 잃으며 나는 생각했다.

나는 혼자가 아니다, 적어도 죽음 앞에서는…….

第一章 난신적자(亂臣賊子)

나라를 어지럽히는 신하와 어버이를 헤치는 자식

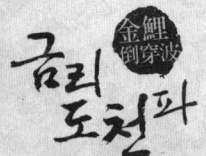

金鯉到穿波

금리
도전파

어느 정도 정신을 차린 나는 주위를 둘러보았다.

정신을 잃은 것은 분명히 숲 속이었는데 내가 깨어난 곳은 텅 빈 동굴이었다.

동굴 벽에 걸린 횃불을 통해 살펴보니, 꽤 큰 동굴이었지만 아무것도 없는 텅 빈 곳이었다.

내가 왜 동굴에서 깨어났는지 의아했다. 정신을 잃은 곳은 분명히 관도에서 벗어난 숲 속이었다.

정신을 잃기 전의 상황을 떠올려 보았다.

독으로 의심되는 연기를 마신 후 쓰러진 것이 기억하는 마지막이었다.

손을 머리 뒤로 넘겨 확인해 보니 넘어질 때 부딪친 뒤통수의 혹은 거의 사라져 있었다.

정신을 잃고 꽤 시간이 지난 것이다.

누군가가 나를 구해 숲 속에서 동굴로 옮겨놓은 것이다. 그리고 그 누군가는 나만큼이나 다른 사람에 대한 배려가 부족한 사람임이 틀림없었다.

사람을 구해놓고 아무렇게나 동굴에 눕혀놓다니…….

몸 이곳저곳이 쑤시는 이유 중에는 오랜 시간 딱딱한 동굴에 누워 있던 원인도 있음이 틀림없었다.

"허!

멀쩡한 사람도 누워 있으면 병이 생길 정도로 동굴 바닥은 딱딱했다.

나는 고통을 참으며 몸을 일으켜 동굴 한쪽에 있는 샘으로 걸어갔다.

샘 바로 옆에 있던 딱딱하게 굳은 육포가 천에 대충 싸여 있었다.

평소 육포를 좋아하지는 않았지만, 정신을 얼마나 오래 잃었었는지 지금은 돌이라도 씹어 먹을 정도로 배가 고팠다.

배가 어느 정도 차고 쓰러질 때의 일을 생각하고 있을 때 뒤에서 인기척이 들렸다. 뒤돌아보니 동굴 안쪽에서 한 사람이 걸어나오고 있었다. 그 사람은 뜻밖에도 녹 할아버지였다.

"사조님!"

"깨어났구나!"

"어떻게 된 일입니까? 저를 구한 것이 사조님이십니까?"

숲에서 정신을 잃고 쓰러진 것이 내 마지막 기억이다. 그것도 내가 쓰러진 곳은 관도에서 벗어난 숲 속이었다.

그대로 쓰러져 있었다면 자칫 산짐승에 목숨을 잃거나 운이 좋았다고 해도 당촌 사람들에게 발견되어 지금은 험한 꼴을 당했을 것이다.

그런 내가 깨어난 곳이 동굴이라면 누군가 나를 발견해 구했다는 의미다.

그리고 그 가능성이 큰 사람은 바로 눈앞에 있는 녹 할아버지였다.

"근처 숲에 쓰러져 있던 것을 내가 발견해 데려왔다. 아흐레 동안 정신을 잃고 지금 겨우 깨어난 것이다."

나는 녹 할아버지의 말에서 이상한 점을 발견했다.

숲 속에 쓰러진 나를 우연히 발견했다는 것은 어떻게 이해한다고 해도 얼마 떨어지지 않은 수채가 아닌 동굴로 나를 데려온 이유를 이해하기 어려웠다.

잠시라면 이해하지만 구 일이나 지났다고 하지 않은가?

"저를 어떻게……. 아니, 그보다 왜 이런 동굴로……."

"칠칠치 못한 것! 겨우 당가의 놈들에게 백부에 이어 조카까지 당하다니……."

내가 상대한 것은 겨우 당가의 놈들이라고 할 수 있는 자가 아니었다. 처음부터 내가 상대하기 벅찼고, 목숨을 잃을 수도 있는 상황이었다.

"쓰러진 것은 적이었습니다. 그렇지만 상대가 방심하지 않았다면 쓰러진 것은 저였겠지요. 제가 처음으로 본 초절정고수였습니다."

적이 직전에 상대한 자와 같은 권법을 사용해 눈에 익지 않았더라면 적이 방심했든 하지 않았든 쓰러진 것은 다름 아닌 나였을 것이다.

"흥! 그까짓 놈이 초절정고수는 무슨……."

녹 할아버지는 뭐가 불만인지 말에 가시가 있었다.

"하여간 요즘은 무슨 개나 소나 초절정고수니 절정고수니 하니…… 네가 글줄이나 읽었다니 물어보겠다. 절정이라면 자신이 가진 무공의 끝을 봤다는 말인데, 정말 네가 상대한 자가 무공의 끝을 본 자라고 생각하느냐?"

"그야……."

"됐다! 무공의 끝은 무슨……. 멍청이처럼 권법을 기계적으로 펼치다가 당한 놈이 무슨 초절정이냐! 그냥 이류나 일류에 발만 걸쳐 놓은 것이지."

"그걸 어떻게……."

나는 녹 할아버지가 당백기와 내 대결 상황을 정확히 이야기하는 것에 깜짝 놀랐다.

"그건 나중에 말해줄 테니 됐고……. 그래, 상태는 괜찮으냐?"

"몸 구석구석이 쑤시기는 하지만 큰 상처는 없는 것 같습니다."

"쯧쯧!"

녹 할아버지는 혀를 차더니 나를 한심한 눈으로 바라보았다.

"왜 그러십니까? 제 몸에 큰 이상이라도……?"

"이놈아! 언제야 네가 예전처럼 백면서생이 아니라는 현실에 적응할 것이냐! 죽을 뻔하고도 정신을 못 차리는 것이냐!"

"……."

"무공을 익힌 사람에게 겉으로 드러난 피륙의 외상보다 내상이 더 위험하다는 것을 모르느냐! 어서 운기조식을 하지 않고 뭐 하느냐!"

나는 녹 할아버지의 호통에 급히 운기조식을 취했다. 운기조식이라고 해봐야 내가 아는 심법 비슷한 것은 현천심법이 유일했다.

운기조식을 하면서 살펴보니 이전과는 많이 달랐다. 무엇보다 상단전의 선천지기가 많이 늘어나 있었다.

그것도 한두 배가 아니라 수십 배나 차이가 났다. 그리고 합자결을 사용할 때처럼 선천지기는 안정되지 못하고 불안정했다.

감당하기 어려운 양의 선천지기가 불안정하기까지 하니

현천심법을 운기조식하는 내내 몸이 폭발할 것 같아 불안
했다.

아니, 녹 할아버지가 백회혈을 통해 진기를 안정시키는 데
도움을 주지 않았더라면 언젠가 본 폭자결의 흔적이 바로 동
굴에 그대로 재현될 수도 있었을 것이다.

물론 그 폭발 중심에 있는 것은 내 피와 뼈일 것이다.

겨우 운기조식을 마친 나는 눈을 뜨자마자 녹 할아버지를
바라보았다.

"어떻게 된 일입니까?"

죽을 고비를 넘겼다고 선천지기가 늘어난 것은 말이 되지
않는다.

"어떻게 된 일은 무슨……. 만년화리의 내단을 먹이고 내
가 현천심법으로 유도해 준 것이지!"

"영약을 통해 현천심법의 경지를 높이는 것은 위험하다고
말씀하시지 않았습니까? 부작용이 있다고요."

"너를 살리려면 그 방법밖에 없었다."

"저를 살리다니요?"

"기억하지 못하는 것이냐? 너는 독에 중독되었었다."

"독이요?"

"당문의 팔대극독 중 하나인 칠보단혼산(七步斷魂散)에 중
독되었었다. 아마 당백기와 싸울 때 조금 들이마신 것 같더구
나."

녹 할아버지의 말을 듣고서야 당백기의 몸에서 피어나던 연기가 생각났다.

그렇지만 조금은 이해가 가지 않았다.

큰아버지의 죽음에 당가가 연관됐다는 사실을 듣고 당가에 대해 알아보았다.

그중에는 당연히 당가의 대표적인 독 중 하나인 칠보단혼산도 있었다.

칠보단혼산은 말 그대로 일곱 걸음을 걷기 전에 중독되어 죽는다는 극독이었다.

그 말은, 즉 적어도 독에 중독된 것을 알고 일곱 걸음을 걸을 정도의 시간이 있다는 말이다.

"정말 제가 중독된 것이 칠보단혼산입니까? 저는 잠시 연기를 맡았을 뿐입니다. 또 어지러운 것을 느끼자마자 바로 쓰러졌습니다. 제가 아는 칠보단혼산의 중독 현상과는 다른데요?"

"그건 아마 네가 당백기와 싸울 때 구자결 중에서 합자결을 운기하고 있었기 때문일 것이다. 당백기가 이류에서 일류 사이라도 너에게는 벅찼을 테니 뭐, 그 수밖에 없었겠지."

"합자결과 중독이 무슨 관련이……?"

"네 백부의 일을 알고도 미리 말해주지 않아 미안하지만, 일반적으로 현천심법을 익힌 사람에게 독은 치명적이다."

"독이 치명적이라고요?"

"그렇다. 사실 당가나 오독문 같은 독으로 이름이 알려진 문파가 사용하는 독은 일반인보다는 무인에게 더 치명적이다."

"내공을 익히면 독에 대한 저항력이 높아지는 것 아닙니까?"

"그거야 내공이 정말로 강할 때 이야기지! 혹시 산공독이라고 들어봤느냐?"

"내공을 사용할 수 없게 만드는 독 아닙니까?"

"당가가 자랑하는 독들은 중독된 사람의 내공을 이용해 퍼지기 때문에 내공을 가진 사람에게 더 효과가 뛰어나지. 그런데 현천심법은 물론 그것과는 다르지만 더 위험할 수 있다. 그건 바로 현천심법은 주위의 기를 인위적으로 흡수해 선천지기를 키우기 때문이지."

"그건 알고 있습니다."

"독이나 약이나 어차피 자연의 선천지기가 모여 만들어진 것! 영약이나 영물을 먹었을 때 현천심법을 통해 흡수하면 두 배의 효과를 볼 수 있는 것처럼 독도 두 배 빨리 중독된다는 말이지."

"예?"

"한마디로 보통 사람은 배탈이 날 수 있는 약한 독도 현천심법을 익힌 사람에게는 위험할 수 있지. 네 전에 너처럼 편법으로 합자결은 계속 운기하는 자가 없어서 알려지지 않았지만 너 같은 경우 이번처럼 독에 아주 조금 노출된 것만으로도 목숨이 위험할 수 있다는 것이지."

"뭐… 그런 경우가……."

"무공이 뛰어났던 네 양부가 사천당문의 독에 속수무책으로 당했다면 바로 너와 같은 이유일 것이다. 그렇지 않았다면 네 백부가 그렇게 허무하게 당할 리가 없지."

"허……."

한마디로 어이가 없었다.

이건 단순히 사천당문을 조심해서 끝날 문제가 아니었다.

독!

단지 연기에 잠시 접촉했을 뿐인데 생각할 겨를도 없이 쓰러졌다.

큰아버지의 죽음과 당가가 관련됐다는 것을 알고 난 후 당가에 대해 여러 경로를 통해 알아보았다. 그러면서 처음 들은 것이 당가의 독과 암기였다.

그렇지만 그때는 별로 심각하게 생각하지 않았다.

당가의 독이 정말로 그렇게 무섭다면 황실에서도 사용됐을 것이라는 게 내 생각이었다.

권력은 부자간에도 나눌 수 없다. 황실과 조정에서는 권력을 위해 형제간에는 물론 부자간에도 암투가 벌어졌다.

권력자들이 가장 조심하는 것이지만, 정적 암살에 가장 많이 이용되는 것도 역시 독이다.

갑자기 돌연사한 것으로 알려진 황제나 권력자의 죽음이 실제로는 중독사인 경우는 흔했다.

그럼에도 독살당했다는 사실이 많이 알려지지 않는 이유는 당한 쪽이나 한 쪽 모두 그 사실을 숨기기 때문이다.

그렇지만, 당가의 독이 황실 암투에서 사용됐다는 말을 나는 들어보지 못했다.

그래서 당가의 독에 대해 별로 심각하게 생각하지 않았다.

그런데 당가의 독이 내공을 가진 사람에게 더 위험하다면 사정을 이해할 수 있었다. 황실이나 관리가 무공을 익혔을 리 없으니 당가의 독이 사용되지 않는 것도 당연했다.

문제는, 황제는 당가의 독을 두려워할 필요가 없을지 모르지만 나는 그렇지 않다는 것이다.

백부가 당가의 독에 목숨을 잃었고 나도 당가의 고수와 직접 충돌하고 독에 죽을 뻔한 것이다.

이런 내 생각을 눈치챘는지 녹 할아버지가 다시 입을 열었다.

"예전의 너처럼 합자결을 사용해 편법으로 적을 상대하는 상태에서는 삼류에게나 위협이 될 독에도 목숨이 위험하다는 것이 이번에 밝혀진 사실이지."

녹 할아버지의 말을 듣던 나는 한 가지 의문이 생겼다.

"현천심법이 주변의 기를 선천지기로 바꾸는 것 아닙니까?"

"그건 그렇지."

"제가 알기에는 같은 것이라도 독이냐 보약이냐를 결정하는 것은 받아들이는 사람에 따라 다르다고 알고 있습니다. 그리고 현천심법에서는 독이라고 해도 그 본질은 천지의 선천지기가 응축되어 있는 것이라는 점은 영약과 같은 것이라고 말하고 있지요."

"그런데?"

"그런 이치대로라면 독도 현천심법을 통해 선천지기로 바뀌어야 하는 것 아닙니까? 현천심법을 익혔다고 해서 독에 더 위험하다는 것을 저는 이해하기 어렵군요."

"뭐, 네 말이 틀리지는 않지만 네 백부처럼 현천심법을 십성에 이르지 못한 상태에서는 독을 조심해야 한다. 현천심법을 통해 자신의 선천지기로 바꿀 수 있기 전에 독이 몸에 퍼져 죽을 수 있다는 말이다. 현천심법의 특성상 몸에 퍼지는 속도가 더 빠르니 나 정도는 되어야 독이 곧 보약이 된다고 할 수 있지."

말이 십성이지 현천심법의 십성 경지는 그야말로 등선을 코앞에 둔, 인간이라고 할 수 없는 경지였다.

녹 할아버지가 현천심법을 십성 이상 익혔다는 것은 놀라웠지만 내가 살아생전에 십성 이상 익히는 것은 거의 불가능에 가까웠다.

'제길…… 아주 돌아버리겠군.'

내가 속으로 욕을 하고 있을 때 녹 할아버지의 말이 이어졌다.

"하지만! 너는 앞으로 독에 대해 크게 걱정할 필요 없으니 안심하거라!"

"독을 걱정할 필요가 없다니요?"

뜻밖의 말에 나는 되물었다.

"아까 말하지 않았느냐! 독에 중독되어 만년화리의 내단을 먹었다고. 만년화리의 내단이 가진 성질은 바로 '화화'. 독을 이기는 데 가장 효과적인 성질이지. 네 백부가 먹은 만년금구는 '물'의 성질을 가지고 있었지. 덕분에 네 백부가 수공에 관한 한 무림에서 손꼽힐 수 있었지만, 보통 사람보다도 중독이 쉽게 되는 체질이었지. 그에 비해 만년화리의 내단은 만년금구의 내단과 늘어나는 선천지기의 양은 비슷하지만, 독이나 독공에 대한 효과는 천지차이라고 할 수 있지. 더구나……."

말을 중단한 녹 할아버지는 의미심장한 미소를 지어 보였다.

나는 그 미소에 더욱 불안해졌다.

만년화리의 내단을 얻은 지 수개월이 지났다.

내가 그동안 만년화리의 내단을 먹고 싶은 유혹을 얼마나 많이 받았나?

처음 만년화리의 내단을 받고 복용했다면 합자결을 사용

해 편법으로 무공을 사용할 필요가 없었을 것이다.

합자결을 사용하는 것은 보통 사람은 견디지 못할 정도로 정신적으로 항상 피로를 느끼는 일이었다. 그럼에도 내가 지금까지 만년화리의 내단을 먹지 않은 것은 처음 받았을 때 느껴졌던 뭔가 꺼림칙한 예감 때문이었다.

만년화리의 내단을 복용하는 것은 건너서는 안 될 강을 건너는 것이라는 예감이었다. 그리고 그 예감은 바로 녹 할아버지에게 현천심법의 부작용을 전해 듣고 사실로 드러났다.

만년화리의 내단을 먹은 것만도 불안한데 녹 할아버지의 표정으로 보아서는 그 이상의 뭔가가 더 있는 것 같았다.

"만년화리의 내단 말고 다른 것이 더 있다는 말씀이십니까?"

"다시 한 번 자세히 선천지기를 살펴보거라. 네가 기존에 가지고 있던 선천지기와 만년화리를 복용해 생긴 선천지기 외에 다른 것이 있을 테니."

나는 녹 할아버지의 지시대로 즉시 몸 안에 흐르는 선천지기를 살펴보았다.

서 있는 상태에서 현천심법을 운기하는 것은 그동안 편법으로 합자결을 운기해 온 경험이 있어 별다른 어려움이 없었다. 더구나 조금 전과는 달리 늘어난 선천지기에도 어느 정도는 적응할 수 있었다.

그리고 곧 녹 할아버지가 이야기했던 제삼의 선천지기를

발견할 수 있었다.

그것은 만년화리로 만들어진 선천지기가 두려운 듯 내가 가지고 있던 선천지기를 방패 삼아 조심스럽게 움직이고 있었다.

운기를 마치자마자 녹 할아버지가 말했다.

"지금은 어렵겠지만, 너라면 따로따로 움직이는 선천지기를 하나로 합칠 수 있을 것이니 너무 걱정할 필요 없다. 현천심법이 원래 그런 목적으로 만들어진 것이니……."

"몸속에 흐르는 이 기운은 뭡니까? 너무 불안정한데요?"

"만년화리의 내단을 통해 급한 불은 껐지만, 그것만으로는 당가의 독에 대한 근본적인 해결책은 될 수 없다."

"그렇습니까?"

"그건 당가의 독 중에는 절정고수를 상대하기 위해 만들어진 것도 있기 때문이지."

"하긴 그도 그렇겠군요. 당가의 독이 절정고수에게는 통하지 않는다면 지금까지 살아남을 수 없었겠지요."

일반적인 가문이나 문파라면 녹 할아버지가 말하는 수준의 진짜 절정고수를 생각할 필요가 없을 것이다.

무공의 끝을 보았다는 의미의 절정고수는 소수일 수밖에 없었고, 넓은 천하에서 만날 가능성도 적을 것이다.

옛말에 용과 호랑이가 싸운다는 용호상박(龍虎相搏)이나 용과 범처럼 세차게 물리치고 친다는 용양호박(龍攘虎搏)이라는 말이 있는 것처럼 당가와 싸울 수 있는 상대는 비슷한 위치에 있는 문파나 고수일 것이다.

그리고 당가는 무림에서도 열 손가락 안에 드는 문파 중 하나였다.

결국 당가에 위협이 될 사람은 열 손가락 안에 드는 문파의 고수거나 무림에서 거대 문파에 버금가는 존재인 절정고수뿐이라는 말이었다.

쉽게 사용할 수 없겠지만, 절정고수를 상대할 수 있는 독이 없다면 천하제일가로도 불리는 당가는 존재할 수 없을 것이다.

"우선 내가 네 몸에 들어간 칠보단혼산을 선천지기로 바꾸어놓았다. 칠보단혼산의 기운을 네 선천지기로 흡수하면서 독에 대한 대비책을 마련할 수 있을 것이다. 물론 아직 불안정하니 앞으로 조심해야 하겠지만 말이다."

나는 녹 할아버지의 말이 언뜻 이해가 가지 않았다.

절정고수는 고사하고 겨우 일류에 발을 들여놓았다는 당백기를 상대하는 데도 목숨을 잃을 뻔한 것이 나다.

어쩌다가 당가의 고수를 만나기는 했지만 당가는 사천에 있었다.

그에 비해 몸 안에 칠보단혼산이 변형된 선천지기는 언제 폭발할지 모르는 폭탄이었다. 자칫 실수했다가는 독에 중독될 위험이 항상 있었다.

"굳이 그럴 필요까지 있겠습니까? 당가의 인물을 언제 다시 마주칠 줄 알고…… 이미 만년화리가 없는 마당에 굳이 그런 모험을 할 필요는……."

"속 편한 소리를 하는구나!"

"속 편한 소리라니요?"

"이번에는 운 좋게 당백기를 이겼지만 그게 언제까지 가겠느냐! 이미 당가에서 무호채를 의심하는 상황이니 언젠가는 사람을 또 보낼 것이다."

"무호채를 의심하다니요?"

녹 할아버지는 내 질문에 대답하지 않고 자신의 말만 이어 갔다.

"다음에 오는 자는 당백기보다 더 강할 테지. 더구나 당가 놈들이 강호의 이목을 생각해 독을 사용하는 데 조심스럽기는 하지만 독이나 암기를 사용할 때는 거침없이 사용하는 자들이기도 하다."

나는 이번에는 좀 더 직접적으로 물었다.

"만년화리가 영약이기는 하지만 몇 달이 지난 지금까지 미련을 가지는 것은 좀 이해가 가지 않습니다. 보통이라면 진작에 만년화리가 사라졌다는 것을 알고 포기할 때가 된 것 아닙니까? 더구나 무호채가 만만한 곳도 아닌데 당가가 미련을 가진다는 것은 이상한 일이네요."

"네 말대로 만년화리 때문이라면 진작에 포기했겠지. 내가 알아본 바로는 당가가 무호채를 감시하는 것은 만년화리 때문이 아니다."

"만년화리 때문이 아니라고요?"

"그래. 만년화리는 네 백부가 자신을 감시하던 당가의 인물을 추격하다가 우연히 얻은 물건이다. 정확하지는 않지만 당가는 만년화리에 대해서는 전혀 모르는 눈치였다. 당가의 진짜 목적은 장강십팔채 사이에 흐르는 암류를 조사하는 것이다. 그리고 그 배후에 무호채가 있다고 의심하고 있지."

"당가가 무슨 이유로 장강십팔채의 암류를 조사한다는 말입니까?"

"그거야 장강십팔채와 당가가 아주 남이 아니기 때문이지."

"장강십팔채와 당가가 무슨 특별한 관계라도 된다는 말씀이십니까?"

"장강십팔채 중 두 곳이 사천에 있다는 사실을 알고 있을 텐데?"

"그렇기는 합니다만……."

"설마 당가처럼 이익에 민감한 놈들이 바로 자신의 터전인 사천에 있는 장강십팔채를 그냥 놔둘 것으로 생각하느냐?"

녹 할아버지의 말을 들으면서 나는 지금 장강십팔채가 각각 장강 본류와 포양호, 그리고 동정호로 나뉘어 싸우고 있다는 것을 떠올렸다.

장강십팔채 중 그 다툼에 끼지 않은 수채는 무호채와 사천의 두 개 수채뿐이었다.

"그 말씀은 사천에 있는 장강십팔채가 당가와 무슨 관련이라도 있다는 말씀이십니까?"

"사천당가가 구대문파 중에서도 만만치 않은 아미와 청성을 누르고 사천의 패자가 된 데에는 사천의 물길을 장악했기 때문이다. 사천당가의 주 수입원이 약초 거래라고 알려져 있지만 실제로는 사천의 암염을 장강을 통해 파는 것이지. 당가를 대신해 그 밀거래를 하는 것이 바로 사천의 두 수채다."

"그렇다면야 당가가 장강십팔채를 조사하는 것이 이해가 지만 무호채가 암류의 배후라는 것은 무슨 말입니까? 무호채는 제 지시로 장강십팔채 사이의 다툼에서 한발 물러나 있는 상태인데요."

나는 큰아버지의 의제라는 한구채주 유창진의 요구를 분명히 거절했다.

"무호채는 다른 장강십팔채 사이의 다툼에 끼지는 않았다 지만 장강 하류의 군소 수채와 석태채를 공격한 것은 마찬가지지."

녹 할아버지의 말대로 무호채를 이끌고 내가 한 행동도 외부인이 보기에는 비슷하게 보일 수도 있었다.

"그렇기는 합니다만 당가가 굳이 무호채를 조사한다는 것은 이해가 가지 않는데요? 사조님의 말씀대로라면 당가는 장강십팔채에 대해 꽤 많은 정보를 알고 있다는 것 아닙니까? 그런데 아직 무호채를 의심해 조사한다는 것은 좀……."

"그건 네 백부가 장강평의회를 통해 장강십팔채를 실제로 이끌고 있었기 때문이지."

"이미 백부가 죽었다는 것은 아는 사람은 다 아는데 아직 조사한다는 말입니까?"

"당가는 네 백부가 가짜로 죽은 척했다고 의심하고 있다."

"가짜로 죽은 척한다고요? 뭘 위해 그렇게까지 한다는 말씀입니까?"

"혹시 이런 의심 해본 적 없느냐?"

녹 할아버지는 이번에도 대답 대신 오히려 나에게 질문을 던졌다.

"내 백부가 십 년 전 장강십팔채를 장악하고도 장강총표파자가 되지 않은 이유가 뭔지? 그리고 지난 십 년간 무호채가 외부 활동을 하지 않고 훈련만 한 이유가 뭔지 말이다."

왜 그런 의심을 하지 않았겠는가?

채주가 되고 난 후에 처음으로 이해할 수 없었던 것이 내 생각과는 너무나 다른 무호채의 분위기였다.

"그런 의심을 품은 것은 사실이지만, 일을 주도한 백부는 이미 죽고 보공석이나 묘해조에게 물어봐도 자신들은 모른다는 대답뿐이었습니다. 그래서 지금까지는 무호채를 정식으로 문파로 만들려고 했다고 생각하고 있었습니다. 거기에 무슨 이유라도 있다는 말씀이십니까?"

"있지! 그것도 엄청난 이유가……."

녹 할아버지는 마치 누가 들을까 두렵다는 듯 손으로 입을 가리며 말했다. 그런 심각한 모습과는 대조적으로 한쪽 눈을 감아 보이는 것이나 표정에서는 장난기가 가득했다.

녹 할아버지의 모습이 실없는 농담을 할 때와 비슷하다 보니 나는 별다른 기대 없이 무성의하게 물었다.

"그래, 그 엄청나다는 이유가 도대체 뭡니까? 전에 말씀하신 여의주라도 찾으려고 무호채를 정예로 키웠다는 것입니까?"

"차라리 그랬다면 나았겠지. 당가에서는 내년 봄이 지나기 전에 장강 일대에서 대규모의 농민 반란이 일어날 것으로 예상하더군."

나는 녹 할아버지의 말에 깜짝 놀랐다.

강남에서 농민 반란이 일어나리라는 말은 새로운 것이 아니었다.

올해 붕어한 선대 황제가 복위한 이후 환관과 간신들의 수탈은 유례없이 심했다. 환관의 도움으로 복위한 황제는 이런 수탈을 막을 힘도 의지도 없었다.

이런 수탈은 주로 강남지방, 그중에서도 호광성에 집중되었다. 수탈이 주로 과거 형주라고 불렸던 호광성에 집중된 것은 어찌 보면 당연한 일이었다.

강절지방은 명의 건국 이래 곡물 생산량에 붙는 세금이 다른 지방에 비해 두 배였기 때문에 수탈할 수 있는 여유가 적은 편이었다.

여기에 지난 수십 년간 호광성은 과거 곡창지대라고 불렸던 강절지방, 지금은 남직례성과 절강성의 곡물 생산량을 앞질렀다.

그렇게 곡물 생산량이 늘어난 것에 비해 기존의 강절지방보다 조정에서 자신들의 이익을 대변할 관리의 수는 매우 적었다.

성시나 전시의 과거 합격자 수가 강절지방에 비해 매우 적었기 때문이다.

그렇다고 남직례성이나 절강성, 그리고 강서성에서 수탈이 없는 것은 아니었다.

강남지방 전체에 유민이 점차 늘어나고 있었다. 그리고 유민의 발생은 농민 반란의 가능성을 높인다.

물론 반란이 일어날 가능성이 크다고 꼭 반란이 일어나는 것은 아니다. 농민 출신인 유민들은 특별한 계기가 없는 한 참을 수 없는 경우에도 참는 것이 보통이었다.

내가 놀란 이유는 당가에서 내년 봄에 농민 반란을 예상할 정도로 조직적인 움직임이 있다는 것이다.

"농민 반란이요? 정말입니까?"

"요즘 내가 호광성과 강서성 일대를 살펴본 결론은 농민 반란이 일어나는 것은 피할 수 없다는 거다."

호광성과 강서성을 살펴봤다는 이야기에 녹 할아버지가 자주 사라졌던 이유를 알았다.

약간은 의외였다.

"사조님께서 농민 반란에 관심이 있는 줄은 몰랐군요. 그런 일에는 신경을 쓸 분이 아니라고 생각했는데요."

"반란이 일어나든 나라가 망하든 나와는 상관없는 일이지. 하지만 그 반란을 꾸미는 것이 스승님의 이름을 딴 수룡회라면 이야기가 달라지지."

"수룡회라면 유창진 채주가……."

"당가가 조사한 것도 그렇고 내가 알아본 것도 그렇고, 요즘 장강십팔채 사이의 싸움은 반란을 일으키기 위해 혼란을 조장하는 것일 가능성이 크지."

"수룡회라……."

수룡회가 정말로 반란의 배후라면 당가가 무호채를 감시하는 이유도 짐작이 갔다. 지금이야 수룡회를 장악하고 있는 것이 한구채 채주 유창진이지만 수룡회를 만든 것도, 얼마 전까지 이끈 이도 돌아가신 큰아버지였다.

"반란이 계획된 것이 어제오늘의 일이 아니라 적어도 십년 전 큰아버지가 장강십팔채를 뒤집었을 때부터라는 의미군요. 그 중심에 있던 것이 바로 큰아버지고요."

"이미 죽어서 물어볼 수는 없지만 그렇다고 봐야지. 그놈이 찾으라는 여의주를 안 찾고 괜한 짓을 한 것이지. 제 딴에는 스승님의 한을 풀어드리려고 한 모양인데…….”

녹 할아버지의 푸념을 들으며 나는 순간 머리가 멍해져 아무 생각도 나지 않았다.

양부가 수채의 채주라는 것도 감당하기 어려운데 이제는 아예 반란의 수괴일 가능성이 큰 것이다.

사실이 밝혀지니 지금까지 양부의 정체를 숨기려고 노력한 것이 더 헛짓으로 느껴졌다. 반란은 구족이 참하는 것이 일반적이니 백부나 양부나 죽는 것은 마찬가지였다.

“백부님이 돌아가신 것을 오히려 다행으로 생각해야겠네요. 살아 계셨다면 영문도 모르고 반란 수괴의 일족으로 몰려 죽을 뻔했네요.”

“왜, 당가 놈들에게 고맙다고 인사라도 할 생각이냐!”

“그건 아닙니다만 가능성도 없는 반란에 휘말려 영문도 모르고 죽고 싶지는 않으니까요.”

“반란이 성공했을 수도 있다는 생각은 안 하느냐? 성공했다면 너는 황족이 되는 것 아니냐! 네 큰아비가 살아 황제가 됐다면 네가 황태자가 되고 다음 대 황제가 될 수도 있었을 텐데.”

“그러기에는 반란이 성공할 가능성이 없으니까요.”

“왜, 너도 천기라도 읽는 것이냐?”

“그건 아닙니다만 천기를 읽지 못하더라도 명나라가 망하기에는 이르다는 정도는 알 수 있으니까요. 아마 제가 사조님 나이가 되어야 어느 정도 가능성이 있을까? 그전에는 나라가 좀 흔들리기는 하겠지만 망하지는 않을 것입니다."

"흠! 어떤 늙은이랑 비슷한 말을 하는군. 물론 그 늙은이는 천기를 읽은 것이지만 말이다."

녹 할아버지가 말한 천기를 읽는다는 사람이 궁금했다. 하지만 누군지 묻지는 않았다.

알아봐야 복잡해지기만 할 것 같은 예감 때문이었다.

"하여간 당가의 문제는 시간이 가면 해결될 것으로 생각합니다. 큰아버지가 돌아가신 이상 무호채는 이번에 일어날 반란과 관련이 없으니까요."

"정말 그렇다고 생각하느냐?"

"무호채의 채주인 제가 반란에 관여할 생각이 없는데 뭔 문제가 생기겠습니까! 큰아버지께는 죄송하지만 무호채를 반란에 관여시킬 생각은 없습니다. 무호채를 합법적인 상단이나 문파로 바꾸고 저는 손을 뗄 것입니다."

"네 생각이 그렇다면야 말릴 생각은 없지만, 그러려면 무호채 내부 단속부터 해야 할 거다."

"내부 단속이라니요?"

"설마 너는 무호채에서 네 백부 혼자 반란에 관여했다고 생각하는 것은 아니겠지? 일의 성격상 수채의 대부분은 반란에 대해 모르겠지만, 수뇌부 중에는 네 큰아비와 함께 반란에 관여한 자가 있을 것이다."

그렇다!

반란이라는 것이 아무리 비밀리에 행해지는 것이라고는 하지만 무호채에도 큰아버지와 함께 반란에 참여한 자가 있을 것이다.

"당가가 무호채를 감시하기 시작한 것도, 네 백부가 죽은 다음인 지난 몇 달 사이에도 무호채와 수룡회 사이에 연락이 있었기 때문이라더구나. 이번에 네가 당백기를 만난 것도 누군가 네가 수행원을 거의 거느리지 않고 무호채를 빠져나갔다는 정보를 전했기 때문이고."

나는 내가 죽을 뻔한 것이 우연이 아니라는 점에 많이 놀랐다. 하지만, 그보다 내 신경을 건드린 것은 녹 할아버지의 이야기를 들으면서 반복되는 한 가지 사실이었다.

녹 할아버지가 지나치게 당가에 대해 많이 알고 있다는 것이다. 녹 할아버지가 당가의 일에 대해 이야기할 때는 짐작이 아니라 누군가에게 확실히 들었다는 듯한 말투였다.

나는 궁금한 점을 바로 물었다.

"아까부터 당가를 계속해서 이야기하시는데 그게 확실한 것입니까?"

"지금 내 말을 의심하는 것이냐?"

녹 할아버지가 노려보았다. 순간 나는 한 발 뒤로 물러섰다.

단지 분위기나 기분만이 아니었다.

녹 할아버지를 중심으로 동굴 안 기의 흐름이 세차게 움직이는 것이 눈에 들어왔다.

나로서도 처음 보는 모습이었다.

외부의 기를 선천지기로 변화시키는 현천심법을 익힌 덕분에 전부터 기의 흐름에 민감하기는 했다. 하지만 그렇다고 이런 정도의 거센 변화를 본 적은 없었다.

아니, 내가 직접 보지 않았다면 나약한 한 인간이 자연스럽게 흐르는 기를 저 정도로 바꿀 수 있다고는 생각조차 하지 못했을 것이다.

"어떻게?"

"보이느냐?"

"예……!"

"이 정도 기의 변화를 보이는 자를 만나면 그 자리에서 도망치거라. 그자는 네가 상대할 수 없는 절정고수니까. 그리고 그런 자 앞에서 의심한다느니 한다는 소리를 하는 것은 죽여 달라는 소리나 마찬가지라는 것도 명심하고."

"예!"

나는 얼른 고개를 숙이며 대답했다. 약간 비굴한 것도 같지만 어쩌겠는가! 일단 살고 봐야 할 것이 아닌가.

전부터 녹 할아버지가 강하다는 것은 알고 있었다.

백 살이 넘은 나이가 믿기지 않을 정도로 펄펄하게 돌아다니는 것만으로도 충분히 짐작할 수 있는 일이었다.

물론 잘 모르는 사람은 나이가 많은 것과 무공이 강한 것이 무슨 상관이냐고 생각할 것이다.

절정심법을 익혔다고 해도 시기가 문제일 뿐 어느 순간부터 체력과 함께 무공도 약해진다고 말하면서 말이다.

물론 일반적인 경우라면 맞는 말일 것이다.

오륙십 년 전의 십대고수가 지금의 십대고수를 꼭 이긴다는 보장은 없다.

내공과 경험은 우위일지 모르나 인간이라면 세월이 지남에 따라 체력은 약해지고 무엇보다 반사신경과 같은 신체적 능력이 떨어진다.

그러나 녹 할아버지가 익힌 것은 일반적인 심법이 아니라 현천심법이다. 현천심법을 익혔을 때는 일반적인 무공에 관한 이야기는 적용되지 않는다.

현천심법은 기본적으로는 어느 정도 역사를 지닌 도문이나 유문이라면 하나씩은 가지고 있는 양생술이라고 할 수 있었다.

어느 정도 수준까지는 친아버지가 보여주는 것처럼 다른 양생술과 전혀 차이가 없었다.

일반적인 양생술과의 결정적인 차이는 대성에 가깝게 익혔을 때 경천동지할 위력을 보여준다는 것이다.

이러한 점은 소림의 역근세수경과 비슷하다고 할 수 있다.

대부분의 사람에게 역근세수경은 일반적으로는 양생술 이상의 효과는 없다지 않은가?

마찬가지로 아버지에게는 양생술에 불과하지만, 대성에 가깝게 익힌 수룡왕이 백 년 전 십대고수의 합공을 상대했을 정도로 위력을 보이는 것이 바로 현천심법이었다.

그런 현천심법을 익힌 녹 할아버지가 지금 얼마나 강할지는 내 실력으로는 상상조차 할 수 없었다.

한 가지는 분명했다. 녹 할아버지라면 지금의 나 정도는 손 하나 까딱하지 않고도 목숨을 거둘 수 있었다.

아무리 내가 평소에 내 능력을 다 발휘할 수 없는 시대에 태어난 것을 한탄한다고 해도 이런 동굴 속에서 헛되이 죽고 싶은 생각은 없었다.

물론 조사라고 할 수 있는 수룡왕이 역적인 사실이나 역시 반란을 도모한 것으로 의심되는 큰아버지를 생각했을 때는 별로 인정하고 싶지는 않지만 말이다.

"하긴… 너도 돌아가는 사정을 정확히 알아야 뭔가 준비를 할 수 있겠지. 나를 따라오거라!"

잠시 동굴 안에 침묵이 흐르고, 녹 할아버지는 뭔가 결심을 했는지 나를 동굴 깊숙한 곳으로 이끌었다.

그리고 나는 그곳에서 내가 정신을 잃은 상태에서 들었던 소리의 정체를 알 수 있었다.

동굴 안쪽에는 한 사람이 사지가 나무 말뚝으로 박힌 채 동굴 벽에 걸쳐 있었다.

무슨 일을 당했는지 그의 몸 곳곳에는 여기저기에 구멍이
나 있었다.

그것은 몸에 난 상처라기보다는 말 그대로 구멍이었다. 그
런 모습을 하고도 그 사람은 살아 있었다.

'사람의 목숨이 얼마나 끈질긴 것인가?'

이런 생각을 하며 사내를 바라보던 나는 그의 모습이…….

아니, 정확히는 여기저기 구멍이 난 사내의 옷이 어딘지 낯
익다는 생각이 들었다.

평소에 자주 보던 옷감은 아니었다.

초대를 받아 갔던 잔치에서 몇 번 본 적이 있는 사천 특산
의 고급 비단이었다.

나는 그 사내를 만난 적이 있다.

그것도 바로 정신을 잃기 직전에.

혹시나 해서 고개를 올린 내 눈에 사내의 머리 한쪽에 움푹
들어가 있는 것이 들어왔다.

"이자는…… 설마?"

"그래, 네가 상대했던 당백기다."

"그때 죽은 것 아니었습니까?"

녹 할아버지는 담담한 목소리로 대답했다.

"큰 상처를 입기는 했지만 뭐…… 보다시피 아직 살아는
있지."

그렇다. 말 그대로 아직 살아는 있었다.

나는 녹 할아버지가 말한 당가에 관한 확실한 정보를 얻은 출처를 눈으로 보고 있는 것이다.

"꼭 저렇게까지 해야 하셨습니까?"

나는 내가 하고도 바보 같은 질문이라는 생각이 들었다. 그렇지만 묻지 않을 수 없었다.

"고통을 주려면 다른 방법도 있는데 왜 직접 몸에 고문을 가했느냐는 것이겠지?"

"예!"

당백기가 저런 상처를 입고도 살아 있는 것은 녹 할아버지가 현천심법을 이용해 치료를 함께했기 때문이다.

마찬가지로 현천심법을 이용하면 겉에 아무런 상처를 입히지 않고도 고통을 주는 것이 가능했다.

현천심법을 응용한 구자결로 사람이 죽을 수 있는 것처럼 말이다.

"너도 곧 다른 사람에게서 무언가를 알아내야 할 것이 있을 것 같으니 말해주지. 단순히 육체적으로 고통을 주는 것이 아니라 진정한 고문이라고 할 수 있는 것은 말이야, 상대가 심리적으로 저항할 수 있는 마지막 보루를 파괴하는 것이지. 상대의 인간성을 파괴해야만 원하는 정보를 얻을 수 있는 법이다."

"그렇다면 더더욱 저렇게 할 필요는……."

"그게 더 효과적이니까. 인간은 말이야, 단순한 고통만 가해질 때보다는 그 고통의 흔적을 직접 볼 때 더 쉽게 무너지지. 어떤 경우는 별다른 고통 없이 눈에 보이는 상처만으로도 무너지기도 한단다."

녹 할아버지를 알게 되고 나서 어느 때보다 친절한 설명이었다. 하지만 그럴수록 소름이 끼쳤다.

녹 할아버지가 말하는 고문이 심리적인 마지막 보루를 무너뜨리고 인간성을 파괴하는 것이라면 고문을 받은 당사자는 살아난다고 해도 산 게 아닐 것이다.

남은 것은 혼을 잃어버린 껍데기에 불과할 것이다. 그 사람이 겉으로는 멀쩡한 것처럼 보인다고 해도 말이다.

물론 눈앞의 당백기는 살아나지도 못하겠지만 말이다.

'오늘 내가 아직은 평범한 사람이라는 것을 여러 번 깨닫게 되는군.'

나는 다시 한 번 깨닫는 사실에 기뻐해야 할지 그런 사실을 깨달은 상황이 이어지는 것을 슬퍼해야 할지 종잡을 수 없었다.

나는 당백기의 끔찍한 모습에 마음을 다잡았다. 어서 지금의 이런 상황을 벗어나려면 현재 어떤 일이 일어나는지 정확히 알아야 했다.

"그렇게 고문에 대해 잘 아시는 어르신이라면 당백기에게 알아내야 할 것은 전부 알아내셨겠군요."

"당연하지! 당가에서 사실을 알 만한 자가 나온 것을 알고 찾는 데 어려움이 좀 있었지만, 덕분에 내가 궁금해하던 것을 대부분에 알게 됐으니 고생한 보람이 있었지. 덕분에 너도 구했고 말이야."

녹 할아버지의 말을 통해 녹 할아버지가 나를 발견한 것을 당백기의 뒤를 쫓던 중에 일어난 일이라는 것을 알게 되었다.

"그렇군요. 그렇다면 제 의부께서 반란을 꾸민 것이나 지금의 무호채에 반란에 가담한 인물이 있다는 것이 사실이라는 말씀입니까?"

"당가에서는 그렇게 믿고 있더군. 그것도 십 년 전부터 차근차근 반란을 준비했다는 것이 당가의 생각이다."

"하지만 무호채가 반란에 가담했다기에는 이상한 점이 많은데요. 몇 달 동안이나 무호채의 모든 사람이 저를 속였다고는……."

"이미 말한 것처럼 무호채 모두가 반란에 대해 알고 있는 것은 아닐 것이다. 만약 그랬다면 진작에 내가 눈치챘겠지. 죽은 네 의부와 몇 명만 알고 있다가 반란에 일어나기 직전에 사실을 밝힐 생각이었을 것이다. 어차피 무호채에 남아 있는 자들은 내 제자이자 네 의부인 그놈 말이라면 불이라도 뛰어들 자들이니 말이다."

"그도 그렇군요."

몇몇 수뇌부를 제외하고는 무호채의 수하들은 백부의 양

자라는 이유만으로도 나에 대해 아무것도 모르면서 채주로
받아들인 자들이다.

백부가 반란이 아니라 더한 것을 명령한다고 해도 아마 아
무런 의심 없이 따랐을 것이다.

"그런데 저는 왜?"

"명분!"

"명분이요?"

"그래! 명분 없는 반란은 성공하기 어려운 법이지. 너 정도
가 참여한 반란이라면 최소한 서 푼짜리 명분은 되는 셈이
지."

네 명성이나 지위가 서 푼짜리밖에 안 된다는 말에는 기분
이 나빴지만 중요한 것은 그게 아니었다.

내가 양자가 된 것은 최근이 아니다.

갑작스러운 백부의 죽음으로 채주가 되지 않았더라도 반
란에 이용하는 것은 몇 년 전에 이미 결정된 일이라는 생각이
들었다.

아니, 어쩌면 그 때문에 백부의 갑작스러운 죽음 이후 나를
채주로 받아들여 이용할 생각을 바로 했을 것이다.

그렇다면 백부와 함께 반란을 계획한 자 중에는 현재 무호
채와 왕가장, 그리고 새롭게 조직을 구축하고 있는 묘해조,
조파진, 보공석이 포함되어 있다는 말이다.

최악에는 세 명 다 포함되어 있을 수 있었다. 만약 그렇다

면 내가 어떤 생각을 하고 있든 반란에서 빠져나갈 수 없게
된 것이다.

지난 몇 달 동안 내가 한 일 모두가 반란을 도운 셈이었다.

"이런 제길!"

입에서는 또다시 나도 모르게 욕이 튀어나왔다.

어이없는 일에 내가 자리를 박차고 나가려는 순간 녹 할아
버지가 언제나처럼 눈앞에서 사라졌다.

귓가에 녹 할아버지의 전음이 멀리서 들려왔다.

[아참! 당백기 옆에 놓인 책은 내 선물이다.]

고개를 돌리니 당백기 옆에는 돌출된 바위가 있었고, 그 위
에는 두 권의 책이 놓여 있었다.

나는 우선 작은 책을 집어 들었다.

그것은 책이라고 하기에는 너무나 얇았다. 표지에는 제목
도 쓰여 있지 않았다.

"이게 뭐야?"

나는 태어나서 처음으로 책을 이해할 수 없다는 생각이 들
었다.

녹 할아버지가 전해준 책은 글은 하나도 없고 마치 아이들
의 낙서인 듯 검은 선들이 그려진 바탕에 주사로 그려진 선들
이 교차하고 있었다.

그렇지 않아도 머리가 멍한 상태에서 어지러운 선을 보니
머리가 아팠다.

책을 덮었다.

어지럽기는 하지만 선의 흐름은 무작위적인 것은 아니었다. 현묘함이 느껴지는 선의 흐름에 흥미가 없는 것은 아니다.

순수한 목적으로 책을 읽어온 것은 아니지만, 두 살 때 책을 읽었으니 책과 함께해 온 세월이 올해가 지나면 햇수로 십오 년이다.

몇 달 전까지 대부분의 시간을 책을 읽으며 보냈다. 독서는 즐거웠고 이전에 알지 못했던 사실을 알아가는 일도 역시 즐거웠다. 단지 출세를 위해서라면 버티지 못했을 시간이었다.

그렇지만 지금은 내 목숨이 경각에 달린 상황이다. 책의 내용이 아무리 대단하더라도 신경을 쓸 여유가 없었다.

나는 처음 것보다는 두꺼운 두 번째 책을 집어 들었다.

그곳에는 빽빽하게 조금 전 녹 할아버지에게서 들었던 내용이 적혀 있었다. 충격적이지만 어느 것 하나 명확한 것은 없었다.

하긴 당가에서 모든 일을 알아냈다면 지금 무호채는 관병의 공격을 받고 있을 것이다.

어쩌다가 일이 이렇게까지 된 것일까?

수채의 채주가 된 것도 모자라 이제 반란의 주동자로 몰리게 된 상황이 되고 보니 몇 달 전 나를 팔아먹은 것이나 다름없이 양자로 내어준 아버지에게 화를 냈던 일이 아주 먼 과거인 것 같았다.

아니, 반란에 관한 일은 제쳐 놓고서라도 당장 내 몸 상태가 심상치 않았다.

깨어나 보니 선천지기가 늘어났지만 하나도 기쁘지 않았다.

다른 사람의 도움으로 얻은 선천지기는 너무 불안정한 것이었다.

당장 효과는 좋을지 모르지만, 몸 안에 폭탄이 있는 것이나 마찬가지였다.

그것도 그 일부는 독이었고 지금도 그 본래의 성질을 어느 정도 지닌 채 내 몸 이곳저곳을 움직이고 있다는 생각을 하면 이건 나보고 죽으라는 말이었다.

독을 녹 할아버지의 도움으로 선천지기로 바꾼 것은 이후에도 안정시키려면 십중팔구 녹 할아버지의 도움이 필요하다는 의미다.

내 힘만으로 흐트러지고 독에 영향을 받은 선천지기를 흡수한다? 이론적으로는 가능할 수도 있는 일이다. 그렇지만 성공할 가능성은 낮았다.

이건 보공석이나 묘해조의 상단전에 흐르는 선천지기를 양부나 내가 안정시켜야 하는 것이나 같은 상황이었다.

내 목숨을 녹 할아버지에게 맡겨놓은 격이 아닌가?

그럴 수는 없었다.

누군가에게 자신의 목숨을 맡기는 것은 바보짓이었다.

그리고 더 중요한 것은 녹 할아버지를 믿을 수 없다는 것이다.

녹 할아버지는 내가 중독된 독이 당백기가 쓴 칠보단혼산이라고 말했다. 독에 대해 지식이 없는 나로서는 내가 쓰러진 것이 칠보단혼산 때문인지 확신할 수는 없다.

독에 대해서는 내가 모르지만 몇 달 동안 지켜본 경험으로 녹 할아버지에 대해서는 어느 정도 알고 있었다.

지금 녹 할아버지가 나를 두고 뭔가를 꾸미고 있다는 의심을 지울 수 없다.

죽은 백부가 반란을 계획하고 있다는 이야기는 믿을 수 있었다. 반란을 꾸미고 있었다는 것을 알게 되자 지금까지 백부나 무호채에 대해 이해가 가지 않던 의문이 모두 풀렸다.

그렇지만 녹 할아버지가 그런 사실을 나에게 알린 행동을 호의로만 받아들일 수는 없었다.

이미 묘해조, 조파진, 보공석 중 한 명 내지 세 명 모두가 나를 감쪽같이 속였다는 사실을 알게 된 뒤라서 더욱 그랬다.

"최후에 웃는 자가 누구일지는 시간이 가면 알게 되겠지!"

나는 주먹을 꼭 쥐었다.

나는 대명 최고의 천재라 불리는 왕세정이었다. 내가 다른 사람을 이용하고 속일 수는 있어도 다른 사람이 나를 이용하고 속이는 꼴을 두고 볼 수는 없었다.

그런 사람은 대가를 치러야 할 것이다.

그게 누구이든.

나는 아직 살아 있는 당백기에게 고개를 돌렸다. 우선은 책의 내용을 확인하는 것이 필요했다.

"악!"

내가 몸에 난 상처에 손가락을 집어넣자 죽은 듯이 움직임이 없던 당백기의 입에서 비명이 터져 나왔다.

*　　　*　　　*

당백기는 순순히 사실을 털어놓았지만, 이미 당백기의 선천지기는 거의 사라진 상태였다.

선천지기는 사람이 살아가는 데 꼭 필요한 생기! 그런 선천지기를 거의 잃은 지금까지 당백기가 살아 있었던 것은 기적이나 다름없는 일이다.

아니, 기적이라기보다는 녹 할아버지가 지금까지 살려두었다는 것이 맞는 말일 것이다.

아직 녹 할아버지에 비해 부족한 나는 겨우 몇 가지 사실을 확인하는 데 만족해야 했다.

우선 당가에서는 내년 사월 보릿고개에 형주지방을 중심으로 반란이 일어날 것으로 예상했다.

장강 중류를 장악하고 있는 수룡회가 반란의 중심 세력 중 하나였다.

수룡회는 바로 몇 달 전까지 양부가 이끌던 장강 수채의 모임으로 장강십팔채를 대표하는 파벌이었다.

현재는 동정호와 포양호의 수채들과 장강의 패권을 차지하기 위해 치열한 싸움을 하고 있었다.

이들의 싸움은 조운선 운행에 지장을 줄 정도로 커져 수군의 토벌이 곧 있을 것이라는 소문이 돌고 있었다.

그런데 당가에서는 이 싸움 자체를 반란을 위한 준비로 보고 있었다.

다른 어느 곳보다 먼저 당가가 반란을 눈치챌 수 있었던 것은 당가가 장강십팔채를 전부터 눈여겨보고 있었기 때문이다.

십여 년 전 양부가 주도한 하극상으로 장강이 혼란에 빠졌을 때 당가는 전부터 노리던 장강 상류인 사천에 있던 장강십팔채 두 곳을 손에 넣었다.

장강 상류인 사천의 장강십팔채 중 두 개 수채를 장악하고 있는 당가에서 몇 년 동안의 조사를 통해 알아낸 사실이었다.

당백기의 말에 따르면 당가에서도 반란에 대해 아는 자는 몇 명되지 않았다.

처음 반란이 일어날 것을 당가에서 확신하면서도 미리 막지 않는 것이 이해가 가지 않았다. 하지만 당백기의 설명을 듣고서야 이유를 알 수 있었다.

사천의 패자인 사천당가의 숙원은 당연히 사천 외부로의 진출이었다.

하지만 사천성 외부로의 진출은 말처럼 쉬운 일이 아니었다.

사천에서 남쪽에는 당가와 독의 종가를 다투는 묘가의 오독문이, 서쪽에는 포타랍궁과 소뢰음사가 있었다.

그런다고 사천성 북쪽은 잔도로 사람 몇이 겨우 통행할 정도로 지형이 험했다.

그에 비해 동쪽으로 진출하는 것은 삼협으로 통행이 쉽지는 않지만 사천성 서쪽이나 남쪽, 그리고 북쪽으로 진출하는 어려움과 비교할 수는 없었다.

그렇지만 당가가 장강을 따라 동쪽으로 진출하는 길에는 큰 벽이 세 개나 가로막고 있었다.

그 세 개의 벽은 장강삼협과는 비교할 수 없을 만큼 높고 험준한 것이었다.

바로 구파일방 중 무당파와 오대세가 중 남궁세가와 제갈세가였다.

무당이 어떤 곳인가. 소림과 함께 구파의 패권을 다투는 곳이 아닌가? 무당파는 도문이지만 구파에서도 소림을 제외하고 가장 많은 속가제자를 배출한 곳이다.

호광성의 무림계를 주도하는 무당 속가는 사천당가의 진출에 강한 거부감을 드러내고 있었다.

무당파가 위치한 무당산에서 얼마 떨어지지 않은 형주 북부 융중에는 제갈세가가 있었다.

　그리고 사천당가에게 제갈세가는 어떤 면에서는 무당파보다 더 넘기 어려운 벽이었다.

　제갈세가의 무력이야 사천당가에 비교할 수 없지만 그들의 무서움은 무력에 있지 않았다.

　제갈세가는 대대로 무림맹의 군사를 배출하고 있는 곳이었다. 평화 시에는 유명무실한 무림맹이지만 세외 세력이 중원을 침공할 때는 다르다.

　묘강의 오독문을 비롯해 토번의 포타랍궁과 소뢰음사의 중원 침공 위협을 받는 당가로서는 제갈세가와 등을 지는 것은 위험한 일이었다.

　형주 북쪽에 무당파와 제갈세가가 있다면 형주 남부에는 의검천세라 불리는 남궁세가가 있었다.

　오대세가 중에서도 가장 오랜 역사를 가진 곳일 뿐만이 아니라 소림, 무당을 제외하고 가장 많은 십대고수를 배출한 곳이었다.

　무당에 태극검혜가 있다면 남궁세가에는 제왕검형이 있었다.

　이런 전통과 실력을 바탕으로 구대문파 중 소림과 무당을 제외하고 무림맹주를 가장 많이 배출한 곳도 화산이 아니라 남궁세가였다.

남궁세가는 중원의 무수한 세가 중에서도 첫 손가락으로 꼽히는 곳으로 강남은 물론 피를 나눈 혈족으로 이뤄진 문파를 대표하는 이름이었다.

사천당가 입장에서는 자신들의 진출을 막는 세 개 문파에 큰 피해를 줄 반란을 막을 이유가 전혀 없었다.

당가에서는 이번 형주에서 일어나는 반란을 중원으로 진출할 절호의 기회로 보고 있는 듯 보였다. 더 나아가 남궁세가와 제갈세가를 누르고 오대세가의 첫 번째로 올라설 수 있을 것을 기대하고 있었다.

第二章 불의지변(不意之變)

뜻밖에 당한 변고

金鯉
倒穿波
금리
도천파

동산채에 도착하고서야 나는 내가 실종되고 나서 열흘이 지나 있다는 사실을 알게 되었다.

당백기에게 알아낸 놀라운 사실에 대책을 생각하다가 동굴에서 하루를 지체했다.

그 하루를 생각해도 내가 동굴에서 정신을 차렸을 때는 이미 꽤 시간이 지나 있었던 것이다.

동산채에는 묘해조는 물론 보공석과 조파진도 머물고 있었다. 내 실종에 놀라 하던 일을 제쳐 놓고 동산채로 달려온 것이다.

나는 일단 기존 무호채 세력을 이끌고 있는 이들 세 명을 불러들였다.

'이 중에 반란에 참여한 자가 있다는 말이지.'

그들은 나를 보자 머리를 숙였다.

"무사히 돌아오신 것을 축하드립니다. 갑자기 실종됐다고 해서 많이 놀랐습니다."

묘해조나 보공석, 그리고 조파진이 모두 모여 있었다.

마치 동릉의 무호채와 무호의 왕가장이 모두 이곳으로 이사 온 듯했다. 나는 서평하를 불러오도록 지시하고는 기다리고 있던 세 사람을 채주실로 불러들였다.

"여기까지 자네들이 무슨 일들인가? 내가 며칠 없었다고 기강이 이렇게 해이해져서야 어떻게 자네들을 믿고 일을 하겠나?"

호통을 치기는 했지만 속으로는 이들이 내가 쓰러진 소식을 듣고 달려온 것에 대해 복잡한 느낌이었다.

만약 이들이 순수하게 달려왔다면 내게 충성을 바치고 있다는 증거일 것이다.

어쩌면 묘해조나 보공석은 큰아버지에 이어서 내가 쓰러져 이번에는 정말 목숨을 잃을지도 모른다는 생각이 들어서 달려온 것일 수도 있을 것이다.

그렇지만 이들 중 하나, 혹은 전부가 나를 속이고 있다는 사실을 알게 된 지금 이들이 달려온 것에 감동하고 있을 수만은 없었다.

나는 우선 보공석을 바라보았다.

보공석은 이 세 명 중 가장 의심이 가는 인물이다.

우선 보공석은 반란이 일어날 중심 지역인 형주 지방 사람이었다. 전대 채주인 양부의 심복으로 항상 함께한 인물이었을 뿐 아니라 양부가 습격당할 때도 함께 있었다.

다른 사람은 몰라도 보공석은 반란에 대해 알고 있을 가능성이 구 할 이상이었다.

더욱이 이 자리에 있는 세 명 중에서 내가 귀지에서 양가장 사람을 만난다는 사실을 직접적으로 아는 유일한 사람이었다.

나는 당장 고문이라도 하고 싶은 분노를 참으며 물었다.

"그래, 내가 지시한 일은?"

섣불리 추궁했다가는 모든 것을 망칠 수 있었다.

"채주님의 계획대로 전 석태채주 정민구가 홍가장주를 유인해 살해했습니다."

"잘됐군."

정민구가 먼저 선수를 칠 것이라고는 생각했지만 홍가장주도 만만치 않은 인물이었기 때문이다.

석태채를 잃고 끈 떨어진 연 신세가 된 정민구와는 달리 홍가장주는 항복했다고 해도 두고두고 후환이 될 수 있었다. 제거할 때 제거하지 못하면 문제가 될 수 있었다.

홍가장주에 비해 힘을 잃고 날개 안으로 들어온 정민구는 이용할 곳이 많았다.

적당히 숨겨주었다가 다시 석태채를 맡기거나 아니면 장강 하류 수적들을 대표하는 수채의 허수아비 채주로 삼기에 그보다 적당한 사람이 없었다.

"그래, 그러면 정민구는 지금 어디에 있나?"

나는 보공석 정도라면 정민구를 그에 대한 관심이 가라앉을 때까지 잘 숨겨놓았을 것으로 생각했다.

"아직 조강채에 숨어 있습니다."

보공석의 입에서 나온 대답은 내 생각과는 달리 전혀 뜻밖의 것이었다.

"뭐라고……?"

나는 생각하지 못했던 일에 잠시 말을 잇지 못했다.

"지금까지 조강채에 머물게 하다니! 일을 왜 그따위로 처리한 것인가? 내가 쓰러졌더라도 조강채에서 빠져나오게 해야지!"

"그게 정민구가 조강채에서 나오기를 거부하고 있습니다."

"아니, 그 미련한 놈은 일을 벌였으면 몸을 피해야지 뭘 믿고 조강채에서 나오지 않겠다는 거야!"

정민구가 홍가장주를 죽인 후에도 여전히 조강채에 머물고 있다는 말은 이해가 가지 않았다.

조강채는 홍가장이 밀무역을 위해 만들어놓은 곳이다. 홍가장주의 죽음이 알려지면 안경부의 지부나 안경의 수군도 그냥 있을 수 없었다.

실상이 어떻든 관부의 입장에서는 홍가장주는 안경 일대에서 유력한 가문의 가주였고 정민구는 일개 수적에 불과했다.

안경부의 지부나 안경 수군의 제독으로서는 명문가의 수장이 일개 수적의 손에 죽었는데도 그냥 둘 수는 없었다.

정민구 정도라면 그 정도는 알 것으로 생각했던 나로서는 그가 조강채에서 나오기를 거부하고 있다는 말을 이해하기 어려웠다.

조강채에 남아 있으면 그에게 남은 것은 죽음뿐이었다.

"도대체 조강채에서 나오지 않겠다는 이유가 뭔가?"

"그게…… 좀 문제가 있습니다."

"문제라니?"

"정 채주가 홍 장주를 죽인 직후에 남경에서 사면을 조건으로 무호채에 조강채를 토벌하라는 명령이 떨어졌습니다."

"뭐야? 아니, 그럴 리가? 어떻게 벌써?"

태평부의 지부를 통해 의견을 내기는 했지만, 사면령이 실제로 내려질 것이라고는 믿지 않았다.

"은퇴가 얼마 남지 않은 태평부의 지부에게는 그런 일을 실현할 힘이 없을 텐데……."

태평부의 지부를 통해 조정에 건의한 것은 사면령을 받기 위한 분위기를 조성하는 것 그 이상이 아니었다.

조강채에 대한 토벌령이 내려지더라도 시간이 흐르고 나서 내려져야 했다.

홍가장주의 죽음과 장강 하류에서 수적이 날뛰면 자칫 장강은 물론 운하를 통한 조운선의 통행까지 어려워진다는 것을 명분으로 강남 일대의 여론을 모을 생각이었다.

그런 과정을 거친다고 해도 실제 토벌령이 내려지기까지는 족히 몇 달은 걸릴 것이라는 것이 내 예상이었다.

석태채의 잔당이 조강채에서 나와 숨은 다음에 내려지면 적당히 토벌하는 모습을 보일 생각이었다. 그리고 도망간 잔당을 잡는다는 이유를 대고 안경 서부의 망강과 태호 일대의 수적들을 처리할 생각이었다.

특히 망강에서 그리 멀리 떨어지지 않은 곳에는 내가 태어나 처음 피를 보게 한 자가 있는 소과산이 있었다.

소과산이 강서성에 속해 있지만 태호에서 그리 멀리 떨어지지 않았다는 것을 생각하면 적당한 흔적을 만들어 원한을 갚을 수 있었다.

관리들이 이렇게 일을 빨리 처리하는 경우는 짧은 내 인생에서 처음이었다.

이런 일에 필수적으로 따르는 뇌물도 바치지 않았는데 조정에서 사면령 같은 큰일을 이렇게 빨리 허락하다니 있을 수 없었다.

모든 일에는 그렇게 된 이유가 있는 법!

특히 이번처럼 전례가 없는 일에는 뭔가 특별한 이유가 있는 법이었다.

"일이 어떻게 된 것인가?"

한쪽에서 눈치를 살피던 조파진이 앞으로 나섰다.

"그건 제가 말씀드리겠습니다."

내 이름으로 이뤄진 것이기는 했지만 태평부의 지부를 실제로 만나서 일을 진행한 것은 조파진이었다.

나는 외부에는 시묘(侍墓)를 위해 왕가장에 칩거하는 것으로 알려졌다.

왕가장의 사업은 조파진이 총관으로 진행하고 있었다.

종이를 염색하는 사업을 위해 조파진은 정기적으로 남경을 방문하고 있어 남경의 조정 사정에도 밝았다.

"말해보게."

"예상하신 것처럼 토벌령에 대한 남경부의 분위기는 처음에는 우호적이 아니었습니다."

조파진이 조심스럽게 입을 열었다.

"관리들이 이런 일에는 관행적으로 받아 챙기는 뇌물을 받지도 않고 움직일 리가 없지요. 본격적으로 남경성 내의 회의에서 언급되는 것은 말할 것도 없고 일주일 전만 해도 병부상서에게 보고조차 되지 않았습니다."

조파진의 말은 내가 예상한 그대로였다. 그리고 말을 들을 수록 토벌령이 이렇게 빨리 내려졌다는 것이 이해가 가지 않았다.

일주일 전만 해도 정식으로 이야기가 나오지도 않던 토벌령이 그 사이에 내려지다니?

이런 일은 아무리 짧아도 보름에서 한 달은 남경성 관리들이 회의하고 난 후에 결정되는 것이 관례였다.

조정의 일을 결정하는 데 전례나 관례보다 중요시되는 것은 없었다.

물론 그 과정에서 이익을 얻는 측, 이번과 같은 일의 경우 무호채나 태평부의 지부, 또는 무호의 지현, 그리고 안경부의 지부 쪽에서 충분한 뇌물을 바쳐야 했다.

또한, 전례가 없는 일을 누군가 허락하면 그 허락한 사람이 그 책임까지 지는 것이 관례의 속성이었다.

내가 아무리 생각해 봐도 지금 남경 관리 중에는 이런 일을 밀어붙일 만한 능력을 갖춘 사람도, 의욕을 가진 사람도 없었다.

"내가 정신을 잃고 쓰러져 있는 동안 자네가 뇌물이라도 바친 것인가?"

"제가 그럴 리가 있겠습니까?"

"그런데?"

"지지부진하던 사면령이 전격적으로 추진된 것은 형부 낭중이 새로 황도에서 내려온 육 일 전부터입니다."

육부의 낭중은 비록 최고위직은 아니었지만 실제 권한은 막강했다.

한마디로 실제 육부를 움직이는 실무 책임자들이다. 육부를 움직인다는 것은 나라를 움직인다는 것이다.

국초 홍무제가 호유용의 옥을 계기로 수천 년간 내려오던 재상 직을 폐지하고 나서 막강한 권한을 행사하는 내각의 대학사도, 오십여 년 동안 국정을 좌지우지하는 환관들도 낭중들의 손을 통해서야 국가를 움직일 수 있다는 말이었다.

남경성의 낭중이 비록 황도의 낭중에 비해 권한이 적다고는 하지만 남경성에서만은 막강한 권한을 가진 직위였다.

"새로 내려온 형부 낭중이 앞장서서 이틀 만에 사면령이 전격적으로 통과되었습니다."

"실적을 올리려는 것 같은데……"

형부의 낭중이 추진했다면 어느 정도는 이해가 가는 일이었다. 형부의 신임 낭중이 누군지는 모르지만, 황도에서 내려왔다면 공을 세워 다시 황도로 돌아가기를 원할 것이다.

그런 상황에서 장강십팔채 중 하나를 회유하는 일은 큰 공이 될 수도 있었다.

그렇지만 그래도 의문은 남아 있었다. 공을 세우고 싶어하는 것과 그것을 실제로 이루는 일은 다른 것이다.

일개 낭중이 어떻게 단 며칠 만에 남경성의 형부상서도 마음대로 결정할 수 없는 일을 결정했다는 말인가?

"어떤 자인지 모르지만 형부 낭중의 힘만으로는 사면령을 통과시키는 것은 어려울 텐데? 뒷배가 단단한 자인가 보군. 형부 낭중으로 이번에 내려온 자가 누군가?"

내 질문에 대답한 것은 한쪽에서 고개를 숙이고 있던 보공석이었다.

"신임 형부 낭중은 채주님도 잘 아는 자입니다."

"내가 아는 자라니?"

"신임 형부 낭중은 봉연훈(鳳然勳)이라고, 채주님과는 한때 동문수학한 사이라고 알고 있습니다."

"봉연훈이라……. 거참……."

봉연훈은 보공석의 말대로 내가 잘 아는 자였다.

나보다 여섯 살 많은 자로 사 년 전, 일 년여 가까이 나와 함께 죽산서원을 다닌 적이 있다.

그와 서원을 함께 다닌 기간은 짧았다.

그럼에도 봉연훈은 기억에 정확히 남아 있는, 많지 않은 원생 중 하나였다.

봉연훈과 또 다른 원생인 하무기는 내가 들어가기 전까지만 해도 죽산서원 원생 중에서 우열을 다투는 수재들이라는 공통점이 있었다.

그 둘의 공통점은 그뿐이 아니었다. 내가 서원에 들어가고 나서 일 년 후 서원을 함께 떠났고 삼 년 전 전시에 나란히 합격했다. 그 중 하무기는 장원은 아니지만, 방안이라는 우수한 성적이었다.

내가 둘의 이름을 기억하는 이유는 당연히 이 둘이 전시에 합격했기 때문은 아니다.

둘이 서원을 떠나고 나서 전시에 합격하자 나 때문에 두 명의 인재를 놓쳤다는 말이 나왔기 때문이다.

어쨌든 이제 봉연훈이 형부 낭중으로 내려왔다면 지금은 황도로 떠난 하무기와 공통점이 하나 더 생긴 셈이다. 하무기도 얼마 전까지 남경에서 형부관리로 근무했었다.

내가 알기에는 봉연훈은 전시에 합격하고 나서 황도에서 승승장구했었다. 과거 차석 합격자로 방안인 하무기가 남경으로 내려오고 전시 성적이 하무기에 못 미치는 봉연훈이 황도에서 근무한 것에는 그만한 이유가 있었다.

본인의 실력도 뛰어났지만, 그에게는 든든한 배경도 있었다.

봉연훈의 아버지는 황도의 고위 관리였다. 얼마 전까지 공부의 상서로였고, 직책의 성격상 환관들과의 친분이 돈독했다.

흔히 환관과 강남 출신의 관료 사이가 나쁘다고 생각하지만, 꼭 그런 것은 아니었다.

환관들이 전대 황제 때부터 권력의 중심으로 부상했다고 하더라도 그들만으로 명 제국을 움직이는 것은 불가능하다.

환관들이 어느 정도의 학문을 배운다고 하더라도 천하에

서 모인 관리들의 상대가 될 수는 없다.

결국 조정에서 자신들을 위해 움직일 관리가 필요하고, 봉연훈의 아버지도 그런 관리 중 하나였다.

환관들과 친분이 있다고는 하지만 봉연훈의 아버지가 간신이라고 비난받을 정도의 행동을 하는 것은 아니었다.

오히려 문관과 환관들과의 사이에서 조정의 역할을 해서 양쪽 모두에서 신망이 높았다.

"그라면 남직례성의 상서를 움직이는 것이 불가능하지는 않겠지."

같은 상서라고는 하지만 황도의 상서와 남경의 상서는 비교할 수 없었다.

황도의 상서가 권력의 핵심이라면 남경의 상서는 좌천되어 한직으로 여겨지는 직책이었다.

봉연훈이 나섰다면 사면령과 토벌령이 며칠 만에 내려진 것도 어느 정도는 이해할 수 있었다.

"문제는 봉연훈이 왜 그런 일을 벌였느냐는 것인데……."

"채주님의 말씀대로 실적을 올려 황도로 빨리 돌아가려고 하는 것 아니겠습니까?"

"신임 형부 낭중이 봉연훈이라면 단순히 공을 세우려고 사면령을 받아냈다고 생각하기는 어렵네. 그러면 굳이 이런 일을 벌이지 않아도 황도로 돌아가는 것 정도는 어렵지 않은 일이네."

"그렇습니까?"

"나는 오히려 그가 굳이 남경으로 내려온 이유가 이해가 안 가는군. 더구나 처음 한 일이 무호채에 대한 사면령을 내리는 것이라……. 그래야만 하는 이유가 있다는 것인데……."

아무리 봉연훈이라도 이번 사면령을 며칠 만에 처리하기는 쉬운 일이 아니었다.

무리를 하면서 이번 일을 밀어붙인 데는 뭔가 이유가 있음이 틀림없었다.

"이건 따로 알아봐야 하는 문제고……. 지금 정민구의 상태는?"

"토벌령이 실제로 내려졌다는 말에 분노한 정민구는 조강채로 돌아가 농성을 준비하고 있습니다. 특히 항복했던 등호연과 그와 함께 항복한 부하들이 죽었다는 것을 어디서 들었는지 우리가 처음부터 자신을 속였다고 생각하는 것 같습니다."

등호연의 일을 꺼내는 보공석의 말에 나는 조금 찔렸다.

등호연이 실수를 한 것은 사실이지만 어떻게 생각하면 사소한 것이었다.

생각해 보면 굳이 등호연과 그의 부하들까지 모두 죽일 필요는 없었다. 내 신분이 등호연의 실수 때문에 양가장에 알려졌다는 분노로 성급하게 행동한 면이 있었다.

처음에 등호연을 그가 세운 공보다 과분하게 우대했던 이유가 바로 그가 가진 상징성 때문이 아니었던가! 지금은 정민구가 등호연의 죽음으로 자신이 속았다며 화를 내고 있지만, 그 하나로 끝날 문제가 아니었다.

"항복했던 다른 자들도 불안해하고 있겠군."

"강필준 조장이 부하들을 단속하고 있습니다만……."

내가 정신을 못 차리는 사이 얼마나 무호채에서 왔는지는 모르지만 얼마 전까지만 해도 동산채에 머물던 대부분이 적이었다가 항복한 자들이다.

내가 아무 일도 없이 도착했다면 어떻게 수습을 할 수 있었을 것이다. 그렇지만 당백기와의 충돌로 늦어진 사이 지금은 부하들의 동요가 커질 대로 커진 상태일 것이다.

그들의 불안을 없앨 필요가 있었다.

그러자면 내가 정민구와 그의 부하들에게 등호연을 죽였어야 하는 핑계를 만들어줘야 했다. 마침 내게는 적당한 핑계가 있었다.

나는 밖을 지키고 있던 호위 중 한 명을 보내 강필준을 채주실로 불렀다.

강필준은 채주실에 들어오자마자 고개를 숙이며 말했다.

"무사하신 것을 보니 천만다행입니다. 저희 모두가 채주님께 혹시 무슨 일이라도 일어났나 해서 많이 걱정했습니다."

"자네들이 걱정해 준 덕분에 무사히 돌아올 수 있었네. 등호연의 죽음에 대해 부하들이 불안해하고 있다고?"

"저와 다른 조장들이 단속하고는 있지만, 너무 갑작스러운 일이라서……."

강필준이 말을 흐렸다.

그도 그럴 것이, 강필준 자신이 바로 항복했던 자가 아닌가?

더구나 처음부터 배신했던 등호연과는 달리 강필준은 대부분의 다른 자들과 같이 포로로 잡히고 나서 돌아선 자다.

그도 불안하기는 부하들과 마찬가지일 것이다.

"등호연이 죽은 건 그럴 만한 이유가 있기 때문이네."

"그럴 만한 이유라면?"

"등호연은 나를 배신했네."

"등 조장이 배신을 했다는 말씀이십니까?"

강필준은 얼마나 놀랐는지 고개를 바짝 들어 나를 바라보았다.

"그렇다네. 내가 이번에 죽을 뻔한 것은 바로 등호연 그자가 나를 배신했기 때문이네. 그의 부하들도 배신에 가담했다는 정보에 보공석 당주를 먼저 보낸 것인데…… 이미 그때는 등호연이 내가 수채로 돌아온다는 정보를 적에게 넘긴 다음이었네."

"그렇다면 채주님의 행방을 알 수 없었던 것이……?"

"그렇다네! 수채에서 얼마 떨어지지 않은 곳에서 적의 습격을 받았네. 사조님의 도움으로 겨우 목숨을 건지기는 했지만, 며칠 동안 정신을 잃고 쓰러져 있었네."

"몸은 괜찮으신 것입니까?"

이제야 내가 실종된 것이 단순한 일이 아니라는 것을 알게 된 세 사람도 놀란 눈으로 내 몸을 이리저리 살펴보기 시작했다.

"지금도 몸 상태가 정상은 아니지만, 사조님의 도움으로 이제 거의 괜찮아졌네."

내가 등호연과 함께 나갔다가 습격을 받고 정신을 잃은 채 돌아온 것은 사실이니 강필준도 더는 의심하지 못할 것이다.

"도대체 어떤 자들이 채주님을⋯⋯?"

나를 습격한 것은 사천당가와 그 방계인 당촌이었지만 말할 수는 없었다.

우선 불법으로 광산에서 일하던 등호연이 오대세가 중 하나인 사천당가와 어떻게 알게 됐는지를 설명할 수도 없었다.

또 당한 것에 대해 열 배로 갚는다는 악명을 가진 사천당가와 적이 됐다는 사실은 군소 수적에게는 사형선고나 마찬가지였다.

당장 전대 채주인 큰아버지의 죽음에 사천당가가 연루됐다는 사실을 알고도 장강십팔채 중의 하나인 무호채조차 항의하지 못하고 있었다.

그건 단지 사천당가가 남직례성에서는 먼 사천에 있기 때문만은 아니었다. 장강십팔채 중 한두 수채로는 사천당가의 상대가 될 수 없었고, 그건 무호채도 마찬가지였다.

이런 사천당가가 적이라는 사실을 다른 자들이 알았다가는 겁부터 집어먹기 쉬웠다. 무엇보다 이 자리에 있을 배신자에게 모든 사실을 밝히고 싶지 않았다.

"그건 아직 확실하지 않네. 그 문제에 대해서는 여기 있는 보공석 내당주에게 조사를 명령해 곧 밝힐 것이네. 자네는 지금 나가서 등호연의 배신을 알리고 부하들이 동요하는 것을 진정시키는 데 노력하게."

"알겠습니다."

강필준이 밖으로 나가고 나서 나는 다시 보공석에게 말했다.

"자네는 조강채에도 사람을 은밀히 보내 정민구에게 이 사실을 알리게. 내가 책임지고 정민구의 안전을 보장한다고 말하면 아마 그도 안심할 것이네."

보공석이 내 명령에 곤혹스럽다는 표정을 지었다.

"또 무슨 일인가?"

"지금은 정민구와 연락하기 어려운 상황입니다."

"연락하기 어렵다니? 무슨 일인가?"

"삼 일 전부터 조강채 부근 수로에 대한 수군의 순찰이 삼엄합니다."

"수군이?"

내가 정신을 잃은 며칠 사이에 조강채에 대한 토벌령이 내려졌다고는 하지만 토벌의 주체는 어디까지나 무호채였다. 수군이 직접 나설 이유가 없었다.

사면을 조건으로 무호채로 정민구를 치는 것은 조정에서 흔히 사용하는, 오랑캐로 오랑캐를 상대한다는 이이제이(以夷制夷)의 하나였다.

무호채가 나서서 조강채를 토벌하도록 놔두는 것이 남직례성의 관부나 안경 일대의 수군 모두에게 나았다. 어차피 수군이 움직이려면 뭐 하러 사면을 조건으로 무호채에 정민구를 토벌하라는 명령을 내리겠는가?

더욱이 안경 일대의 수군은 정민구와도 그리 나쁜 사이가 아니었다. 홍가장의 밀교역을 안경 수군이 눈감아주면서 정민구와도 인연을 맺은 상태였다.

"봉연훈이 손을 쓴 모양이군."

수군은 다른 어떤 군대보다 환관들의 영향력이 강한 곳이었다.

특히 남직례성 일대의 수군은 영락제(永樂帝) 시절 정화의 원정 이후 환관들이 감군(監軍)이라는 이름으로 사실상 지배하고 있었다.

염불보다 잿밥에 관심이 많은 환관의 남직례성 수군 장악은 홍가장이 수군과 짜고 밀무역을 할 수 있었던 이유 중 하나였다.

문제는 지금까지는 그래도 대놓고 나서지 못했던 남직례성의 수군이 적이 될 수도 있다는 것이다.

환관을 등에 업은 봉연훈의 등장은 환관들과 아무런 인맥이 없는 나로서는 치명적이었다.

봉연훈의 남경 부임 이후 그를 중심으로 뭔가 벌어지고 있는 것이 분명했다. 과연 그 일이 내 계획에 도움이 될지 아니면 방해가 될지는 아직 알 수 없었다.

우선 봉연훈이 벌이는 일이 무엇인지를 아는 것이 필요했다.

내가 수군과 그 뒤에 있을 봉연훈에 대해 생각하고 있을 때 한쪽에 있던 묘해조가 입을 열었다.

"이번 일에 동원된 안경의 수군에서 매일 토벌을 독촉하고 있습니다. 조운선을 지키는 데도 바쁜 와중에 조강채 봉쇄에 쓸 여유가 없다는 것이 그 이유입니다."

나는 시선을 묘해조에게로 옮겼다.

"그럼 자네가 여기 와 있는 것은 토벌령 때문인가?"

"그렇습니다. 우선은 채주님이 군소 수채 토벌을 위해 자리를 비우셨다는 것을 내세워 시간을 끌고 있는 상태입니다."

묘해조가 온 것은 수군의 독촉 때문이라는 말이었다.

이들이 달려온 것은 내 실종 때문이라기보다는 내가 실종

된 동안 바뀐 상황 때문인 듯 보였다.

"상황이 그렇다면 정민구가 화가 단단히 난 것도 이해가 가는군. 그는 내가 자신을 속였다고 생각할 테니 말이야."

보공석이 얼굴을 찡그렸다.

"그렇습니다. 그렇지 않아도 만약 우리가 조강채에 가까이 오면 제가 자신을 찾아왔던 것을 공개하겠다고 협박하고 있습니다."

"증거를 남기지는 않았겠지?"

"예! 그렇습니다. 말로만 한 약속입니다. 그가 사실을 밝힌다고 하더라도 증거를 댈 수는 없을 것입니다."

등호연이 흘린 쪽지 하나로 내 정체가 밝혀진 직후여서 보공석에게는 직접 만나 설득하라고 이야기했었다. 상황이 이렇게 되고 보니 불행 중 다행이라고 할 수 있었다.

"증거가 없다면 별로 걱정할 것이 없네."

"증거는 없어지겠지만…… 정 채주가 홍가장을 몰살시킨 책임을 혼자서 지겠습니까? 지금도 우리가 함정에 빠뜨렸다며 이를 갈고 있을 텐데요?"

"정민구 그 작자가 나중에 뭐라고 떠들던 누가 그자 말을 믿겠는가? 다른 사람도 아닌 정민구를 토벌한 당사자가 홍가장을 몰살시키라고 종용한 사람이라면 말이야. 아마 대부분의 사람들은 그냥 원한에 찬 모함이라고 생각할 것이고… 사정을 알 만한 자들도 증거가 없으니 문제로 삼지는 못할 것이네."

"그렇기는 합니다만, 증거는 없겠지만……."

"증거는 없겠지만, 뭐? 다른 문제 될 것이라도?"

"정 채주를 찾아갔을 때 저를 본 자들이 꽤 많습니다. 잡히고 나서 나중에 무슨 말이라도 하면……."

"자네를 본 자가 있다고 해도 걱정할 것 없네. 정민구 그 작자야 무공이 강하니 어찌 살아남을 수도 있지만, 그 일을 떠들 자 중에는 토벌에서 살아남을 수 있는 자가 없을 것이네."

정민구와 함께 요새에 남아 있는 자들은 아직도 삼백 명이 족히 넘었다. 그런 그들을 모두 죽인다는 말에 놀랐는지 몇몇이 당황한 표정을 지었다.

조파진이 조심스럽게 물었다.

"요새에 남아 있는 자들을 모두 죽인다는 말씀이십니까?"

"작은 불이 들을 태운다고 했네. 사소한 일이 나중에 큰 화를 가져올 수도 있네. 우리가 죽이지 않는다고 해도 어차피 고문을 받고 처형당할 신세일세."

"알았습니다."

묘해조는 토벌을 서두르는 관청의 재촉 때문에 온 것이라면 보공석은 정민구에 대한 처리 문제로 동산채를 찾아온 것이었다.

나를 찾아왔다가 내가 자리를 비운 탓에 동산채에 발이 묶인 것이다.

두 사람의 보고를 듣고 난 후 내 시선은 조파진에게 향했다.

"내당주와 외당주가 온 이유는 들었고, 자네는 여기까지 온 이유가 무엇인가?"

"색지 사업에 문제가 생겼습니다."

"요즘 무호에서 색지가 날개 달린 듯 팔려 바쁜 것으로 알고 있는데……. 판매에 뭔 문제라도 생겼다는 말인가?"

조파진이 책임지고 있는 색지 판매는 가을에 들어서면서 본 궤도에 오른 상태였다. 특히 최근에 판매가 급증하고 있다는 보고를 받은 것이 내가 정신을 잃기 얼마 전이었다.

"판매에는 문제가 없습니다."

"그러면?"

"문제가 생긴 것은 색지 생산입니다."

생산에 문제가 있다는 보공석의 말이 선뜻 이해가 가지 않았다.

"왕가장이 하는 일은 휘주부와 영국부에서 생산되어 무호에 모인 종이와 양주에서 생산된 염료를 모아 남경에서 염색업자들에게 맡겨 물들이는 것이네. 그렇지 않은가?"

"맞습니다."

보공석이 이해가 가지 않는다는 표정으로 조파진에게 물었다.

"그럼 왕가장이 색지를 생산한다고는 하지만 왕가장이 실제 색지 생산에 관여하는 일은 별로 없지 않습니까?"

"이치상으로는 그렇지."

"그런데 뭔 생산에 문제가 생긴다는 말입니까? 혹시 종이나 염료를 사들이는 데 힘든 점이라도 있습니까?"

"그렇지 않네. 이미 두 물건은 충분히 물건을 확보한 상태이네."

"그럼 남경에서 종이에 색을 물들이는 데 문제가 있다는 말입니까?"

"그렇다네! 거래하던 업자들이 짜고 샀을 갑자기 면포와 같은 가격으로 올려달라고 요구하고 있네. 그게 무려 다섯 배네."

"허! 다섯 배요?"

"그렇다네! 우리가 파는 색지는 영국부와 휘주부에서 생산되는 종이와 가격 차가 다섯 배 정도네. 저들은 그것을 이유로 자신들에게도 더 많은 이익을 주기를 원하고 있네."

보공석과 조파진의 대화를 듣고 있던 묘해조가 끼어들었다.

"다섯 배 정도면 이건 뭐 칼만 안 들었지 완전 강도군."

"다섯 배도 우리가 이 일에 뛰어들면서 대량으로 생산해 많이 싸진 겁니다. 올 초만 해도 값도 열 배가 넘었지만 구하기도 어려웠지요."

색지가 얼마 전에는 더 비쌌다는 말에 묘해조는 고개를 저었다.

묘해조가 색지 가격을 이해하지 못하는 것은 당연했다.

수적으로 나고 자라 평생을 보낸 묘해조에게는 종이라는 것 자체가 별로 친숙한 물건이 아닐 것이다.

그건 무호채에서 몇 손가락 안에 꼽히는 인물이 된 지금도 마찬가지일 것이다.

내가 듣기로 묘해조는 겨우 자기 이름을 쓸 수 있는 정도였다. 그나마도 지난 십 년간 무호채가 봉문 아닌 봉문을 하면서 익힌 것이라고 한다.

다른 장강십팔채의 경우 채주조차 까막눈인 경우가 많다 하니 자기 이름을 읽고 쓸 수 있는 정도도 대단하다면 대단한 일이다.

상황이 이렇다 보니 묘해조가 종이 한 장에 그런 거금을 쓰는 것을 이해하지 못하는 것은 당연한 일이었다.

굳이 색지가 아니더라도 종이 자체가 묘해조와 같은 사람들에게는 별로 익숙하지 않은 물건이었다.

"색지가 그렇게 잘 팔리는데 뭐가 문제인가? 그 정도 가격 차가 난다면 이익도 꽤 날 텐데 올려줘도 될 것 같은데?"

묘해조의 말에 조파진이 고개를 저었다.

"사려고 하는 사람이 많으니 당장은 올려줘도 이익이 나겠지. 하지만 다른 상인들에게 만만하다는 소문이 나면 너도나도 같은 요구를 하고 나설 수 있다는 것이 문제네. 염색업자들에게 올려주면 염료업자는 물론 우리에게 종이를 넘기는 상인들까지 올려달라고 나설 것이네."

조파진의 이야기를 듣던 나는 이번 일이 단순히 이익을 나눠 달라는 것 이상이라는 생각이 들었다.

물론 왕가장이 색지 판매에서 얻은 이익 대부분을 가져가는 것은 사실이지만 남경의 염색업자들이 이익 분배를 요구한다는 것은 이해가 가지 않았다.

아니, 그런 요구를 하는 것까지는 이해할 수 있다고 하더라도 시기가 너무 빨랐다.

색지가 지금처럼 잘 팔리는 이유 중 하나는 이름난 수재이자 전시 최연소 합격자라는 내 명성 때문이었다.

염색업자들이 그런 나에게 색지를 본격적으로 판매한 겨우 몇 달 만에 불만을 품고 이익 분배를 요구한다는 것은 이치에 맞지 않았다.

"남경의 다른 업자들과는 이야기를 해봤나?"

"기존의 업자들이 남경에서는 가장 큰 공방을 가진 자들입니다. 다른 업자들은 규모도 작아 색지의 색이 일정하지 않습니다."

"그렇겠군."

같은 붉은색이라도 염색한 업자에 따라 약간의 차이가 있는 것이 일반적이었다. 비단 같은 경우에야 그런 차이가 별

문제가 아니겠지만 종이는 문제가 될 수 있었다.

"자네 말대로라면 큰 공방들이 서로 담합을 했다는 것이 군. 서로 경쟁하는 자들이라 쉽지는 않았을 텐데……. 주동하 는 공방이 어딘지는 알아냈나?"

무슨 담합이든 주동하는 공방이 있게 마련이고, 그곳이 어 딘지만 알면 대응하는 방법은 많았다.

"저도 무슨 일인지 영문을 모르겠습니다. 약간의 규모 차 이는 있지만 쉽게 힘을 합칠 자들이 아닙니다. 실제 다른 염 색에서는 여전히 경쟁을 하고 있습니다."

"유독 우리 물건만 품값을 올려 받으려고 한다는 말이군."

"그렇습니다. 그들이 단단히 마음을 먹은 것 같습니다. 외 람된 말씀입니다만 장주님의 이름을 팔며 한두 공방에 그들 에게만 가격을 올려주겠다는 이야기도 해봤습니다만 거절당 했습니다."

"올려주겠다고 해도 거절한다……. 더구나 내 이름을 댔는 데도……."

내 큰형님처럼 휘주부에서는 예전부터 타지로 나가 장사 하는 사람이 많았다. 내 후원자 중에도 타지에 나가 있는 휘 주 상인도 여러 명 있었다.

그런 연유로 나도 상인들과 상계에 대해서는 잘 알고 있었 다.

남경 염색업자들의 행동은 내가 아는 상인들에 대한 지식으로는 이해할 수 없는 일이었다.

같은 하는 일을 하는 자들이 조합을 세워서 내부 단속을 하고 가격을 조절하는 일이 없는 것은 아니었다. 남경의 염색업자들도 그런 조합에 가입되어 있을 것이다.

하지만 조파진이 내 이름을 댔다는 것은 단순히 더 많은 돈을 주겠다는 것뿐 아니라 다른 업자들과의 약속을 어겨서 문제가 생기면 나와 왕가장이 막아준다는 것이다.

더구나 미래를 생각하면 왕가장과 손을 잡는 것은 그런 염색업자들에게는 일생의 기회일 수도 있었다.

그런데도 어느 한 명도 넘어오지 않았다는 것은 이번 일이 단순히 상인들 간의 담합 이상의 문제일 수 있다는 것이다.

"그렇게 가격을 올려줄 수는 없네. 소규모 공방에 맡길 수 있는 한 맡기고 그래도 안 된다면 소주나 항주에 가는 일이 있더라도 절대 올려주지 말게."

"하지만 그랬다가는 물건을 제대로 댈 수가 없습니다. 더구나 지금은 한창 색지 판매가 한창일 때인데……."

조파진은 여전히 아쉬운 표정이었다.

가을에서 초겨울은 일 년 중 가장 풍요로울 때였다. 사람들의 씀씀이가 가장 큰 때도 바로 이맘때였으니 그로서는 때를 놓치고 싶지 않을 것이다.

"한번 봐주기 시작하면 걷잡을 수 없네. 그냥 밀어붙이게."

"아직은 사람들이 특별한 종이로 글이나 그림을 그리려고 색지를 사지만 점차 색지로 여러 가지 물건을 만드는 사람들이 늘고 있습니다. 잘만 하면 어느 정도 올려주더라도 더 큰 이익을 얻을 수 있습니다."

장강 남쪽에서 이모작이 늘어나고는 있지만, 아직 겨울철은 농한기인 경우가 많았다.

농한기 부업 중에는 종이를 이용해 만드는 공예품도 있었다. 색지는 이전에 보통 종이로 만들던 등이나 양산 등등의 공예품을 만드는 데 더없이 좋은 재료일 것이다.

"그래서 더더욱 저들의 조건을 들어줄 수 없다는 것이네."

"무슨 말씀이신지?"

"지금까지는 색지를 높은 이문을 붙여 팔았지만, 이제부터는 보통 종이보다 오 할의 정도 가격을 붙여서 팔 생각이네."

"오 할이요? 지금도 없어서 못 파는 물건을 그렇게 가격을 내리다니요!"

"물론 지금 가격으로 계속 팔 수 있으면 좋겠지만 그게 얼마나 가겠나! 지금이야 귀했던 색지를 쉽게 구할 수 있어 너도나도 사겠지만 좀 있으면 그런 자들은 시들해질 것이네. 색지가 팔리면 팔릴수록 지금의 색지 가격은 유지되기 어렵다는 말이지. 그때 가서 한 번 올린 삯을 내리는 것은 어려운 일이네."

"그래도 오 할은 너무 박한 것 아닙니까? 그런 때가 오더라도 두 배 정도의 가격은 받을 수 있을 것입니다."

"물론 자네 말대로 색지와 일반 종이의 차이를 생각하면 두 배 정도는 충분히 받을 수 있을 것이네. 하지만 대량으로 색지를 만들어 팔겠다는 사람이 지금까지는 없었지만 조금 있으면 너도나도 이 일에 뛰어들 것이네. 그리고 그중에는 분명히 종친이나 수염 없는 자들도 있겠지. 아마 남경 염색업자들 뒤에는 그들의 손이 분명히 있을 것이네."

돈이 생기는 일이라면 무슨 일이든 하는 자들이 바로 이른바 왕족과 고관대작들이었다. 그들이 색지 사업 같은 일에 뛰어들지 않을 리 없었다.

"하긴 믿는 것이 없다면 염색업자들 주제에 그렇게 강하게 나오지 못하겠지요."

"다른 이유가 있을 수도 있으니 조사는 해봐야겠지. 어쨌든 우리가 가격을 낮춘다면 색지 사업에 뛰어들려던 자들도 다시 생각하게 될 것이네."

"하지만 오 할 이문이라면 실제 운송비나 인건비를 생각하면 남는 것이 거의 없습니다."

"그 문제는 내가 생각해 놓은 것이 있으니 당분간 밀어붙이게. 어차피 한동안은 생산량이 적으니 큰 손해는 없을 것이네."

"그랬다가는 선주문을 해놓은 자들도 가격을 내려달라고 요구할 것입니다."

"선주문이 많은가?"

"남경의 염색 공방에서 일을 맡지 않는다면 선주문을 처리하는 데만도 봄까지는 시장에 물건을 팔 생각을 하지 말아야 할 것입니다."

"그렇다면 선주문한 사람들에게 오 할 이문만을 받고 넘기게."

"그런 가격에 넘기면 선주문을 했던 자들 중 많은 수가 물건을 받아 다른 자들에게 팔 것입니다."

"그래도 넘기게. 단, 우리가 오 할 이문만을 받고 넘긴다는 것을 확실히 하게."

"알겠습니다."

대답은 했지만 조파진은 여전히 불만있는 표정이었다. 상인에게 눈앞에 있는 이익을 버리라고 하니 불만이 있을 수밖에 없을 것이다.

"외당주!"

"예!"

곁에서 듣고 있던 보공석이 대답했다.

"자네는 빠른 배와 사람을 뽑아 소주와 항주에서 색지를 만드는 것을 도와주게."

"예!"

第三章 천현지친(天顯之親)

부자간의 사랑, 그리고 형제간의 우애

金鯉
倒穿波

금리
도전파

대충 중요한 일을 보고받고 나서도 세 사람은 이것저것 이야기하며 나갈 생각을 하지 않았다.

할 말이 많은 것도 어느 정도는 이해가 가는 일이었다.

내가 정신을 잃은 것은 열흘 남짓이었다. 하지만 내가 이들과 이렇게 이야기를 나눈 것은 몇 달 만이다.

이해는 가지만 나는 그들의 이런 넋두리를 들어줄 생각이 없었다.

지금은 그럴 때가 아니었다.

"그럼 자네들은 나가들 보게. 내가 좀 피곤하군."

"하지만……."

나는 그동안 쌓였던 몸의 피로도 피로지만 생각할 것이 많았다.

내게 급한 것은 이들의 보고를 받는 것이 아니라 그사이에 변한 상황에 맞춰 계획을 세우는 일이었다.

"내 말을 거역하는 것인가!"

내가 호통을 치자 세 사람은 서둘러 방을 나섰다. 세 사람이 나가고 나서 쉬는 대신 고민에 빠져야만 했다.

우선 가장 먼저 고민한 것은 양부인 큰아버지가 반란에 연루되었다는 것이다. 하지만 이 문제는 현재로서는 별다른 해결책이 없었다.

당장 조금 전 방을 나선 세 사람 중 누가 지금도 수룡회와 함께 반란에 참여하고 있는지 확실하지 않았다.

가장 의심스러운 것은 보공석이지만 다른 두 사람도 의심스럽기는 마찬가지였다.

셋 모두일 수도 있지만, 또 셋 모두 아닐 수도 있었다. 내 진짜 신분을 아는 사람은 무호채에만 열 사람이 넘었다.

반란에 관련된 문제는 가장 중요한 문제였고, 반란이 길어야 반년 안에 일어난다는 것을 생각하면 시급한 문제였다. 그렇지만 지금으로서는 별다른 대책이 없었다.

반란 문제를 제외했을 때 다음으로 다가온 문제는 현천심법과 관련된 문제였다.

칠보단혼산과 만년화리, 그리고 내 본래 선천지기까지 합처 현재 불안한 상태였다.

언제 터질지 모르는 화산을 곁에 두고 있는 기분이었다.

'제길, 진짜 여의주라도 찾으러 나서야 하나!'

어찌 보면 장강십팔채 사이의 내분과 곧 있을 반란은 여의주를 찾을 절호의 기회일지도 몰랐다.

녹 할아버지가 백 년 동안, 그리고 큰아버지가 수십 년 찾고도 못 찾은 여의주이다.

반란이 가져올 혼란은 여의주를 찾을 절호의 기회였다.

이런 생각 때문에 녹 할아버지의 말과는 달리 녹 할아버지가 반란에 관련됐을 수도 있다는 생각이 머리를 떠나지 않았다.

만약 큰아버지가 반란에 참여한 것이 여의주를 찾기 위한 녹 할아버지의 지시 때문이라면?

물건 하나를 찾으려고 수많은 사람이 희생될 반란을 일으킨다는 것은 무리가 있는 생각인지도 모른다. 하지만 얼굴도 보지 못한 큰아버지는 모르겠지만 내가 겪은 녹 할아버지는 그러고도 남을 사람이었다.

녹 할아버지 같은 이가 백 년을 찾을 정도라면 여의주가 얼마나 귀중한 물건인지 알 수 있었다.

현천심법과의 연관성을 생각하지 않더라도 그 자체가 보물이었다. 손에 넣으면 신선은 아니더라도 무병장수는 보장되는 것이 보물이 아니면 뭐겠는가?

그럼에도 내 가슴을 무겁게 누르는 것은 이런 모든 내 행동과 결론이 녹 할아버지가 계획한 것일지도 모른다는 것이다.

그 사람이 설사 사조인 녹 할아버지라도 누군가의 꼭두각시가 되고 싶지는 않았다.

이런 결론을 내린 이유 중 하나는 바로 내가 정신을 잃고 쓰러지고 십 일이나 지났다는 점이었다.

현천심법을 대성을 코앞에 둔 것으로 예상하는 녹 할아버지의 능력이라면 하루 이틀 정도면 나를 완전히 치료할 수 있었다.

나를 괴롭히는 또 다른 고민인 사면령과 정민구에 관한 일은 모두 그 십 일이 없었다면 발생하지 않았을 문제이다.

녹 할아버지가 문제가 생길 줄 어떻게 알고 했는지를 의심하는 것은 어리석은 일이었다.

녹 할아버지는 자신의 말대로라면 큰아버지의 죽음에 대해 의문을 품고 사천당가의 사람을 유인해 반란 계획을 알아낸 사람이었다. 그것도 혼자서 말이다.

아니, 굳이 무언가 문제가 생길 것을 예상하지 못했다고 하더라도 결과는 마찬가지였다.

문제가 생길 때까지 정신을 잃은 나를 깨우지 않으면 그만인 것이다. 사면령으로 생긴 문제가 아니더라도 무호채나 동산채, 또는 무호의 왕가장 어느 곳에선가는 문제가 생겼을 것이다.

내가 궁금한 것은 과연 녹 할아버지가 내게 원하는 것이 무엇인가였다.

다른 사람의 뜻대로 움직이는 것이 얼마나 위험한 일인가는 이미 지난 몇 달간 충분히 겪고 있었다.

다른 고민이라고 할 수 있는 봉연훈이나 정민구에 대한 처리는 앞선 고민에 비하면 오히려 간단했다.

현천심법에 대한 고민이 내 목숨이 걸린 고민이라면 정민구에 대한 고민은 지금의 어려움만 피하면 문제가 될 것이 없는 종류였다.

조강채에 머물고 있는 정민구를 토벌하는 일이야 굳이 내가 나설 필요도 없었다. 무호채의 힘이라면 조강채를 점령하는 것은 어려운 일도, 그리 오래 걸릴 일도 아니었다.

아니, 현재 상황에서 조강채를 토벌하는 일은 무호채가 나서지 않아도 이번 원정에서 항복한 자들만으로도 서평하나 강필준이면 충분했다.

오히려 문제는 조강채를 토벌하고 난 후였다.

상황이 불리해지면 정민구나 그의 부하들이 그냥 순순히 죽을 리 없었다. 아마 보공석과 나눈 약속을 떠벌릴 것이다.

정민구는 자신의 이익을 위해서라면 부하나 동료도 거침없이 버릴 수 있는 자였다. 그런 자일수록 자신이 배신당하는 것에 더욱 분노하는 법이다.

그 순간 토벌의 대상은 조강채에 모인 자들이 아니라 무호채가 될 수 있었다. 이번 토벌령의 대상은 어디까지나 홍가장을 해친 자들이기 때문이다.

남경 조정에서 토벌령을 받아내기가 어렵지 일단 내려진 토벌령에 나설 세력은 강호 세력이 별로 없다시피 한 남직례성에도 넘쳐났다. 무호채가 토벌되고 나면 차지하게 될 장강 하류의 이권을 생각하면 다른 성의 문파들까지 남직례성으로 몰려들 것이다.

토벌이 별문제없이 끝난다고 해도 문제였다. 그 후 벌어질 일을 생각하면 내일부터 당장 사람들을 쉴 틈 없이 만나야 할 것이다.

홍가장이 장악하고 있던 밀거래도 결코 작은 이권이 아니었다. 지금이야 홍가장의 참변과 이어진 예상외의 토벌령에 별다른 움직임이 없지만, 그냥 넘어갈 일이 아니었다. 밀거래와 관련된 안경 수군이나 관리들이 눈뜨고 이익을 포기할 리가 없었다.

이런 일들을 처리하자면 내가 자리를 비울 수가 없었다.

내가 자리를 비울 수 없는 중요한 이유 중 하나는 지금 자리를 비웠다가는 남아 있는 자들의 동요가 더욱 커질 것이라는 점이다.

더욱이 그렇지 않아도 등호연의 죽음으로 어수선한 상황이다.

내가 정신을 잃은 사이 장강 하류의 관심이 나에게 쏠린 상태였다.

지금 움직이는 것은 아무리 주의한다고 해도 수채를 주시하고 있는 자들의 눈에 띄게 될 것이다.

필요한 것은 내 생각대로 움직일 수 있고 믿을 수 있는 자들이었다.

지금 나는 장강 하류의 수로를 평정했다는 평가를 받고 있다. 어중이떠중이기는 하지만 동원할 숫자만 천 명이 훨씬 넘었다.

왕조 교체기에 반란을 일으키는 자들이 고작 몇 십이나 몇백에서 시작하는 것을 생각하면 엄청난 숫자였다.

당장 명나라를 세운 태조가 난을 일으킬 때 그를 따른 것은 스물여덟 명의 공신들이었고, 한왕 장사성도 처음 관청을 습격할 때는 그보다 적은 열대여섯 명이었다.

이런 것을 생각하면 장강을 장악하고 있던 수룡회를 이끌던 큰아버지나 한구채주 유창진이 반란에 가담한 것도 어느 정도는 이해할 수 있는 일이었다.

물론 여러 가지 이유로 지금, 그것도 장강 유역이나 강남에서 일어난 반란이 성공할 가능성은 조금도 없지만 말이다.

어쨌든 내 밑의 천 명을 훌쩍 넘는 부하 중에 완전히 믿을 수 있는 자들이 얼마나 있을까?

살려고 항복한 군소 수채 출신 수적들은 말할 것도 없고 무호채도 수채를 대표하는 세 사람을 믿을 수 없었다.

그나마 믿을 수 있는 흑귀조의 숫자는 수십 명!

너무나 부족한 숫자였다.

지금 당장 필요한 것은 실질적인 힘이라고 할 수 있는 무호채의 무력을 장악하는 것이었다.

현재 무호채의 무력을 대표하는 것은 묘해조 삼부자였다.

그런 묘해조 일가를 내 손안에 장악할 필요가 있었다.

그리고 마침 나에게는 그 방법이 있었다.

나는 편지를 써 묘해조에게 보내고 나서 동산채 안에 있는 연공실로 향했다.

연공실에 들어서 입구에 있는 등의 심지에 불을 붙였다.

동산채주 육호태가 사용했던 연공실은 채주실 지하에 바위를 뚫고 만들어진 곳이었다. 육호태가 동산채에서 가장 신경을 써서 만들어놓은 곳이다.

내가 연공실에 들어온 것은 오늘이 처음이다.

현천심법은 굳이 이런 연공실이 필요없었다. 초식도 이런 밀실에서 혼자 연습해 봐야 큰 성과를 낼 수 없다고 생각했다.

내 생각에 초식이라는 것은 실전 경험을 통해 오랫동안 만들어진 것이다.

즉, 내가 이런 식으로 공격하면 상대방이 이런 식으로 막고 그러면 내가 다시 이렇게 그 틈을 공격한다는 식으로 만들어진 것들이다.

그런 초식을 밀실에서 혼자서 익혀봐야 그게 얼마나 도움이 되겠는가?

실제 대련이나 실전을 통하지 않고 초식을 제대로 펼친다는 것은 말도 되지 않는 일이다.

과거 답안을 작성하는 데 쓰이는 문장의 형식인 팔고문을 안다고 과거에 합격할 수 없고, 바둑의 포석을 무조건 외운다고 실전에서 상대방을 이길 수 없는 것과 마찬가지다.

이론에 치우치기보다는 실제 바둑을 둬보거나 기보를 보는 것이 실력을 높이는 데 도움이 된다.

가까운 예로 내가 정신을 잃기 전 상대했던 자들은 초식을 펼치는 데 급급하다 목숨을 잃었다.

나도 그 대결로 느끼는 것이 많았지만, 그전에 처리해야 할 일이 있었다.

연공실 밖에서 인기척이 들리자 나는 말했다.

"어서 들어오게!"

말이 떨어지자마자 묘해조 삼부자가 차례로 연공실로 들어왔다. 연공실이 그리 좁지는 않았지만 세 사람이 더 들어서자 꽉 차는 느낌이었다.

"한 사람만 불렀는데 세 부자가 함께 오고……. 부자간의 정이 깊군."

내 말이 끝나기가 무섭게 묘해조가 고개를 숙였다.

"전대 채주님이 저희에게 베푸신 은혜에 관한 문제라고 해서……."

나는 분명히 그 혼자만 오라고 지시를 내렸다.

묘해조의 행동이 이해가 가지 않는 것은 아니었다.

그렇지 않아도 양부가 죽은 이후 묘해조는 금제를 내가 해결할 수 있을지 걱정하고 있었을 것이다.

더구나 그는 다른 사람들과는 달리 부자 세 명이 모두 목숨이 위험한 상황이었으니 지금까지 별다른 내색이 없는 것도 대단한 일이었다.

녹 할아버지가 나타나지 않았다면 오래전에 뭔가 연락을 해도 벌써 연락을 해왔을 것이다.

아마 지금까지 기다린 것은 최악의 경우 녹 할아버지를 통해 해결할 수 있다는 생각 때문일 것이다.

그렇지만, 나는 세 사람을 한꺼번에 상대할 생각은 없었다.

"내 양부께 들어서 어느 정도는 알겠지만, 같은 내공을 익혔다고 해도 사람에 따라서 체질이나 특징이 달라 같은 방법이 통하는 것은 아니네."

"그건 알고 있습니다."

횃불이 묘해조의 눈에 반사되어 반짝였다. 그리고 그의 표정도 어느 정도는 안심이 되는 듯 긴장이 풀렸다.

지금까지 내가 치료 방법을 알고 있을지 걱정했던 것이 이제야 사라지는 듯 보였다.

나는 그의 이런 반응을 보며 양부가 그동안 아무 거리낌 없이 수채를 비울 수 있었던 이유를 알 수 있었다.

큰아버지는 지난 십 년간 꽤 자주 무호채를 떠나 있었다고 한다.

알려지기에는 장강평의회 때문이었다고 하지만 당가의 정보대로라면 반란을 준비하기 위한 것이었다.

양부가 자리를 비운 사이 실제 무호채를 이끌어간 것이 바로 묘해조였다. 태생부터 수적인 묘해조에게 무호채의 거의 전권을 맡겨놓은 셈이다.

양부가 반란으로 무호채를 장악했으니 한편으로는 위험한 행동일 수도 있었는데 분자결이라면 그런 불안은 해결되는 셈이었다.

아무리 대담한 자라고 해도 자신뿐 아니라 아들들의 목숨까지 걸린 상황에서 모험을 하기는 어렵기 때문이다.

더욱이 내가 본 바로는 묘해조는 아들들에 대한 사랑이 각별했다.

물론 나도 이런 상황을 어느 정도는 짐작하고 있었기 때문에 군소 수채 정벌을 나설 수 있었다.

그 몇 달 사이 묘해조의 무호채에 대한 장악력은 더 강해진 상태였다.

묘해조가 무호채를 사실상 장악한 것은 수채를 떠날 때를 생각해 내가 의도적으로 계획한 일이었다.

그렇지 않다면 아무리 신임 채주로서 성과를 내는 것이 필요하다고 해도 채주가 된 지 얼마 지나지 않은 시기에 군소수채 정벌을 시작하지는 않았을 것이다.

이런 행동의 근본적인 이유는 내가 언제까지 머물 수 없다는 것이었다.

내가 떠나야 하는 상황에서 무호채를 맡길 사람이 필요했다.

무호채에서 나고 자란 묘해조와 그의 아들들보다 더 적당한 인물은 없었다.

굳이 채주 자리를 물려주고 말고 할 것도 없었다.

무호채의 신임 채주인 강탄이라는 이름을 묘해조의 아들 중 한 명이 이어받으면 그만인 것이다.

지금은 묘해조의 아들들 대신 흑귀조 중 한 명을 내 대역으로 생각하고 있었다.

묘해조도 반란에 가담한 것인지 의심되는 상황이라 굳이 위험을 감수할 필요가 없었다.

가장 의심스러운 것은 보공석이지만 묘해조도 의심을 피할 수는 없었다.

반란의 중심지가 형주, 즉 호광성이라면 남직례성에 위치한 무호채는 장강 하류에서 혼란을 일으키는 역할이다.

안경이나 남경의 수군기지와 강북과 연결된 운하를 막을 수만 있다면 반란군은 충분한 시간을 얻을 수 있을 것이다.

그게 아니라면 무려 십 년이나 막대한 돈을 들여 수적들의 무공 실력을 높였을 리가 없다.

무호채의 역할이 그것이 맞고 내가 큰아버지이고 반란을 일으키려고 생각했다면 무호채의 수적들 사이에 인망이 높은 묘해조를 끌어들였을 것이다.

묘해조 일가의 무호채 내에서의 지위는 단단했다.

무호채 내에서의 영향력이라는 면에서는 지위는 비슷하지만 보공석이나 조파진은 묘해조와 비교할 수 없었다.

보공석은 셋 중 가장 나이가 어리고 수채에 들어온 지 채 몇 년 되지 않는다. 조파진이 무호채에 들어온 지 십 년 정도 된다지만 그는 상인 출신이었다.

보공석과 조파진이 무호채에서 가진 영향력이란 기본적으로 과거에는 큰아버지를 통해, 그리고 지금은 나를 통해 발휘된다.

아무리 금제를 통해 명령을 거부할 수 없다고 해도 미리 묘해조를 한편으로 끌어들였다고 생각할 수도 있었다.

물론 지금의 상황에서는 반란에 가담했든 하지 않았든 묘해조의 목줄을 더 단단히 할 필요가 있었다.

"대충은 어떻게 해야 할지 짐작할 수는 있지만, 아직 확신할 수는 없네."

보공석의 안색이 금세 어두워졌다.

"그 말씀은?"

"오늘내일 당장 양부처럼 자네들이 치료할 수는 없다는 것이지."

"그렇습니까?"

"그렇다네. 오늘 내가 묘 전주를 부른 것은 치료를 시작하기 전에 상태가 어떤지 자세히 알아보기 위해서이네. 시간이 남아 있기는 하지만 그때가 되어 실수했다가는 무공은 물론 목숨까지 잃을 수 있는데 무작정 시도해볼 수는 없는 일 아닌가! 알겠는가?"

"예!"

자세한 설명에 오히려 안심이 된 듯 삼부자는 누가 부자간이 아니랄까 봐 합창하듯 외쳤다.

"이왕 세 사람이 왔으니 셋 모두 몸 상태를 오늘 살펴보는 것이 좋을 것 같네. 우선 한 사람만 남고 나머지는 밖에서 기다리게. 누구 먼저 하겠나?"

내가 둘러보자 묘해조가 앞으로 한 걸음 나섰다. 다른 두 사람도 움직이려다 묘해조를 보고는 뒤로 물러섰다.

"그럼 묘 전주만 남고 나머지는 나가서 기다리게."

"예!"

나는 홀로 남은 묘해조에게 고개를 돌렸다.

"자네는 연공실 중앙에 가부좌하고 앉게."

묘해조가 연공실 중앙에 앉자 나도 그의 뒤에 앉았다. 그리고 묘해조의 등으로 두 손을 뻗었다.

"뭐 하나, 어서 자네가 익힌 내공심법을 운기행공하지 않고?"

"지금 여기서 말입니까?"

묘해조가 놀란 듯 고개를 돌려 나를 바라보았다.

"자네 아들 둘이 밖에서 지키고 있는데 뭘 걱정하나!"

"그게 아니라……."

"설마 운공하는 동안 내가 자네를 해치기라도 할까 봐 그러나?"

"제가 어찌 감히……."

건넨 농담에 생각보다 당황하는 모습이 수상했지만 상관하지 않았다.

묘해조가 어떤 생각을 하고 있다고 하더라도 지금 그가 할 수 있는 일은 거의 없었다.

나를 빼면 그가 치료를 받을 사람은 녹 할아버지뿐이다.

최근 녹 할아버지가 보여준 행동으로 생각할 때 그가 미치지 않고서야 녹 할아버지에게 치료를 먼저 부탁하지는 않을 것이다. 그리고 부탁을 할 생각이라면 진작에 했을 것이다.

물론 내 생각에는 녹 할아버지가 순순히 치료해 줄 것 같지도 않지만 말이다.

"시작하게!"

어색한 분위기가 지나고 묘해조가 운기를 시작했다.

나는 묘해조 등에 놓인 손을 통해 천천히 묘해조의 기가 움직이는 흐름에 나를 일치시키기 시작했다.

시간이 가면서 내 호흡과 기의 움직임이 묘해조와 하나가 되는 것이 느껴졌다.

겉모습은 시중의 사이비 기공치료사들이 하는 것과 비슷하지만, 실상은 차원이 다른 것이다.

내가 지금 하고 있는 것은 일부 선문(仙門)에 내려온다는 동화(同化)의 법(法)이다.

상대의 병은 물론 기의 흐름까지 명확히 알 수 있고, 자신의 선천지기를 사용해 다른 사람을 치료까지 할 수 있었다.

돌팔이가 기를 통해 치료한다며 흉내 내는 것이 기공치료라면 그 절정이 바로 동화의 법이라고 할 수 있다.

본래는 아무나 할 수 있는 것이 아니라 체질적으로 타고나야 하고 그 후에도 체계적인 훈련을 받아야 할 수 있는 것이다.

실제 동화의 법을 할 수 있는 제대로 된 능력을 갖춘 이는 기공치료법이 내려오는 선문에서도 몇 대에 한 명 나올까 말까 할 정도로 어려운 일이었다.

구자결을 익히려면 이런 대단한 동화의 법에 대한 기본적인 이해가 있어야 한다.

이런 것을 보면 현천심법이 선문에 기반을 둔 것이 분명했다.

물론 구자결에 포함된 동화의 법은 선문에 내려오는 동화의 법처럼 치료 효과가 큰 것은 아니다.

어디까지나 기본일 뿐이다.

선문에 내려오는 동화의 법은 죽어가는 사람까지 살릴 수 있는 기사회생의 방법이다.

그에 비해 구자결에 포함된 동화의 법은 치료보다는 자신의 기를 상대와 일치시켜 눈으로 보는 것처럼 상대의 몸과 기의 움직임을 꿰뚫어 보는 것에 중점을 두고 있다.

의원이나 무림인에게는 도깨비 방망이나 마찬가지였다. 문제라면 그 과정에서 막대한 정신력이 소모된다는 점이다.

그러고 보면 전투 내내 동화의 법을 사용한 녹 할아버지는 그것만으로도 괴물이라고 할 수 있었다.

'구자결을 만든 것도 녹 할아버지라고 했던가?'

정말로 녹 할아버지가 구자결을 만든 것이라면 정말 대단한 것이었다.

구자결이 한쪽으로 치우쳐 현천심법이 가진 조화에는 모자라지만 기를 다루는 점에서는 현천심법보다 뛰어난 점이 많았다.

정통은 아니지만 구자결에 포함된 동화의 법도 본래는 단전에 장심을 붙이고 해야 한다.

그럼에도 내가 굳이 등에 손을 대고 있는 것은 그게 편하기 때문이다. 내가 여자도 아니고 묘해조 같은 중늙은이의 단전에 손을 얹고 싶겠는가?

현천심법이나 구자결을 십성 이상 익히면 굳이 신체 접촉이 없어도 상대의 몸 상태를 알 수 있다고 한다.

현천심법으로 그 정도 경지에 오른 것은 조사(祖師)라고 할 수 있는 수룡왕이나 적게 잡아도 백 년은 넘게 현천심법만 익힌 녹 할아버지뿐일 것이다.

녹 할아버지처럼 손 하나 대지 않고 몇 장이나 떨어져 있는 사람을 죽이거나, 아무도 모르게 폭자결로 사람을 인간폭탄으로 만드는 정도는 아무것도 아니게 되는 것이다.

특히 구자결은 기본적으로 선천지기를 이용하는 것이기 때문에 알고 있어도 막을 수가 없다.

어쨌든 손을 대지 않고 동화의 법을 사용하는 것은 먼 훗날의 일이고, 지금 내 현천심법의 수준으로는 신체 접촉이 꼭 필요했다.

묘해조의 몸 안에서 내공이 어떤 혈도를 따라 움직이는지 알아내는 데는 오랜 시간이 걸리지 않았다.

하지만 중요한 것은 묘해조 몸 안에 흐르는 양부의 선천지기가 어떤 작용을 하는지가 문제였다.

몸 안의 특정 혈을 자극하는 것은 알겠지만 그게 정확히 어떻게 무공 수련에 도움이 되는지 원리는 쉽게 알 수 없었다.

구자결을 통해 편법으로 무공을 사용하는 것과 다른 사람의 무공 수련을 돕는 것은 그 방법이 전혀 달랐다.

'생각했던 것처럼 간단하지는 않군. 묘해조 하나로는 뭐라 확신을 할 수 없겠는데…….'

하긴 해결 방법이 쉽다면 진작에 묘해조나 보공석이 먼저 알아냈을 것이다.

아무리 무공에 도움이 된다고는 하지만 자신의 몸속에 폭탄을 안고 있는 셈인데 방법을 찾지 않았을 리가 없다.

큰아버지가 살아 있을 때는 별로 걱정하지 않았을 수도 있다.

금제라기보다는 채주인 큰아버지가 자신들의 무공 수련을 돕는다고 생각했을 수도 있다.

하지만 갑자기 돌아가시고 나서는 문제가 달랐다.

큰아버지의 죽음과 나를 찾아온 시기 사이는 겨우 며칠이다. 그동안 묘해조나 보공석은 모든 방법을 동원해 해결책을 찾아봤을 것이다.

'해결 방법이 쉬웠다면 처음부터 내가 이렇게 수적들의 두목을 하지도 않았겠지.'

나는 묘해조의 등에서 손을 떼고 그가 운기조식을 끝내기를 기다렸다.

"벌써 끝난 것입니까?"

운기조식을 마친 묘해조는 미심쩍다는 표정을 그대로 드러내며 물었다.

"알아봐야 할 것은 어느 정도 파악했으니 이제 자네 아들 중 하나를 들어오라고 하게."

끝났다는 말에도 묘해조는 연공실을 나가려 하지 않았다.

뭔가 할 말이 있는 듯한 표정이었다.

"특별한 일이라도 있나?"

"제 건강은 괜찮습니까?"

잔뜩 망설이던 묘해조가 자신의 건강에 대해 물었다.

내가 예상하지 못한 질문이었다.

나는 그가 질문하기 전 많이 망설이기에 현천심법을 몇 성이나 익혔는지, 혹은 얼마 정도 지나면 자신을 치료할지를 물을 것이라고 예상했다.

아마 그런 질문을 했다면 대답하기 곤란했을 것이다. 나는 현천심법을 정통적인 방법으로 익힌 것이 아니기 때문이다.

그에 비해 묘해조의 건강에 대해 알려주는 것은 어려운 일이 아니었다.

내가 이상하게 생각하는 것은 단순히 건강을 묻는 것이었다면 묻기 전 묘해조가 그처럼 망설일 필요가 없었기 때문이다.

"왜? 요즘 몸에 무슨 문제라도 있나?"

혹시 몸에 병이 있어 그에게 요즘 이상한 징후라도 있나 하는 생각이 들었다.

조금 전 동화의 법으로 살펴본 바로는 별다른 이상이 없었다. 그렇지만 이상이 없다고 확신할 수는 없었다. 동화의 법을 정식으로 사용해 본 것이 이번이 처음이었다.

얼마 전 환자를 치료하면서 동화의 법에 담긴 묘리를 이용해 환자 상태를 살펴본 적은 있지만 그뿐이었다. 더구나 꺼림칙한 생각에 등을 통해 살펴봤으니 이래저래 빗나갈 가능성이 컸다.

묘해조가 무호채에서 차지하고 있는 비중을 생각하면 그의 건강 상태는 아주 중요했다.

"그건 아닙니다만……."

"그런데?"

묘해조가 또다시 망설이다 힘들게 입을 열었다.

"전대 채주님께서는 삼 개월에 한 번 지금 채주님처럼 저희의 몸 상태를 직접 확인하셨습니다."

"삼 개월에 한 번?"

"예! 전부를 한 번에 확인한 것은 아니지만 시기를 나눠 며칠에 한 사람씩 확인하셨습니다."

삼 개월마다 몸 상태를 살폈다는 말에 나는 이상한 생각이 들었다.

내가 조사한 바로는 무호채의 간부 중에서 큰아버지가 분자결을 사용한 것은 십여 명 정도였다. 열 명이라고 해도 삼 개월마다 몸 상태를 조사하는 것은 결코 쉬운 일이 아니었다.

한 명을 확인하는 데도 꽤 많은 정신력이 소모된다.

다른 사람의 기와 자신의 기를 일치시키기가 쉬운 일이 아니다.

실제 내가 알기에는 동화의 법으로 환자를 치료했다고 알려진 사람들 대부분이 며칠에 한 명 정도가 고작이었다.

그나마 내가 묘해조에게 동화의 법을 사용하고도 큰 무리가 없는 것은 난 단지 기의 흐름을 살펴보는 데 그쳤기 때문이다.

그럼에도 만약 얼마 전 만년화리 내단을 먹지 않았더라면 묘해조 한 명을 단지 살피는 것만으로도 완전히 지쳤을 것이다.

큰아버지는 단지 살펴보기만 한 나와는 달리 구자결의 부작용을 치료하는 것도 함께했을 것이다.

큰아버지를 직접 본 적이 없어 큰아버지의 현천심법이 몇 성이었는지 알 수는 없다. 하지만 하루에 한 사람 이상 살피는 것은 불가능했을 것이다.

자주 수채를 비울 정도로 바쁜 와중에도 굳이 일일이 몸 상태를 살핀 이유를 짐작하기 어려웠다.

내가 모르는 뭔가가 있다는 생각이 들었다.

"그래, 아버님께서는 주로 어떤 이야기를 해주셨나?"

나는 좀 더 자세히 물었다.

"주로 무공 수련에 대해 이야기하셨습니다. 가끔은 건강 상태에 대해 이야기하셨고요. 전에 보공석 당주가 위에 작은 종양이 생겼을 때 초기에 알려주셔서 치료할 수 있었습니다. 아시겠지만 위에 종양이 생기면 목숨을 잃을 수밖에 없지 않습니까!"

"그런 일이 있었군."

"예!"

나는 묘해조에게 몇 가지 질문을 더해서 큰아버지가 삼 개월에 한 번 조사를 한 이유를 알아내려고 했다.

하지만 묘해조가 알고 있는 것은 별로 없었다.

대답을 하는 내내 긴장한 듯 묘해조는 땀을 흘렸다.

평소 그를 아는 사람이 봤다면 그가 병에 걸렸나 생각했을 정도였다.

하지만 대화를 통해 묘해조가 몸 상태에 대해 물은 것이나 땀을 흘리는 것은 그의 건강과는 상관없음을 깨달았다.

그는 내가 큰아버지처럼 자신의 몸 상태에 대해 뭔가 이야기해 주기를 바라는 것이다.

왜 아니겠는가?

묘해조 자신과 그 아들들의 목숨이 내게 달렸다. 내가 현천심법을 얼마나 익혔는지 좀 더 자세히 알고 싶은 것은 당연했다.

아직 확신을 할 수 없었던 내가 해줄 수 있는 것은 말 그대로 건강에 대한 대답뿐이다.

"당연한 이야기지만 자네는 술을 좀 줄이는 것이 좋을 것 같군. 뭐든지 지나친 것은 좋지 않네."

약간 실망한 표정을 하고 묘해조가 나가고 나서 그의 아들들이 차례로 들어왔다.

그냥 살펴보는 정도였지만 동화의 법을 세 사람에게 연속해서 사용하는 것은 정신적으로나 육체적으로나 피곤한 일이었다.

그나마 요령이 생겨 묘해조의 아들들을 조사하는 것은 묘해조를 살펴볼 때보다 쉬웠다.

"모두 수고했네."

밖에서 조사가 끝날 때까지 돌아가지 않고 지금까지 기다리고 있던 묘해조가 아들들을 대신해 고개를 숙였다.

"고생은 채주님께서 하셨지요. 대단하십니다. 전대 채주님께서도 하루에 한 명 이상은 살피지 못하셨는데……."

묘해조는 건강에 대해 물어볼 때와는 달리 지금은 어느 정도는 안심한 표정이었다.

"아무렴 내가 선친만 하겠는가? 오늘은 그냥 상태만 살펴본 것뿐이네."

"그래도 처음 하신 것 아닙니까? 처음이 어려운 법인데 시간도 짧아지시고……."

묘해조의 말은 언제까지 이어질 것 같았다.

평소와 다른 그의 이런 모습은 지금까지 마음 졸이며 불안했던 마음이 폭발한 것이리라.

"그만!"

나는 묘해조의 말을 중단시켰다.

아무리 정식으로 한 것은 아니지만, 동화의 법은 많은 정신력과 체력이 소모되는 방법이다.

지난 몇 달 동안 합자결을 꾸준히 사용해 정신적 피로에 익숙해졌다. 그렇지 않았다면 세 명을 하루에 살피는 일은 무리였을 것이다.

아마 이렇게 피곤할 줄 알았다면 하루에 묘해조 부자 세 명을 조사하겠다는 생각조차 하지 않았을 것이다.

"그에 대한 자세한 이야기는 나중에 하세."

나는 시선을 묘해조의 첫째아들인 묘형안에게 향했다.

"내가 묘 당주와 자네 동생에게 할 이야기가 있으니 자네는 일단 돌아가 있게."

불안한 상태에서 자신만 돌아가라고 하자 묘형안이 불안한 표정으로 말했다.

"저만 말입니까?"

"내 말을 듣지 못했나!"

언성이 높아지자 당황한 묘해조가 아들의 팔을 잡고 밖으로 나섰다.

잠시 후 묘형안을 돌려보낸 묘해조가 연공실로 돌아왔다.

"제 첫째아들 놈에게 무슨 문제라도 있는 것입니까?"

묘해조는 걱정스러운 표정으로 물었다.

"아직 자네 첫째 아들에게 특별한 문제가 있다 없다 이야기할 단계가 아니네. 문제가 있다면 그건 자네 둘째 아들이겠지."

"예?"

묘해조는 놀란 눈으로 고개를 돌려 둘째 아들인 묘관기를
바라보았다.

"저에게 무슨 문제가…….."

묘관기도 당황한 표정이었다.

"나는 원래 사면령을 받고 나서 무호채를 묘해조 자네에게
맡길 생각이었네."

"제게 말씀입니까?"

"어차피 나야 처음부터 떠날 사람이 아닌가!"

"어찌 그런 말씀을……."

"보공석을 통해서는 장강 하류 정탐망과 군소 수채를 맡기
고, 마지막으로 조파진을 내세워 왕가장의 사업을 맡길 생각
이었네. 그게 아버님에게 충성을 바친 자네들에게 내가 해줄
수 있는 일이라고 생각했지."

"말씀만으로도 감사합니다. 전대 채주님께 저희가 받은 은
혜만으로도 갚을 길이 없는데 저희를 그렇게 생각해 주셨다
니… 어떻게 해야 할지……."

"겉으로는 서로 다른 세 개의 조직으로 보이지만 실제로는
하나라면 장강 하류의 돈을 쓸어 담는 것은 시간문제 아니겠
나. 그 돈으로 아버님께서 걱정하셨던 무호채 식구들이 걱정
없이 살 수 있다면 나도 안심하고 관직에 나갈 수 있다고 생
각했네. 그런데 한 가지 문제가 있더군."

"문제라니요?"

묘해조의 안색이 돌변했다.

"외부에는 무호채의 신임 채주인 강탄이 스무 살이 채 안 된 것으로 알려지지 않았나."

항상 얼굴에 온갖 분장을 하고 있었던 덕분에 무호채나 군소 수채의 수적 중에도 정확한 내 얼굴을 아는 자가 몇 명 되지 않았다.

하지만 나이를 속이는 것에는 한계가 있었다.

"그야 그렇지요."

"시간이 많았다면 자연스럽게 자네가 나설 수 있었겠지만 갑자기 사면령이 내려지지 않았나. 앞으로 신임 채주로서 외부인들과 만날 일이 많을 텐데 자네가 나설 수는 없지 않겠나. 갑작스럽게 자네가 채주가 됐다면 외부 사람들이 문제가 아니라 당장 무호채나 항복한 군소 수채에서 가만있지 않을 테니 말이야."

"그렇겠군요."

그제야 자신이 무호채를 맡을 수 없게 된 것을 알게 된 묘해조의 얼굴에 실망이 스쳐 지나갔다.

"앞으로는 나를 전부터 알던 자들도 만나야 할 텐데 내가 나선다는 것도 불가능하고 말이야. 그래서 자네 둘째 아들이 이제부터 나 대신 무호채주 강탄으로 활동했으면 하는데 자네 생각은 어떤가?"

"제가 말입니까?"

묘관기가 놀란 토끼 같은 표정을 지으며 말했다. 그는 자신에게 문제가 있다는 말에 나와 묘해조의 이야기를 주의 깊게 듣는 중이었다.

"영광입니다만 제 아들놈이 감당할 수 있을지……."

"물론 한동안은 묘 당주 자네가 많은 일을 해야 하겠지. 그리고 며칠 동안 내가 곁에서 필요한 것들을 알려줄 생각이네."

말이 끝나자마자 묘관기가 무릎을 꿇으며 고개를 숙였다.

"충성을 다 바치겠습니다."

대신이라고는 하지만 내가 이미 무호채를 묘해조에게 맡기려고 했다는 말이 나온 상태이다. 한마디로 지금은 나를 대리하는 것 정도지만 앞으로는 실제로 무호채를 맡게 된다는 말이다.

묘관기가 천추조의 조장을 맡을 정도로 인정을 받고 있다고는 하지만 이제 스무 살도 채 안 된 나이였다.

"자네는 내일 아침 일찍 나에게 찾아오게. 사소한 것들이지만 배울 게 많네."

第四章 빙공영사(憑公營私)

공적인 것으로 위장해 사적인 이익을 취하다

묘해조 일가가 돌아가고 나서 내가 채주실로 돌아왔을 때 녹 할아버지가 나를 기다리고 있었다.

녹 할아버지는 들고 있던 술잔의 술을 입에 털어 넣고는 입을 열었다.

"묘해조 삼부자를 모두 불렀다더니… 지금까지 그들을 살펴보고 있었던 것이냐?"

며칠 전 충격을 받아서 그런지 녹 할아버지가 갑자기 나타난 것이나 묘해조 삼부자를 부른 것을 어떻게 알고 있는지 궁금하지도 않았다.

길가에 쓰러진 나를 구하고 아무도 모르게 십 년이나 진행

된 반란을 알아낸 사람이 녹 할아버지였다.

그에 비하면 당연한 일로 생각되어졌다.

"얼마 전 믿을 사람 하나 없다는 사실을 다시 깨닫게 된 사건이 있어서요."

녹 할아버지가 약간 의외라는 표정을 지었다.

"어울리지 않게 직설적이구나!"

"그런가요?"

"허허허! 어린아이가 산전수전 다 겪은 노인네 앞에서 머리를 굴리는 것이 귀여웠는데……."

"어린아이도 언젠가는 크는 것 아닙니까?"

"쯧쯧……."

"아니면 산전수전 다 겪은 노인에게는 잔머리를 써봐야 머리만 아프다는 사실을 깨달았나 보지요."

녹 할아버지는 한 번 고개를 젓고는 술잔을 내게 건넸다.

"시간이 꽤 걸린 것을 보니 묘해조 삼부자를 모두 조사한 것이냐?"

"확실한 것이 좋지 않겠습니까?"

"허……. 오늘이 처음이었을 텐데 하루에 세 명이라……. 합자결을 매일 편법으로 사용한다는 것을 처음 봤을 때 독한 줄은 알았지만 정말 대단하구나. 독한 놈 같으니라고."

"한 번 의심이 생기니 모든 것이 의심스러워서요."

"그래, 뭐 알아낸 것은 있느냐?"

"저뿐 아니라 모든 사람이 큰아버지…… 아니, 녹 할아버지에게 속았다는 사실을 알 수 있었지요."

"속였다니? 네 백부야 몰래 반란을 꾸민 놈이니 그렇다지만 내가 뭘 속였다는 말이냐?"

"제가 살펴보니 묘해조 삼부자 모두 그들의 몸을 흐르는 이질적인 기운, 즉 큰아버지의 선천지기가 주로 특정한 곳에 영향을 주어 묘해조의 독맥이 비정상적으로 발달해 있더군요."

"그래서?"

"독맥이 어떤 곳입니까! 바로 의가에서는 기경팔맥의 하나로 의술에서 중요하게 취급되는 맥이 아닙니까!"

"그런데 그게 어쨌다는 것이냐!"

"기경팔맥 중에서도 독맥과 임맥은 몸의 사지를 관장하는 십이경맥과 함께 십사경맥이라고 불릴 정도지요. 하지만 무공을 익히는 사람들에게 독맥과 임맥은 몸을 직접적으로 움직이는 십이경맥보다 더욱 중요하게 생각되더군요."

"물론 그렇지. 그래서 무공을 익히는 사람은 독맥을 임맥과 함께 생사현관이라고 부르지 않느냐!"

"예, 그렇습니다. 이른바 생사현관 중에서도 독맥은 손과 발에 연결된 수족삼양경과 연결되어 있지요. 한마디로 독맥이 발달하면 할수록 손과 발을 움직이는 반응 속도가 빨라진다는 말입니다. 무공에서 이보다 중요한 것은 별로 없지요."

"그야 그렇지. 어차피 절대고수라고 불리는 화경이나 현경에 다다르지 않는 이상 무공이 높아진다는 것은 몸을 얼마나 생각대로 움직일 수 있느냐에 따라 우위가 결정되는 법이니 말이다."

"저야 감히 화경이니 현경이니 하는 경지는 짐작조차 되지 않습니다. 하지만 화경이나 현경이 되는 데 독맥의 발달은 큰 도움이 될 것으로 생각합니다. 상단전과 연결된 독맥은 선천지기를 통해 내공을 높이는 데도 큰 도움이 되니까요."

"그건 맞는 말이지. 흔히 생사현관이 열려 내공에 막힘이 없다는 것은 실제로는 다른 사람보다 독맥과 임맥이 넓어지고 발달한다는 말이지."

"독맥은 평상시라면 영약을 먹는다거나 하는 아주 특별한 상황이나 운기조식을 할 때만 특별한 자극을 받는다고 알려져 있습니다. 그런데 이질적인 기운이 독맥을 끊임없이 자극을 주어 발달시키는 것이 묘해조 부자의 현재 상황이었습니다. 이것은 다른 사람도 마찬가지일 것입니다."

나는 말을 마치고 녹 할아버지의 표정을 살폈다.

"정말 대단하구나! 하루 만에 그런 것까지 알아내다니……."

"다른 사람의 무공을 익히는 속도를 비약적으로 올릴 수 있다는 분자결이란 결국 다른 사람의 독맥을 인위적으로 발달시키는 방법이라는 것이 제가 내린 결론입니다. 분자결뿐만 아니라 구자결의 나머지도 결국은 같은 방법으로 독맥을 이용하는 것이 틀림없습니다."

짝짝짝!

녹 할아버지는 감탄했다는 것을 박수로 표현했다.

"지금까지 천재라는 자들을 많이 만나봤지만, 너처럼 그 말이 어울리는 아이를 본 적이 없는 것 같구나!"

"천재는 제가 아니라 녹 할아버지시지요. 구자결을 만들어 내셨으니까요. 선천지기를 다루는 데는 저는 도저히 따라갈 수 없다는 것을 인정할 수밖에 없습니다. 구자결을 지금까지 몇 달간 살펴봤지만 어떤 원리로 독맥을 자극하는지는 지금도 도저히 모르겠습니다."

"스스로 그 정도까지 알아낸 것만으로도 대단한 것이지. 무공에 관한 한 천재적이라는 네 큰아비도 몇 년을 연구했지만 내가 말해줄 때까지는 전혀 몰랐으니까."

큰아버지가 무공에 천재적인 자질이 있었는지 하는 것은 내게 전혀 중요하지 않았다. 더구나 이미 죽은 사람이다. 천재였으면 어떻고 아니면 어떻겠는가?

"사실 독맥과 구자결의 관계를 알아내는 것이야 조사만 해보면 누구나 알 수 있는 일이지요."

그랬다.

조사만 하면 구자결과 독맥의 관계를 알아내는 것은 시간 문제였다.

굳이 다른 사람을 조사할 필요도 없었다.

아마 내가 지금처럼 분자결을 계속 사용한다면 얼마 지나지 않아 독맥이 빠른 속도로 발달하고 있다는 사실을 깨달았을 것이다.

물론 독맥 상태를 정확히 알아내려면 동화의 법을 사용하거나 기경팔맥을 살피는 데 뛰어난 실력을 갖춘 의술을 가진 몇몇만이 가능할 것이다.

기경팔맥은 일반적인 십이경맥과는 달라서 자세한 상태를 아는 것이 어려웠다.

"제가 오늘 알아낸 것 중에서 정말로 중요한 사실은 구자결에 치명적인 부작용이 있다는 점이지요."

"새삼스러운 이야기구나. 부작용이 있다는 것이야 내가 전에 말해준 것 아니냐? 분자결을 사용하기 전에 네 큰아비도 충분히 부하들에게 알린 내용이다."

"정말 그 거짓말에는 저도 홀딱 넘어갔습니다. 동화의 법을 사용할 수 있는 저도 이런데 다른 자들이야 믿을 수밖에 없었겠지요."

"거짓말이라니?"

"구자결을 통해 독맥을 이용하는 것은 정말 획기적인 방법임에 틀림없습니다. 영약을 먹지 않고도 영약을 먹은 효과를 낼 수 있으니까요. 그런데 한쪽으로 치우친 방법은 문제를 가져올 수밖에 없지요. 그건 구자결, 아니, 분자결도 마찬가지 아닙니까?"

"흠······."

녹 할아버지의 여유롭던 표정에 비로소 약간의 변화가 생겼다.

"임맥에 비해 유독 독맥이 발달해 있다는 사실은 자칫 몸의 균형을 깰 수 있지요. 아니, 틀림없이 균형이 깨진다고 봐야겠지요. 독맥은 음양 중 양에 치우친 경맥입니다. 사람의 몸에서 음양의 조화가 깨져도 병이 생기는 법인데 상단전, 그것도 기가 흐르는 가장 중요한 맥인 생사현관의 조화가 깨지는데 몸이 온전한 것이 오히려 이상하지 않겠습니까?"

"그래서 정기적으로 몇 년에 한 번씩 선천지기를 안정시키는 것이 아니냐!"

"저도 그게 사실인 줄 알았습니다. 아마 그대로 놔두면 주화입마의 상태가 되거나 몸의 기가 역류해 폭발하겠지요. 이것이 바로 분자결을 통해 무공을 속성으로 익히는 무호채의 간부들이 큰아버지를 배신할 수 없었고, 얼굴도 본 적이 없는 저를 단지 현천심법을 익혔다는 이유로 데려와 채주로 삼은 이유이며, 제가 무호채를 떠나 몇 달이 지나도 배신한 자가 나오지 않는 이유지요."

"그건 그들도 처음부터 알고 있었던 일이다. 무공을 위해 위험을 감수한 것이지."

"그렇다고 해두지요."

내가 생각하기에는 꼭 그런 것만은 아니었다.

물론 내가 무공을 익혀본 경험으로 생각해 봤을 때 무호채의 중요 간부들이 무공에 대한 욕심 때문에 부작용을 알고도 위험을 감수했을 수도 있었다.

무호채처럼 전체가 무공을 익히는 데 온 신경을 쏟는 분위기에서는 더욱 그랬을 것이다.

더구나 수적 간부들은 나이가 든 후에야 본격적으로 무공을 익히기 시작했다. 언제 부하들에게 추월당할지 모르는 상황에서 분자결의 유혹을 거절하기는 불가능했을 것이다.

속가의 문파는 물론 소림사나 무당파 같은 구파에서도 십 년이 넘는 동안 거의 모든 사람이 무공 하나에만 매달리는 것은 불가능했다.

하지만 그들이 큰아버지가 말해주지 않았다면 분자결을 어떻게 알았겠는가?

더구나 무호채에 무공 수련 분위기를 만든 것은 바로 큰아버지였다.

"그런데 뭐가 문제냐?"

"분자결을 통해 무공을 익히는 것에는 그들이 모르는 위험성이 있으니까요."

"위험성이라니?"

"한번 발달한 독맥을 되돌릴 방법이 없다는 것입니다. 몇 년에 한 번 기를 다스려 줬다는 것은 근본적인 치료 방법이 아니라는 말이지요. 그렇지 않습니까?"

"어떻게 그것까지?"

"심지어는 분자결을 통해 몸 안에 들어온 큰아버지의 선천지기가 없어지더라도 저들은 계속 치료를 받아야 할 겁니다. 지금 포기한다고 해도 증상이 악화하는 것을 막을 수 있을 뿐이지요."

"정말 대단하구나! 그것까지 알아내다니……."

"아마 저도 큰아버지께서 삼 개월마다 수하들의 상태를 확인했다는 말을 듣지 못했다면 여기까지는 알아낼 수 없었을 것입니다. 그 말을 묘해조에게 처음 들었을 때 뭔가 이상하다는 생각이 들더군요."

"이상한 생각이라니?"

"솔직히 제가 처음 무호채에 도착해 찬곤에게 큰아버지에 대한 이야기를 들었을 때만 해도 큰아버지에 대해 막연한 환상 같은 것이 있었습니다. 수적 같은 일을 해서 제 미래를 위협하기는 했지만 찬곤에게 들은 큰아버지의 이야기는 이야기 속에서 듣던 협객의 행동 그것이었으니까요. 요즘 같은 세상에 그런 일을 할 수 있는 곳이라니……. 무뢰배들이라고 무시했던 강호라는 곳에 대한 동경까지 가지게 되더군요."

"장강의 수적들이 가장 존경하는 사람이 바로 네 큰아버지라는 것은 사실이다. 그들에게는 영웅이지."

"그거야 그들이 사실을 모르니까 하는 말이지요. 하지만 지금 저는 큰아버지가 무호채의 채주와 장강십팔채의 총표파자에 대해 반란을 일으킨 이유가 협의가 아니라는 사실을 알고 있습니다. 영웅적인 행동이라기보다는 사조께서 말씀하신 여의주를 찾으려고 다른 자들을 이용한 것뿐 아닙니까? 아니, 제 짐작이 맞다면 큰아버지가 무호채에 들어간 것 자체가 여의주를 찾기 위한 행동일 것입니다. 처음부터 목적을 가지고 속였으니 사람들이 말하는 영웅하고는 거리가 먼 행동이지요. 굳이 영웅이라고 한다면 효웅이라고 할까요?"

"그거야……!"

"그 사실을 알게 되고 나서 저는 큰아버지가 무호채의 간부들에게 분자결을 사용한 것이 두 가지 이유 중 하나라고 생각했습니다. 첫 번째는 그들의 무공 향상을 위해서고, 두 번째는 배신을 막기 위한 목적이라고요."

"세상을 너무 부정적으로 보는구나. 네 큰아비가 무모한 약탈을 일삼던 장강의 수적들을 물리치고 장강의 평화를 가져온 것은 사실이다."

"그거야 보통 사람의 생각이지 수적들의 입장에서는 아니지요."

"채주가 되더니 아주 수적이 다 됐구나!"

"내세운 명분이야 어떻든 큰아버지는 배신을 통해 장강을 장악했으니까요. 더욱이 큰아버지의 권력 기반인 무호채는 규모가 크기는 했지만, 하류에 치우쳐 있어 그때까지는 장강십팔채 외곽에 있던 곳입니다. 장강십팔채의 주도권을 가지고 있던 동정호 수채 입장에서는 불만을 품는 것이 당연하지요. 다른 수채들의 불만을 누르려면 무호채의 힘을 키워야 했을 것입니다. 문제는 무호채도 큰아버지에게 불만을 느끼기는 마찬가지라는 점이지요. 나라를 망하게 하는 폭군이나 암군에게도 충신이 있는 법인데 비교적 단순한 자들이 모인 수채에 그런 자들이 없을 리가 없지요."

"그렇겠지. 폭군이나 간신이라도 그들을 통해 이익을 얻고 이익을 주는 자들은 있으니까."

"큰아버지는 다른 수채를 압도할 정도로 무호채의 힘을 키우면서도 배신을 막는 수단이 필요했을 것이다. 그리고 그런 방법으로 분자결만큼 좋은 것이 없지요. 묘해조와 그의 아들들을 살피고 이야기를 나누기 전만 해도 제가 생각한 것은 이 정도였습니다. 그런데 이건 제 착각이었습니다."

"착각이라니?"

"이런 이유만이라면 굳이 삼 개월마다 부하들의 몸 상태를 살필 이유는 없으니까요."

"흠, 그럼 너는 이유가 뭐라고 생각하느냐?"

"실험이지요."

"실험?"

"현천심법이 독맥과 임맥을 고루 발달시키는 것에 비해 구자결은 독맥만을 자극해 발달시키지요. 그런데 독맥을 발달시키는 것은 구자결만이 아니더군요."

"구자결만이 아니라니?"

"정확히 말하면 구자결이 가진 부작용은 현천심법에 근본적인 문제가 있었습니다. 아니, 정확히는 현천심법이 처음 만들어진 목적인 수련을 통해 신선이 된다는 점에 있습니다. 그외의 방법으로 사용할 때는 문제가 생긴다는 것이지요."

"그 외의 방법이라니……?"

"예를 들어 영약이나 영물을 얻어 현천심법으로 내공을 얻는다거나 하는 것 말입니다. 현천심법이 다른 심법과 같은 영약으로 두 배의 내공을 얻을 수 있지만 그건 본래의 목적이 아닌 것! 독맥이 임맥보다 더 발달하는 부작용이 생깁니다. 바로 만년금구의 내단을 통해 내공을 얻었다는 큰아버지의 경우가 바로 그것이지요."

"그것까지 알아냈구나!"

"예!"

큰아버지가 분자결을 무호채의 부하들에게 사용하고 그 상태를 살핀 것은 부하들의 배신이 두려워서가 아니었다.

아니, 그런 이유가 있었다고 해도 그것은 아주 사소한 것이었다.

생각해 보면 군이 분자결을 이용하지 않더라도 부하들의 배신을 막을 방법은 많았다.

분자결이 부하들의 무공을 높이는 효과가 있다지만 항상

부하들의 상태를 살펴야 하는 것은 피곤한 일이다.

내가 내린 결론은 큰아버지가 그런 수고를 감수하면서까지 부하들에게 분자결을 사용해야만 하는 이유가 따로 있다는 것이다.

큰아버지가 분자결을 사용했다고 내가 생각한 이유는 바로 큰아버지 자신이 독맥의 비정상적인 발달로 문제가 생기고 있기 때문이었다.

처음에는 작은 차이였겠지만 내공이 높아지고 선천지기가 쌓여가면서 독맥과 임맥의 차이가 점점 벌어졌을 것이다.

큰아버지는 이런 자신의 몸 상태를 조사하기 위해 부하들에게 실험을 한 셈이었다.

"네가 큰아버지를 어떻게 생각할지 모르겠지만, 사실을 알았다고 해도 부하들은 분자결을 받아들였을 것이다. 이미 말한 것처럼 무공을 조금이라도 높이고자 목숨을 바치는 자들이 바로 무림인이다."

수적이 무림인일까? 무호채의 수적을 무림인으로 바꾼 사람은 바로 큰아버지였다.

그들을 반란에 동원하려고 했든 아니면 구자결의 부작용을 극복하려고 했든 목적이 있어서 한 행동이었다.

"큰아버지에 대한 비난이나 원망은 없습니다."

내가 큰아버지를 언제 봤다고 비난하겠는가?

내 목숨을 위해 다른 사람을 이용하는 것쯤이야 나도 언제라도 할 수 있는 일이다.

내가 정말로 비난하고 싶은 사람은 다른 사람이 아닌 바로 내 눈앞에 있는 녹 할아버지였다.

큰아버지가 분자결을 이용해 부하들에게 실험하고 있든 말든 내가 신경 쓸 문제가 아니었다. 나는 그냥 채주로 있는 동안 문제만 생기지 않으면 그만이었다.

그렇지만 양에 치우쳐 독맥만을 발달시키는 분자결만이 가진 문제는 다른 구자결에도 해당하는 이야기라는 것이 문제였다.

한마디로 내가 지난 몇 달간 사용했던 합자결도 분자결과 같은 문제점을 가지고 있다는 말이다.

문제는 그뿐만이 아니었다.

구자결을 만든 것은 바로 지금 눈앞에 있는 녹 할아버지다.

녹 할아버지가 구자결이라는 것을 어떻게 만들었겠는가?

구자결이나 영약을 통해 내공을 높이는 것이나 본래 현천심법에서 벗어난 사도라는 점은 같았다.

영약을 통해 선천지기를 늘리는 것이나 구자결을 통해 선천지기를 늘리는 것 모두 근본 문제는 같다는 것이다.

큰아버지가 부하들에게 구자결 중 분자결을 사용해 실험했다면 녹 할아버지는 구자결을 만들어 큰아버지와 나에게 실험을 하는 셈이었다.

내가 구자결을 발견한 것 자체가 우연이 아닐 가능성이

컸다.

어쩌면 큰아버지가 준비하던 형주에서의 반란이라는 것도 녹 할아버지의 지시를 받고 한 일인지도 몰랐다.

내가 의심하는 것처럼 형주의 반란이라는 것은 녹 할아버지가 백 년을 찾았지만 찾지 못했고 큰아버지가 장강십팔채를 장악하고도 십 년 동안 찾지 못한 여의주를 찾으려는 것일지도 모른다는 생각이 들었다.

물건 하나를 찾으려고 얼마나 많은 사람이 희생될지 모르는 일을 벌인다?

보통 사람은 있을 수 없다고 생각하겠지만 내 생각은 달랐다. 부작용에 대해 녹 할아버지와 이야기하고 있는 지금은 그 의심이 더욱 커지고 있었다.

하지만 그건 지금 신경 쓸 문제가 아니었다.

더 큰 문제는 오늘 묘해조 일가를 살펴본 후에야 내가 분자결을 사용하지 않는다고 해결될 단계를 지났다는 사실을 깨달은 것이다.

지난 몇 달간 사용한 구자결과 만년화리의 내단 때문에 나는 몇 달 전의 큰아버지와 같은 입장이 된 것이다.

어느 날 비명횡사하기 싫으면 당장 현천심법이 가진 부작용을 해결할 수 있다는 여의주를 찾아 나서야 할 판이었다.

第五章 오수부동(五獸不動)

여러 동물이 한곳에서 만나 서로 두려워해 움직이지 못하다

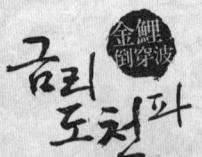

묘해조 부자와 녹 할아버지를 통해 현천심법과 구자결에 대한 의문은 어느 정도 해결되었다.

정확히 말하면 해결되었다기보다는 문제가 뭔지를 안 정도였지만 말이다.

이런 내 개인적인 문제와 무호채의 신임 채주로서 나에게 닥친 문제는 별개였다.

갑자기 무호채의 채주가 됐지만 지난 몇 달간 나름대로 어느 정도는 자리를 잡은 셈이었다.

물론 그 와중에 무호채의 상황을 파악하고 갑자기 생긴 부하들에게 내 존재를 확인시키고, 무호채의 영향력을 벗어났던 장강 하류의 군소 수채를 정벌하는 등 바쁘게 보낸 결과였다.

여기에 무호채에 대한 사면령까지 받아냈다. 물론 내가 생각했던 것보다 빠른 일이기는 하지만 말이다.

갑작스럽게 드러난 사실들만 아니라면 다른 사람이 보기에는 나름대로 성공적으로 무호채의 채주로 자리 잡은 셈이라고 할 것이다.

여기서 만족하고 지금 단계에서 멈추는 것은 내 자존심이 받아들이지 못한다.

막말로 지금은 겨우 큰아버지의 뒤를 이은 것에 불과했다.

내 능력보다는 큰아버지가 키워놓은 무호채의 힘에 의지한 면이 큰 것이다.

지금은 무호채가 나를 따르지만, 큰아버지의 목적이 반란을 일으키는 것이었다는 사실이 밝혀지고 내가 참여하기를 거부할 때도 나를 따른다고 장담할 수 없었다.

조직을 개편해 큰아버지가 만든 무호채가 아니라 나를 위한 단체를 만들어야만 했다. 단체를 이끄는 것은 무호채의 채주 강탄이 아니라 본래의 나인 왕세정이었다.

새로운 시작을 위해서는 나를 대신해 묘관기가 무호채의 신임 채주 강탄으로 활동할 필요가 있었다.

며칠 동안 묘관기를 오전에 불러 나를 대신할 수 있도록 교육했다.

교육하는 동안 묘관기를 내가 무호채의 신임 채주 강탄으로 활동할 때의 모습으로 변장시켰다.

내 모습이라고 해봐야 얼굴을 감추려고 하던 짙은 화장과 이마에 눈을 그려 넣는 것 같은 특징 정도였지만 말이다.

묘관기가 자신의 모습에 익숙해지기를 바라는 마음에서였다.

아무래도 평범하다고 어려운 모습이다 보니 변장하는 본인이 마음으로 익숙해지는 것이 필요했다.

묘관기는 아직 익숙해지지 않았는지 약간 불편한 기색이 보였다.

당연한 일이었다.

한창 행동지침을 알려주고 있을 때 보공석이 찾아왔다.

"아침 일찍부터 무슨 일인가?"

대답 대신 보공석은 묘관기를 바라보고 있었다.

"어떤가? 내가 하던 모습과 비슷하지 않나?"

"언뜻 보아서는 비슷해 보이기는 합니다만, 체격이 좀 차이가 나는 것 같습니다."

요 몇 달간 내 몸에 근육이 붙기는 했다. 하지만 그의 말대로 어릴 때부터 무공을 익힌 묘관기와 책만 읽던 나와는 체격 차이가 나는 것도 사실이다.

"어차피 자네들이나 거의 붙어 다닌 흑귀조원들을 빼면 차이를 아는 자는 별로 없네. 대부분은 이마에 그려 넣은 눈만 있으면 같은 사람인 줄 알 거네."

"그렇기는 합니다만⋯⋯."

잘 아는 사람이 아니라면 다른 사람에 대한 기억이란 불완전한 것이다. 전체가 아니라 특징적인 모습들로 다른 사람을 기억하니까 말이다.

내가 애초에 화장을 짙게 하고 쓸데없이 눈을 그려 넣은 것은 바로 기억의 허점을 이용하려는 것이었다.

"그럼 여기 묘관기를 채주님 대역으로 내세울 생각이십니까?"

"단순히 대역이 아니네."

"대역이 아니라면?"

"당장은 어렵겠지만, 실질적인 책임도 맡길 생각이네."

"여기 묘관기에게 말입니까?"

"정확히는 묘 조장이 아니라 그의 아버지인 묘 당주 부자에게 맡기는 것이지. 사면을 받고 무호채 식구 중에서 사람을 뽑아 정식으로 문파를 만들 생각이네. 그러면 그 문파의 실질적인 권한을 묘 당주 부자에게 맡길 생각이야."

내 말이 끝나자마자 옆에서 듣고 있던 묘관기가 바닥에 무릎을 꿇었다.

"충성을 바치겠습니다."

얼굴을 든 묘관기의 얼굴에는 조금 전까지 얼굴에 드러났던 불만이 사라져 있었다.

그 대신 보공석의 얼굴이 굳어졌다.

왜 아니겠는가?

조파진이야 무호채에서 발을 뺀 상태지만 보공석은 상황이 달랐다. 무호채 내부 단속을 묘해조가 하고 있다면 보공석은 무호채의 외부 활동을 책임지고 있었다.

만날 일도 별로 없다 보니 최근 둘 사이에 갈등이 생길 일이 없었다. 하지만 무호채를 묘관기, 정확히는 묘해조가 장악하는 일은 보공석으로서는 받아들이기 어려운 일일 수밖에 없을 것이다.

"묘 조장!"

나는 고개를 돌려 여전히 내 앞에 무릎을 꿇은 묘관기를 불렀다.

"예!"

"지금 자네 아버님과 조파진 당주에게 당장 이곳으로 찾아오라고 전하게."

"알겠습니다."

묘관기는 나는 듯 일어나 서둘러 문으로 걸어나갔다. 한시라도 빨리 묘해조에게 지금 들은 이야기를 해주려는 듯 보였다.

"잠시만!"

나는 문으로 걸어나가는 묘관기를 불러 세웠다.

"자네, 그 모습으로 나가려는 것인가?"

"아!"

묘관기는 돌아서 거울에 비친 모습을 보고서야 자신이 변장하고 있다는 사실을 깨달은 것 같았다.

"옆방에 가면 변장을 지울 도구가 있네."

"예!"

묘관기가 방에서 나가자마자 보공석이 입을 열었다.

"정말 우리 무호채를 묘해조에게 맡길 생각이십니까?"

"왜, 그가 못할 것 같나?"

"묘 당주를 무시하는 것은 아닙니다만 그나 묘 조장이나 우리 무호채를 이끌기에는 여러 가지로 문제가 많습니다."

"문제라니? 묘 당주 정도면 무공이나 수채 내에서의 인망이나 별 문제가 될 것이 없을 듯한데?"

"묘 당주의 무공은 저도 인정합니다."

떠보는 내 말이 끝나기가 무섭게 보공석이 입을 열었다.

"그렇지만 수채를 이끄는 것은 단순히 무공이 강하고 사람이 좋은 것과는 다른 문제라는 것을 저보다 채주님께서 더 잘 알고 계시지 않습니까?"

보공석은 전에는 쓰지 않던 우리 무호채라는 표현을 써가며 절실한 태도로 나를 설득하려고 했다.

나는 그것이 일체감을 보여주는 방법의 하나라는 사실을 눈치챘다.

작은 것이지만 효과적인 방법임은 분명하다.

물론 그런 보공석의 얄팍한 수단이 다른 사람에게는 통했는지 모르지만 나에게 통할 리는 없었다.

　보공석도 내가 그런 수에 넘어올 것이라고는 생각하지 않을 것이다.

　그렇지만, 한편으로는 평소라면 사용하지 않을 저런 어설픈 방법을 사용하는 보공석이 이해가 되었다.

　그만큼 보공석은 묘해조가 무호채를 맡는 일을 받아들일 수 없을 것이다.

　보공석이 절박한 심정을 나에게 보여주기 위해 사용했다면 적절한 것이었다.

　보공석이 지금 맡은 일은 장강 하류 포구에 정탐 조직을 만들고 상인들을 만나 통행세를 걷는 일이었다.

　현재로서는 무호채에 박혀 있는 다른 간부들이나 묘해조 일가와 비교하면 보공석의 권한이 더 크다고 할 수 있었다.

　무호채가 문파로 바뀌고 묘해조 일가가 이끌게 되면 보공석은 끈 떨어진 연 신세가 되는 것을 걱정하는 듯 보였다.

　"자네가 뭔가 오해하는 것 같군."

　"오해라니요?"

　"혹시 묘해조와의 사이 때문에 걱정하는 것이라면 걱정할 필요 없네. 자네에게 묘해조 밑으로 들어가라는 소리는 하지 않을 테니."

　"그러면?"

"곧 묘 당주와 조 당주가 올 테니 그때 한꺼번에 듣는 것이 좋겠네."

당장 말해주지 않는 것에 대해 보공석은 불만이 있는 듯 보였다. 그런 불만을 말로 표현하지는 않았다.

내가 어떤 말을 할지 모르는 상황에서 대놓고 불만을 이야기하는 것이 좋을 것이 없다는 생각을 한 듯했다.

"알겠습니다."

동산채 채주실에 세 사람이 다시 모였다.

한동안은 이전과 마찬가지로 지난 몇 달간 있었던 일에 대한 보고와 장강 전체에서 들불처럼 번지는 소란에 대한 이야기가 오고 갔다.

이야기의 내용은 비슷했지만, 분위기는 어제와 확연히 달랐다. 무엇보다 묘해조가 가장 많은 변화가 있었다.

나를 대하는 태도는 좀 더 공손해지고 행동 하나하나에 자신감이 넘쳐흘렀다. 반면 보공석은 먹은 것이 체한 듯한 표정을 지으며 내내 불편한 기색이었다.

조파진도 묘해조와 보공석의 표정에서 무언가 있다는 것을 느낀 듯했다.

대화를 하는 중간중간 생각에 잠기는 듯하던 조파진이 무언가를 결심한 듯 입술을 깨물더니 입을 열었다.

"지금 안경에 머물고 있는 상단과 왕가장 식솔 중 일부가 안경의 분위기에 불안해하고 있습니다."

지금 안경에는 남직례성과 절강성을 비롯한 장강 하류 전체에서 온갖 세력들이 몰려들고 있었다.

모두 무호채의 사면 조건으로 내려진 조강채 토벌, 정확하게는 조강채에 숨어 있는 전 석태채주 정민구 토벌에 참여하기 위해 모인 사람들이었다.

내 예상을 벗어나 안경에 모이는 세력은 하루가 다르게 늘어나고 있었다.

바쁜 와중에도 내가 묘관기를 집중적으로 교육하는 것은 바로 무호채주로서 묘관기가 하루라도 빨리 안경으로 가야 하기 때문이었다.

"불안해하고 있다니? 토벌의 주체로 지명을 받은 무호채라면 모르지만, 상단과 왕가장의 식솔들이 불안해할 이유가 뭐가 있다는 말인가?"

나는 조파진의 말이 선뜻 이해가 가지 않았다.

"요즘 안경의 분위기가 심상치 않습니다."

"심상치 않다니?"

"사면령을 처음 건의한 것은 바로 우리 왕가장입니다. 그런데도 안경에 모인 거의 모든 세력이 우리를 따돌리고 있습니다. 그런데도 주군이 나타나지 않고 있으니……."

"그럴 수도 있겠군."

조파진의 말에 보공석이 고개를 끄떡였다. 곁에서 지켜보던 묘해조가 보공석에게 고개를 돌렸다.

그 모습을 바라본 보공석이 묘해조에게 설명하기 시작했다.

"지금 왕가장에서 일하는 식솔 중 주인님의 호위를 책임진 흑귀조 외에는 대부분 요 몇 달 사이 새로 받아들인 자들입니다. 그들은 무호채의 채주가 주군이라는 사실을 모르는 자들이지요. 돌아가는 사정이 왕가장에 불리하게 돌아간다고 생각할 테니 그들로서는 걱정하는 것도 이해가 갑니다."

내가 왕가장에서 무호채로 온 후 장강 하류의 수채들을 점령하는 사이 왕가장에서는 대대적인 물갈이가 이뤄졌다.

처음 무호채에서 나와 함께 왕가장에 왔던 자들은 모두 수채로 복귀한 상태였다.

현 왕가장은 내 명성을 듣고 찾아와 왕가장에 눌러앉은 자들과 조파진이 상인 시절 알던 이들이 중심이었다.

이렇다 보니 현재 왕가장을 위해 일하는 자들 대부분이 내가 무호채로 떠나온 후에 들어온 자들이었다.

"지금 안경에 머물고 있는 장의 식구들도 왕가장과 무호채가 선대의 인연이 있다는 정도만 알 뿐입니다. 그래서 무호채가 이번에 사면령을 받는 데 주인님이 앞장선 것으로 알고 있습니다. 비밀을 처음부터 모르니 주인님의 신분이 드러날 염려는 없습니다만 충성심을 기대하기에는 조금……."

식솔로 들이기 전 조파진이 신경을 쓰고 그동안 교육도 했을 것이다. 하지만 들어온 지 겨우 몇 달이 되지 않은 자들이다.

왕가장과 나에 대한 조건없는 충성을 기대하기는 어려웠다.

조파진이 동산채와 안경을 오가며 조사한 바로는 현재 안경의 분위기가 심각할 정도였다.

"역시 안경에 모인 다른 자들이 왕가장을 의식적으로 따돌리는 것 때문인가?"

"전부는 아니지만, 그것도 큰 이유입니다. 무슨 이유를 내세웠든 그들이 왕가장에 몸을 맡긴 것은 주인님의 명성과 그에 뒤따를 부귀영화를 본 것인데……. 겉으로 보기에는 이번 조강채 토벌을 주도하는 자가 이후 남직례성 수로의 패권, 장강 하류의 패권을 쥘 수 있는 것처럼 보이는 상황입니다. 그런데 정작 왕가장이 다른 세력들에게 따돌림을 당하는 것으로 보이니……."

토벌령이 내려지고 안경으로 남직례성과 인근 성의 유력 호족이나 문파들이 모여드는 것까지는 오히려 환영할 만한 일이었다.

예상보다 훨씬 많은 호족과 문파들이 토벌령에 호응해 안경으로 사람을 이끌고 왔던 것이다.

그들이 없더라도 지금 동산채에 모인 세력 중 일부를 동원해도 정민구를 토벌하는 것은 문제가 없었다.

하지만 앞으로 장강 본류를 장악하고 있는 수룡회나 더 나아가 곧 형주지방에서 일어날 반란을 생각하면 피해를 최소화해야 했다.

그런데 안경에 모인 자들이 마치 약속이라도 한 것처럼 무호채, 아니, 왕가장의 주도로 조강채 토벌이 이루어지는 것에 노골적으로 반대하고 나왔다.

이제 약관도 되지 않은 나와 왕가장에 장강 하류의 주도권이라는 막대한 이권을 넘길 생각은 없었다.

남직례성의 명문 호족들에게 나는 천재라고 소문이 났다고 해도 애송이에 불과했다.

더욱이 자신들을 이른바 무림인이라고 주장하는 무뢰배들에게는 지금이 무호채를 꺼려 진출하지 못했던 장강 하류에 발을 담글 기회로 보이는 것이다.

"지금 안경에 모여든 가문을 조종해 우리를 이번 일에서 따돌리려는 것은 역시 그들인가?"

조종하는 자가 있다는 말에 놀란 조파진이 급히 물었다.

"이번 일에 배후가 있다는 말씀이십니까?"

"그게 아니라면 모두 약속이라도 한 듯이 왕가장만 따돌리는 일이 일어나겠는가? 적어도 한두 가문은 찾아올 법한데도 말이야."

보공석이 고개를 끄덕이며 말했다.

"하긴 그렇기도 하겠군요. 지금 안경에 모인 가문을 보면 안경에서 거리가 가까운 가문이 있는가 하면 먼 곳도 있습니다. 그런데도 거의 동시에 안경에 도착한 것을 보면 누군가 꾸민 것이 분명합니다. 그것도 사전에 사면령이 내려질 것을 안 자가 말입니다."

"그럼 이번 일을 꾸민 자가 신임 남경 형부 낭중인 봉연훈일 가능성이 크겠군요."

"조 총관 말대로 봉연훈도 어느 정도 관련이 있겠지만, 그만으로는 지금처럼 남직례성과 절강성 전역에서 가문을 불러 모을 수가 없네."

"그럼 주군께서는 누가 배후라고 생각하십니까?"

"그 정도 영향력은 가진 것은 홍가장주가 가문을 다시 일으키려고 출가해 불문의 재산을 빼돌리고 밀무역을 해야만 하게 만들고, 석태채주 정민구에게 살아남기 위해 장강으로 나오게 만들었던 자들이겠지."

"그 말씀은……?"

조파진이 눈을 크게 뜨며 나를 바라보았다.

"그래, 자네가 생각하는 자들이 맞네. 바로 휘주부의 거대 호족들이지. 지금 안경에서 벌어지고 있는 일은 그들이 나를 시험하는 것이라고 할 수 있네. 그렇지 않다면 약속이라도 한 듯이 모여든 자들이 나나 왕가장을 따돌릴 리가 없지."

지금 안경에 모인 가문 중에는 사이가 좋지 않은 가문도 존재했다.

그게 아니더라도 지역도 다르고 평소 왕래도 없었던 자들이 우연히 하나의 목소리를 내는 것은 불가능했다.

아니, 백번 양보해 약속을 어떻게 이끌어냈을 수는 있다.

하지만 모두 힘을 합해 왕가장을 따돌려 얻는 이익보다는 다른 가문을 따돌리고 왕가장과 협력했을 때 얻는 이익이 더 크다.

이제 막 장사를 시작한 왕가장만의 힘으로 장강 하류의 주도권을 잡는 것은 불가능하기 때문이다.

결국 저들의 뒤에는 배신을 불가능하게 하는 힘이 있다는 의미였고, 강남에서 그 정도 힘과 이해관계를 가진 곳은 휘주부의 거대 호족들뿐이었다.

이 자리에 모인 사람 중에서 강남 출신일 뿐 아니라 상인인 조파진이 가장 먼저 내 말을 이해한 것도 그가 휘주부 거대 호족들의 힘을 누구보다 잘 알고 있기 때문일 것이다.

"듣고 보니 그렇겠군요."

보공석도 이해한 듯 고개를 끄덕였다.

"이번에 확실히 우리 힘을 보여주지 않는다면 계속 불안해하면서 살아야겠지. 약하게 보이면 재기하기 어려울 정도로 밟는 것이 그들이네."

홍가장이 몰락했던 것도 바로 그런 약점을 보였기 때문이다.

지금 안경의 상황은 한두 사람이 아니라 몇 개 가문이 힘을 모은 결과였다.

남직례성 남서부는 다른 강남 지역과 비교하면 농지가 적어 척박한 편이었다. 남서부에서 그나마 농지가 많은 곳은 휘주부이다. 그리고 그 휘주부의 농지는 그 반 이상이 몇몇 거대 일족에 속한, 이른바 족전(族田)이었다.

휘주부의 호족들은 짧게는 수백 년에서 길게는 춘추전국시대로 거슬러 올라갈 정도로 긴 역사를 지닌 명문 중의 명문이었다.

휘주부 명문 호족들은 아무 가문이나 자신들과 같은 위치에 올라서는 것을 용납하지 않았다.

내가 속한 휘주 왕씨가 휘주에 정착한 것이 한나라 말이다.

정착한 것은 오래되었지만 휘주에서는 대성, 즉 명문 호족이라고 말하기는 어려웠다.

이번 일은 텃세라면 텃세고 시험이라면 시험이라고 할 수 있었다.

다행이라면 내가 명성을 날리기 시작한 몇 년 후부터 나뿐 아니라 왕씨 가문도 이와 비슷한 일이 일어날 것을 예상하고 있었다는 것이다.

나로서는 아주 안 좋은 상황에서 일어난 일이기는 하지만 휘주부의 거족들을 원망할 생각은 없었다.

지금 휘주부의 거족들도 아버지나 형제, 또는 아들을 희생시켜 가며 지금의 위치를 차지한 것이다.

그런 위치를 아무런 희생이나 어려움도 없이 차지할 수는 없었다.

상황을 짐작한 조파진이 걱정스러운 표정을 지으며 말했다.

"걱정이군요. 주군께서 무호채의 신임 채주가 동일인이라는 것을 감추고 일을 진행해야 하니……. 쉽지 않은 일이군요."

안경에 모인 자들은 지금 의도적으로 왕가장을 배제하고 있었다.

다른 한편으로는 어떻게 해서든 무호채와 손을 잡으려고 채주를 만나고 싶다는 연락을 하고 있다고 한다.

나는 한 명인데 신분에 따라 한쪽은 애써서 없는 사람 취급을 하고 다른 한쪽은 어떻게 해서든 만나려고 한다는 말이다.

무호채의 채주가 나 왕세정이라는 것을 알면 상황이 달라지겠지만, 그들이 알 수 없는 일이었고 알아서도 안 되는 일이었다.

"지금은 그들이 알고 있는 나와 무호채의 인연은 전대 채주와 내 양부인 큰아버지가 막역한 사이였고, 그 인연으로 내가 이번에 사면령을 받는 일을 도왔다는 정도네. 무호채와 내가 한 배를 탔다는 것을 보이면서도 진실을 숨겨야 하니 쉬운 일은 아니지."

"어려운 일이지요. 지금처럼 장강 하류의 모든 이목이 왕가장과 무호채에 쏠린 상황에서는 말입니다."

보공석이 걱정스러운 표정으로 말했다.

그는 기존 무호채가 가지고 있던 정보망에 더해 포구마다 정보원을 두고 있었다. 그런 만큼 장강 하류의 분위기에 대해 잘 알고 있는 것이다.

"꼭 해야 하는 일이기도 합니다."

조파진이 다짐하듯 마지막을 힘주어 말했다.

주변 사람들을 끌어들이지 않으려고 사업을 정리하고 나서 혈혈단신으로 무호채에 들어온 조파진이다.

그의 처지는 무호채에 있을 때와는 상황이 달라졌다. 내 정체가 드러난다면 그가 색지 사업에 끌어들인 사람들은 모든 것을 잃게 된다.

"물론 그래야겠지. 하지만 그러려면 한 가지 꼭 해결해야 될 문제가 있네."

"해결할 문제라니요?"

"뭐긴 뭐겠나!"

보공석의 질문에 내가 답하기도 전에 묘해조가 끼어들었다.

"바로 내 둘째 아들 놈이 무호채의 신임 채주가 되는 문제지."

"신임 채주라니요? 묘 당주의 말이 지나치군요!"

보공석이 묘해조의 말에 발끈해 그에게 소리쳤다.

"어디까지나 채주님 대신 잠시 적을 속이기 위해 변장하는 것뿐이네."

"흥! 이번만이 아니라 앞으로도 계속 내 둘째 아들 놈이 채주님을 대신한다는 사실을 들었다면서도 그런 소리인가!"

"아무리 기간을 길게 한다고 해도 대신하는 것은 대신하는 것이지요. 어떻게 신임 채주가 된다는 말입니까! 여기 엄연히 채주님께서 계시는데 신임 채주 운운하는 것은 반란이라도 일으키겠다는 말입니까?"

보공석의 말에 자신의 실수를 깨달았는지 묘해조가 당황하며 나를 돌아보았다.

"채주님, 제 말은 그런 의미가 아니라⋯⋯."

"됐네. 자네가 그런 의미로 말한 것이 아님은 알고 있으니 변명할 필요 없네."

"감사합니다."

보공석은 그럴 줄 알았다는 듯 득의만만한 표정을 지었다.

둘의 설전을 지켜보던 조파진이 입을 열었다.

"묘관기가 앞으로 주군의 분신인 강탄 신임 채주로 변장한다는 것이 사실입니까?"

조파진이 걱정스러운 표정으로 물었다.

내가 보기에는 조파진은 지금 그가 맡고 있는 색지 장사를 즐기는 듯 보였다.

그가 지난 몇 달간 이룬 색지 사업의 성과는 그가 무호채에 있으면서 보여준 능력과는 비교할 수 없었다.

은혜를 위해 큰아버지에게 재산과 몸을 맡겼지만 조파진이 능력을 발휘하기에는 무호채는 어울리지 않는 곳이었다.

상인인 조파진이 얼마 전까지 자신과 적대적이었던 수채에서 능력을 발휘하는 것은 어찌 보면 처음부터 불가능한 일이었을 것이다.

그런 조파진이 새로 시작한 일에 애착을 두는 것은 자연스러운 일이다.

비록 지금은 손을 뗐지만 묘관기, 아니, 묘해조가 무호채를 이끄는 것은 조파진이 바라는 바는 아닐 것이다.

"묘관기가 나를 대신해 무호채를 이끈다는 것은 사실이기도 하고 사실이 아니기도 하네."

"그게 무슨 말씀이신지?"

"사면령을 받고 난 후 무호채의 식구들을 모아 만들 조직을 묘관기가 내가 사용하던 강탄이라는 이름으로 이끈다는 점은 사실이네. 하지만 지금 무호채라는 이름으로 묶인 사람들 모두가 그 조직에 포함되는 것은 아니네."

"그 말씀은 다른 조직이 또 있다는 말씀이십니까?"

"당연한 일이지. 우선 모든 사람이 사면을 받을 필요가 없네. 당장 이 자리에 있는 사람 중에서는 묘 당주 혼자만 수배 명단에 올라가 있지 않은가."

보공석은 무호채가 활동을 중단하고 난 후에 들어왔다. 남직례성에서는 수배당할 일을 한 적이 없었다.

물론 동정호 남쪽이 고향이니 그곳에서는 수배당했을 수도 있다. 있을지 모르는 수배 명단에도 보공석이라는 이름으로는 아닐 것이다.

보공석이라는 이름은 그의 실제 이름이 아니었다.

조파진은 더더욱 관계없는 것이 그는 공식적으로는 상계에서 은퇴했다가 복귀한 것으로 얼마 전 알려져 있었기 때문이다.

왕가장의 총관인 조파진이 무호채에 몸담았다는 사실을 굳이 알릴 필요는 없었다.

"굳이 보공석 당주나 조파진 총관까지 무호채에 있었다는 사실을 밝힐 필요는 없겠지. 내가 자네들을 회의에 불렀던 것도 앞으로의 일을 이야기하기 위해서네."

"앞으로의 일이라니요?"

"이런 어정쩡한 상태로 무호채와 흡수한 군소 수채를 유지할 수는 없지 않겠나."

"그 말씀은 무호채에 군소 수채들을 완전히 통합하시겠다는 말씀이십니까?"

보공석의 질문에 옆에 있던 묘해조가 입을 열었다.

"무공도 약한 놈들을 흡수해서 뭐 합니까?"

보공석이 지지 않고 묘해조에게 말했다.

"그래도 그들이 배는 잘 다루지 않습니까?"

"흥! 그들이 배를 잘 다뤄봐야 얼마나 잘 다룬다고 그러나!
지난 십 년간 쉬기는 했지만 내 부하들이 나서면 지금도 그딴
조무래기 놈들 열은 안 부럽네."

"무호채에서 배를 능숙하게 다룰 수 있는 자들은 대부분
삼십에서 사십이 넘었습니다. 십 년 전 일선에서 활약하던 자
들은 대부분 은퇴했거나 수채의 중간 간부들입니다. 배를 움
직이기에는 턱없이 부족한 수입니다. 더구나 부하들은 놀고
중간 간부들이 배를 움직일 수는 없는 것 아닙니까! 정작 수
채의 핵심이라고 할 수 있는 이삼십 대는 배를 모는 것에 익
숙하지 않습니다."

십 년간의 시간은 무호채의 주력을 바꾸어놓았다. 아무래
도 젊을수록 무공이 빨리 늘어났기 때문이다.

십 년 전 무호채의 주력이었던 수적들은 부하들이 치고 올
라오자 은퇴한 경우가 많았다. 묘해조처럼 살아남은 소수는
지금 무호채를 이끄는 핵심 간부들이었다.

"그야 그렇지만……."

"묘 당주님께서 직접 배를 다루실 생각입니까?"

"됐네! 그만하게!"

나는 묘해조와 보공석 두 사람의 말싸움을 중지시켰다.

"몇 달 만에 모여 회의를 하는 자리에서 싸우다니! 자네들,
언제까지 그렇게 서로 으르렁거릴 것인가? 이러니 내가 조직
을 셋으로 나눠 자네들 셋을 서로 떼어놓으려는 것이네."

"죄송합니다."

내 질책에 묘해조와 보공석이 고개를 숙여 사과했다.

둘의 사과가 끝나기가 무섭게 비교적 냉정함을 유지하고 있던 조파진이 입을 열었다.

"하지만…… 장주님!"

"무슨 할 말이라도 있나?"

"저는 굳이 지금 조직을 나눠야 하는지 이해가 가지 않습니다. 외당주나 내당주의 사이가 껄끄럽기는 합니다만 지금은 한 치 앞도 내다볼 수 없을 정도로 위험한 때입니다. 조직을 나누기보다는 힘을 합쳐야 할 때가 아닙니까?"

"지금은 서로 힘을 합쳐도 어떤 위험이 닥칠지 모르는 시기라는 조 총관의 말에는 나도 동의하네. 하지만 한 곳에 모여 있다고 힘을 합치는 것은 아니라고 생각하네. 당장 지금까지 무호채라는 이름 아래 모여 있지만 자네들 중에 지난 몇 달 동안 상대방이 하는 일을 도울 생각을 해본 사람이 있나?"

나는 말을 멈추고 셋의 얼굴을 훑어보았다. 세 사람 모두가 마음에 걸리는 것이 있는 듯 고개를 숙였다.

"자네들이 서로 사이가 나쁜 이유가 뭐라고 생각하나?"

"그야 서로 출신이 다르고 생각이 다르기 때문 아닙니까?"

"그럴 수도 있겠지. 하지만 무호채에는 고향이 다른 사람이 대부분이네. 더구나 자네들이 함께한 지는 짧게는 오 년, 길게는 십 년이네. 길다면 긴 시간이지. 그동안 자네들은 내 양아버님을 도와 무호채를 이끌어왔네. 친해지기에 충분한 시간이지.”

“그렇기는 합니다만……”

세 사람의 표정은 전혀 내 말에 동의하는 표정이 아니었다.

“자네들의 사이가 좋지 않았던 것은 우선 수채라는 곳 자체가 분명한 상하관계가 아닌, 사람들 사이에 화합보다는 경쟁을 유도하는 곳이기 때문이겠지.”

장강의 수적들은 서로서로 장강을 오가는 상선을 두고 경쟁하는 관계라고 할 수 있었다.

무호채의 채주가 되고 난 후 내가 처음 한 일인 군소 수채 통합도 따지고 보면 무호채의 경쟁자를 제거하는 일이었다.

그리고 지금 장강 중류에서 벌어지고 있는 동정호의 수채들, 포양호의 수채들, 그리고 한구채를 중심으로 한 수채들이 장강의 총표파자 자리를 노리는 것도 같은 맥락이라고 할 수 있었다.

조파진과 보공석은 바로 이런 분위기에서 나고 자랐고, 조파진이 활동하던 상계의 경쟁도 만만치 않았다.

물론 세 사람에게 말할 수는 없지만, 그들 사이가 시간이 꽤 오래 지난 지금도 껄끄러운 진짜 이유는 전대 채주였던 큰아버지가 그들의 이런 관계를 부추겼기 때문이다.

사실 큰아버지가 이들의 갈등을 막으려고 했다면 나이 차가 있는 세 사람 사이에 결의형제를 맺게 하는 것만으로도 충분했을 것이다.

　큰아버지가 그렇게 하지 않은 것은 서로 반목하는 것이 채주인 큰아버지로서는 편했기 때문일 것이다.

　그렇지만 나는 큰아버지와는 달리 무호채에 묶일 생각이 없었다. 결의형제는 아니더라도 세 사람의 협조가 필요했다.

　"내가 자네들에게 새삼스럽게 서로 친해지라고 하는 것은 아니네. 하지만 자네들이 한곳에 모여 서로 사이가 나빠지는 것보다는 차라리 흩어져 서로 협력하는 편이 낫다는 것이 내 판단이네."

　"그렇기는 합니다만 지금에 와서 각자 다른 곳에 있다고 협력한다는 보장은……."

　"그 문제는 걱정하지 말게. 상대를 도울 수밖에 없게 하면 되는 것 아닌가?"

　"서로 돕게 한다니요?"

　"돕는 것이 자신에게도 이익이 되면 보다 적극적으로 돕지 않겠나."

　"그런 방법이 있다는 말씀이십니까?"

　"있네. 우선 묘 당주는 조 총관이 하는 상행에 무력을 제공하고 그 대가로 받으면 되네."

　"무력 제공이라면?"

　"당장은 날파리를 쫓는 역할부터 시작해 나중에는 수로표

국까지 확장할 생각이네."

"군소 수채의 인원과 선박을 동원하면 수백 척 정도는 얼마 후면 가능할 것입니다."

"좋네! 다음으로, 보 당주는 장강 하류의 부두를 장악해 정탐망을 구축해 묘 당주와 조 총관의 일을 지원하는 역할을 할것이네. 그 대신 상행의 수익에서 일정 비율을 받으면 될 것이네."

내 말이 끝나자 세 사람은 서로 이해득실을 계산하는 모습이었다.

묘해조가 약간 걱정스러운 표정으로 입을 열었다.

"각 인원은 어떻게 배치하실 생각이십니까?"

무호채의 차기 채주로 둘째 아들이 내정되어 기대에 차 있던 그로서는 걱정스러운 것이 당연했다.

"그 문제는 우선 자네들의 의견을 우선하여 고려할 생각이네. 시간을 줄 테니 나에게 자네들이 꼭 함께하고 싶은 사람들을 나에게 보고하게."

"예!"

인원 선발을 자신들에게 맡긴다는 말에 세 사람이 마치 약속이라도 한 듯이 동시에 대답했다.

나는 그들의 기대에 찬 모습을 보며 속으로 미소를 지었다.

아마 저들이 내 조직 개편에 숨겨진 의도를 알게 될 때가되면 이미 모든 일이 끝난 후일 것이다.

이번 조직 개편에는 저들이 모르는 함정이 있었다.

겉으로 보기에는 세 조직은 서로 대등한 관계로 보인다. 하지만 실제로는 내가 직접적으로 영향력을 발휘할 수 있는 왕가장의 재력에 나머지 두 조직이 종속된 관계였다.

인원 선발을 맡긴다는 것에도 함정이 숨어 있었다.

저들의 의견을 참고만 할 뿐 결정하는 것은 바로 나였다.

내가 결정권을 가지는 이유는 간단했다.

우선 저 세 사람이 함께하고 싶은 사람 중에는 서로 겹치는 사람이 있을 것이다.

그리고 반대로 저들 누구도 선택하지 않는 사람도 나올 것이다. 특히 군소 수채에 대해 저들은 거의 아는 것이 없었다.

이런저런 경우를 생각하면 사실상 결정은 내 선택에 달릴 수밖에 없었다.

그렇지만 이런 방법을 통해 저들 각자의 인맥과 친분 관계를 한눈에 파악할 수 있었다.

이런 정보는 내가 설사 자리를 비우더라도 영향력을 잃어버리지 않을 수 있게 할 것이다.

第六章 후안무치(厚顔無恥)

뻔뻔스러워 수치를 모름

무호채를 세 개의 조직으로 나누겠다고 발표하고 나서 나는 안경으로 향했다.

주도권을 차지하기 위한 세 사람 간의 다툼에서 한발 떨어져 있기 위해서였다.

내가 자극한 것이기는 하지만 이전투구가 벌어지고 있는 곳에 내가 있는 것은 여러모로 보기 좋지 않다는 판단 때문이었다.

내가 안경에 도착할 때는 사방에서 모인 사람들로 북적거렸다.

조강채 토벌에 참가해 모인 가문이나 세족은 남경성은 물론 인근 절강성의 가문까지 섞여 있었다.

그만큼 이번 조강채 토벌과 그에 따른 장강 하류 수로에 대한 이권에 관심있는 자들이 많은 것이다.

오랜만에 왕세정이라는 이름을 내세우고 한 안경 나들이였지만 며칠이 지나도록 나를 찾는 이는 하나도 없었다.

내가 자리를 비운 사이 무호의 왕가장을 줄기차게 찾아왔다던 유생조차 없었다.

세상물정을 모르는 백면서생들조차 왕가장과 나를 따돌리는 분위기가 느껴진 것이다.

아무도 찾지 않는다고 내가 한가하게 시간을 보낸 것은 아니었다. 지난 몇 달 동안 벌였던 일을 정리하고 앞일을 계획하는 데만도 한가롭게 차를 마실 시간조차 낼 수 없었다.

열흘 정도 시간이 흘러 어느 정도 정리가 됐을 때쯤 조파진이 나를 찾아왔다.

조파진은 예상과는 달리 내가 동산채를 떠난 직후 묘해조와 보공석 사이의 다툼에서 빠져나왔다.

조파진이 선택한 것은 군소 수채가 가지고 있던 배 중 장강에서 상품을 운송하는 데 쓸 만한 중형 선박들과 선박을 운행할 수부들이었다.

묘해조와 보공석이 고수를 하나라도 더 자기편으로 끌어들이려는 것과는 대조적인 행동이었다.

무호채의 내당주가 아니라 왕가장의 총관으로 살겠다는

다짐을 행동으로 보여준 것이다.

안경에 도착한 직후 조파진은 나를 대신해 안경의 분위기를 바꿔보려고 바쁘게 뛰어다녔다.

상중이라 적극적으로 나설 수 없는 나를 대신한 것이다.

그런 그가 나를 찾아온 것은 뭔가 상황 변화가 있다는 의미였다.

"무슨 큰일이라도 있는 것인가?"

"안경 수군이 조강채를 직접 토벌한다고 합니다."

"그래?"

내 반응이 기대와 달랐는지 조파진의 표정이 굳어졌다.

"만약 그렇게 되면 무호채에 대한 사면령은 물 건너가는 것이나 마찬가지입니다."

"자네가 운이 좋은 것인지 아니면 다른 상인들이 멍청한 것인지 모르겠군."

"예?"

내 말이 뜬금없다고 생각했는지 조파진이 어리둥절한 표정을 지었다.

"자네가 큰아버지에게 몸을 의탁하기 전에는 꽤 큰 상단을 이끌었다고 들었는데, 아닌가?"

"대단한 상인까지는 아니고…… 그냥 경덕진에서 자기를 사다가 절강성에 내다 파는 장사를 했습니다."

"아……."

나는 그가 경덕진의 자기를 거래했다는 말을 듣고서야 조파진에 대해 궁금해하던 몇 가지 의문을 해결할 수 있었다.

경덕진은 거의 천 년간 관청 도자기를 만들어온 중심지였다. 한해 경덕진에서 만들어지는 자기는 어마어마한 양이었다.

그러나 경덕진의 자기가 아무리 천하에서 으뜸이라고 해도 절강성에서 파는 것만으로 많은 돈을 벌 수는 없었다.

몇 달 전까지 무호채의 암울했던 재정 상태를 생각하면 조파진은 그리 꼼꼼한 성격도 아니었다.

하지만 상단을 해체하고 나서 큰아버지 밑에서 일하며 조파진은 사실상 자신의 돈으로 무호채의 적자를 메우고 있을 정도로 대단한 부자였다.

특히 요 몇 년간은 수천 명이 넘는 무호채의 식구들을 먹여 살린 것이 바로 조파진의 재력이었다.

물론 조파진이 상인으로서 무능한 것은 아니었다. 그는 단 몇 달 만에 색지 사업을 궤도에 올려놓을 정도로 뛰어난 능력을 갖추고 있었다.

하지만 그것만으로 천여 명을 몇 년이나 먹여 살린 조파진의 부를 설명할 수는 없었다.

그것은 조파진의 말과는 달리 그가 장사로 막대한 부를 쌓았다는 것을 의미한다. 경덕진 자기를 절강성에 팔아 그런 부를 쌓는 방법은 한 가지밖에 없었다.

바로 밀무역이다.

개국 초기부터의 해금정책으로 위험 부담이 큰 대신 이익이 컸다.

특히 경덕진의 자기는 명나라 안에서보다 외국에서 더욱인기가 높았다. 특히 왜국에서 경덕진 자기는 같은 무게의 은과 비슷할 정도로 높은 평가를 받고 있었다.

조파진은 왜국 상인들에게 경덕진 자기를 팔아넘기는 밀무역을 하고 있었던 것이다.

목숨을 구해줬다고는 하지만 상인인 조파진이 큰아버지의수하가 된 것은 밀무역했던 과거와 관련이 있을 것이다.

"자네가 생각하기에 안경 수군이 실제로 조강채 토벌에 나설 가능성이 있다고 생각하나? 저들은 홍가장이나 지금 조강채를 점령하고 있는 석태채주 정민구와 한통속이네. 쉽게 토벌에 나서지는 못할 것이네. 정민구가 당하고만 있지는 않을테니까!"

"그렇겠군요. 정민구 그자라면 같이 죽자고 그동안 자신들이 안경 수군 제독에게 바친 뇌물을 털어놓고도 남을 자입니다."

홍가장이 안경을 중심으로 밀거래할 수 있었던 데는 안경수군의 묵인이 없으면 불가능한 일이었다. 안경 수군은 정민구가 산에 불을 지르고 조강채로 달아나는 과정에서 도주를도와줌으로써 이런 관계를 그대로 드러냈다.

잠시 안심하는 표정을 짓던 조파진의 표정이 다시 굳어졌다.

"하지만 그런 사실을 자신의 손으로 덮으려면 직접 나설 수도 있는 것 아닙니까?"

영락제가 황도를 지금의 경사로 옮기고 나서 행해진 정화의 해외 원정 이후 남경과 직례성 일대의 수군은 환관들의 손에 장악되어 있었다.

"안경 수군제독이 비밀을 덮으려고 직접 나설 가능성은 별로 없네. 어차피 비밀이 밝혀질 가능성은 없으니까."

"그럴까요?"

"예를 들어, 내가 왕가장을 이끌고 조강채를 토벌하다가 안경 수군과 홍가장, 또는 정민구가 관련됐다는 사실을 발견했다고 치세. 사실을 밝힐 수 있다고 생각하나? 관직에 있는 자들 치고 뇌물을 받아본 적이 없는 자는 없네."

"그렇기는 합니다만……."

"만약에 내가 그런 사실을 밝힌다면 안경은 물론 장강 하류의 수군 전체를 적으로 돌리게 될 것이네. 직접적인 해를 가하지는 못하겠지만 사사건건 트집을 잡아 무호채와 왕가장의 일을 방해하겠지."

"하긴 그렇기도 하겠군요."

"주인님이 무호채의 실제 채주라는 사실을 모른다고 하더라도 왕가장을 견제하기 위해 나선다면 무호채의 식구들은……."

"사면령이 취소될까 걱정하는 것인가?"

사면령은 내가 홍가장과 석태채 사이를 갈라놓기 위해 짜
낸 계략이었지만 지금은 이미 무호채의 수적들에게 희망이
된 지 오래였다.

대명률에 따르면 재물을 훔치는 데 실패한 자라도 일단 시
도했다면 장 백 대에 유형 삼천리를 가도록 규정하고 있다.

미수에 그친 자에 대해 가혹한 처벌을 하는데 성공한 자에
대해서는 어떻겠는가? 도적이나 강도는 주범과 공범의 여부
를 가리지 않고 모두 참수형을 하는 것이 대명률의 규정이었
다.

이런 상황에서 기대하지 않았던 사면령을 받게 되었으니
내 실제 신분을 알고 있는 자는 물론 아는 자들 사이에서도
나에 대한 충성심은 하늘을 찌를 정도였다.

"처음부터 사면령이 내려지지 않았다면 모를까 지금 취소
된다면 자칫……."

"그런 일은 없어야지."

"하지만 안경 수군이 직접 나선다면…… 무호채가 나서기
어렵지 않겠습니까? 아직 사면령을 받기 전이니 잡히기라도
하면…… 참수형을 면하기 어려울 것입니다."

만약의 사태를 걱정해 지금도 무호채의 주력은 대부분이
동산채에 남아있는 형편이었다.

"수군의 주도로 조강채 토벌이 이뤄진다면 관리들의 성격상 토벌의 공을 나누려 하지 않을 가능성이 크겠지. 하지만 그런 일은 없을 것이네."

"주인님께서 그렇게 말씀하신다면야…… 믿겠지만……."

"자네도 알다시피 안경 수군이 가진 배들은 강은 물론 바다에서도 항해할 수 있는 대형 선박이 위주이네. 안경 수군은 장강 하류에 수영이 있기는 하지만 근본적으로는 바다를 통해 공격해 오는 외적을 막기 위한 진강 수군을 뒷받침하는 역할이기 때문이지. 한마디로 안경 수군의 배로는 조강채가 있는 강 하구로 가는 것이 불가능하다는 말이네."

안경은 진강, 그리고 남경과 함께 장강 하류에 몇 곳 없는 대형 선박이 정박할 수 있는 포구였다.

당연히 안경 수군도 대형 선박 위주다. 대형 선박은 얕은 강에서는 운행할 수 없었다.

장강 중류의 한구까지가 대형 선박이 갈 수 있는 한계였다. 물론 지류를 운행하는 것은 불가능했다.

"생각해 보니 그렇군요."

조파진이 고개를 끄떡였다.

당황해 아직 생각하지 못한 것일 뿐 조파진은 경덕진(景德鎭)에서 절강성까지 자기를 실어 나르던 상인이다.

그뿐 아니라 얼마 전까지 장강 하류를 장악하고 있던 무호채의 내당 당주였다.

안경 수군의 배가 어떤 배인지는 누구보다 잘 알고 있는 것이다.

"그런데 왜 그런 말이……."

"봉연훈이 나에게 경고를 보내는 것이지. 자신에게 고개를 숙이고 먼저 찾아오라고 말이야."

"아……!"

"아마 내가 계속 먼저 찾아가지 않으면 상인들에게 배를 빌려서라도 안경 수군을 조강채 토벌에 동원할 수 있다는 협박이지."

"그럼 큰일 아닙니까! 빨리 찾아가셔야 하는 것 아닙니까?"

"만약 이번 한 번만이라면 그에게 먼저 고개를 숙이는 것이 뭐 어렵겠는가. 하지만 앞으로의 일을 생각하면 좋은 생각이 아니네."

"하지만……."

"왜? 내 행동이 무모하다고 생각하나?"

"몇 년 전이라면 모르겠지만 봉연훈은 현재 남경 형부 낭중입니다. 어찌 보면 우리의 목줄을 쥐고 있다고 해도 지나친 말이 아닙니다."

보통 성의 치안을 책임지는 자는 안찰사였지만 황도가 있는 경사와 마찬가지로 남직례성에서는 형부의 힘이 막강했다.

굳이 이번 일이 아니더라도 형부 낭중의 눈에 벗어날 것을 조파진은 걱정하고 있었다.

그의 힘이라면 왕가장의 장사든 무호채가 할 사업을 계속하기 불가능하게 할 수도 있었다.

"그럴 수도 있겠지. 하지만 지금 봉 낭중으로서는 나를 걱정할 여유가 없네. 기다리면 아마 그가 나에게 먼저 손을 내밀 수밖에 없을 것이네."

"먼저 손을 내밀다니요?"

"남경의 형부 낭중으로 한시라도 빨리 눈에 보이는 성과를 내지 않으면 낙향해서 평생 농사나 지어야 할지도 모르거든."

"제가 알기에는 봉 낭중의 배경은 누구보다 막강하다고……."

"그랬지. 얼마 전까지는."

조파진은 이해하지 못하는 듯 보였다.

"자네도 오 황후께서 폐위되셨다는 이야기는 들었을 것이네."

"예. 얼마 전 폐위된 오 황후 마마를 대신해 왕 황후 마마께서 새롭게 첩지를 받으셨다는 이야기도 들었습니다."

"폐황후 마마께서는 황후가 되신 지 한 달도 되지 못해 폐위되셨지. 황후 마마의 폐위 뒤에는 오래전부터 현 황상의 총애를 받던 만귀비가 있다더군. 황후 마마의 폐위에 가려 잘 알려지지는 않았지만 환관 우옥도 옥에 갇혔네. 그런데 이 우옥이라는 환관은 자네도 알다시피 선황이 다시 복위하는 데 큰 공을 세운 자네."

황제가 자신보다 연상의 만귀비에게 푹 빠져 있다는 것은 황태자 시절부터 일반 백성도 알 정도로 잘 알려진 일이다.

일반 백성의 여자 문제야 다른 사람이 신경 쓸 일이 아니다.

그렇지만 황제는 여자 문제가 곧 정치 문제이자 심한 경우 나라를 망하게도 할 수 있는 일이다.

경국지색이라는 말이 괜히 나온 것이 아니다.

이번처럼 황후가 되자마자 한 달이 채 안 되어 폐위된 일은 어떤 식으로든 급격한 정치적 혼란을 가져올 수밖에 없었다.

조파진은 이제야 알겠다는 듯 고개를 끄덕였다.

"그럼 봉연훈이 갑자기 황도를 떠나 남직례성으로 내려온 것도……?"

"맞네. 황도에서 부는 바람을 피하기 위해서지. 환관 우옥과 신임 형부 낭중 집안과는 아주 친한 사이였다고 하네. 발빠른 행동으로 목숨을 부지했지만, 최대한 빨리 공을 세워야 하는 것이 지금 형부 낭중의 처지이네."

"그렇군요. 그럼 장주님 말씀대로 오히려 그가 우리에게 손을 벌리기를 느긋하게 기다려야겠군요."

"그래도 되겠지만 우리는 이번 일에 가장 큰 영향력을 가진 자를 잡아야지."

"영향력이 큰 자라면?"

"바로 안경 수군의 제독이네. 안경 수군 제독이 다른 때라면 형부 낭중인 봉연훈을 따르겠지. 하지만 다른 어떤 곳보다 황도, 특히 환관들 사이의 권력 이동에 민감한 곳이 바로 이곳 남직례성의 수군이네. 제독이 지금 상황에서 봉연훈의 말을 따르겠나?"

"당연히 아니겠지요."

수군 제독 만평궁과 약속을 잡는 것은 별로 어렵지 않았다. 내 명성 덕분인지 아니면 만평궁도 나를 만나기를 원하고 있었는지는 알 수 없지만 말이다.

다음날 나는 안경 수영을 찾았다.

안경 수영은 생각했던 것보다 규모가 큰 편이었다.

안경은 오래전부터 남경 방어의 요충지인 진강의 수영과는 비교할 수 없겠지만 중요한 수군 거점 중 하나임은 틀림없었다.

진강이 운하 보호와 외적을 막는 것이 주요 임무라면 안경은 진강의 수군을 보조해 외적을 막는 것 외에도 장강을 지키는 것이 주요 임무였다.

"어서 오십시오."

안경 수군을 이끄는 만평궁은 삼십대 후반의 나이에 약간

배가 나온 편안한 인상이었다. 무장이라기보다는 여느 지방의 지방관처럼 보이는 자였다.

하긴 수군의 지휘관이라는 지휘는 관리자에 불과할 뿐 실제 지휘권을 가지는 지위는 아니었다.

반란이나 전쟁, 심지어 왜구의 침입이 있을 때 수군의 지휘권은 수군 제독에게서 중앙에서 파견된 총병관에게 넘어가는 것이 일반적이었다.

사정이 이렇다 보니 수군의 제독은 무관이라기보다는 문관에 가까운 직책이었다.

"안경에 온 지 여러 날이 지났는데도 이제야 제독을 찾아오게 되었습니다."

"하하! 강남의 이름난 명사인 왕수재인데 찾더라도 제가 먼저 찾아뵈어야지요. 상중이라 왕가장에서 찾아온 문객을 모두 거절하고 칩거한다고 해서 찾아뵙지 못했습니다."

"나랏일을 하시느라 바쁘실 텐데 어찌 저를 찾아오도록 하겠습니까!"

"저야 일개 지방의 이름없는 무부에 불과하지만 왕공께서야 천하에 이름을 떨친 명사가 아닙니까! 약관도 되지 않아 진사가 되셨으니 관직에 나가시면 이제 어디까지 오르실지 모르는 분이 아닙니까!"

그 후로도 만평궁과는 한동안 의례적인 인사가 오갔다.

나는 그와 이야기를 하면 할수록 꺼림칙한 기분을 느꼈다.

안경에 도착하고 나서 만난 사람들과는 달리 만평궁은 가장 먼저 이야기했어야 할 양부, 즉 백부에 대한 조의를 표하지 않고 있었다.

제독이라고 불리는 것은 호칭일 뿐 만평궁은 종오품의 무관일 뿐이었다. 더구나 안경의 수군은 군부에서 요직이라고할 수 없는 직위였다.

지금이야 그가 나보다 관직이 높지만, 그와 내 처지가 바뀌는 데는 그리 긴 시간이 걸리지 않을 것이다.

그런데도 그는 말과 달리 나를 대수롭지 않게 생각하는 듯한 태도를 보이고 있었다.

예전보다 추운 초겨울 날씨에 대해 한참 이야기를 하던 그가 생각났다는 듯 입을 열었다.

"아참! 선친의 일은 참 애석하게 생각합니다. 그렇게 건강하던 분이 갑자기 그렇게 가시다니……."

만평궁은 큰아버지를 평소 잘 알던 사이처럼 말했다.

"선친과는 아는 사이셨습니까?"

"안경과 선친께서 계시던 무호…… 는 바로 지척이 아닙니까? 더구나 맡은 일이 일이다 보니 수로의 영웅이신 선친과는 안면이 없을 수가 없지요."

만평궁의 말을 듣던 나는 '아차!' 하는 생각이 들었다.

이자가 이상한 모습을 보이던 이유를 이제야 깨달은 것이다.

큰아버지가 무호에서 장사를 약간 한 것은 사실이지만 위장일 뿐 안경 수군 제독과 알고 지낼 정도는 아니었다.

만평궁이 말하는 무호가 무호현이 아닌 무호채라고 보면 이자는 전부터 큰아버지의 정체를 알고 있었던 것이다.

"그러시군요. 저는 양자라서 선친께서 하신 일은 잘 모르고 있었습니다. 솔직히 얼마 전까지는 제게 백부가 있었다는 사실도, 제가 그분의 양자가 된 일도 모르고 있었지요."

나는 일단 큰아버지가 수적이었던 일을 나는 모르는 일이라고 발뺌했다.

"오호! 그러시군요. 선친께서는 이 만 모가 존경하는 분 중의 하나셨지요. 다만 섭섭한 것이 있다면 선친께서 제게 왕공 같은 자랑스러운 아들이 있다는 사실을 이야기하지 않은 것입니다."

'이자가 끝까지 나를 걸고넘어지겠다는 말이군.'

짜증이 났지만 지금은 화를 낼 때가 아니었다.

"선친의 일에 잘 알지 못하는 저로서는 선친에 대해서 더 듣고 싶군요. 제게 이야기를 들려주시면 감사하겠습니다."

"그것 괜찮은 생각이군요."

만평궁은 얼굴 가득 미소를 지었다.

"내 먼저 간 친우의 아들과 내실에서 이야기를 나눌 생각이다. 안에 간단한 다과를 준비하거라!"

'친우의 아들? 이제 대놓고 자기 아랫사람 취급하겠다는

말이군.'

잠시 후 나는 만평궁의 집무실이 아닌 내실에서 단둘이 술상을 마주하고 앉았다.

"그래, 자네도 걱정이 많겠군. 뭐, 세상에는 없는 것보다 못한 아비도 많은 법이니까."

"바람을 벗 삼아 머리를 감고 비로 머리를 감듯 큰일을 위해서 고생을 하는 것으로 생각하고 있습니다."

"그렇지! 고기를 잡으려면 물에 들어가야 하는 것이 아닌가! 어린 나이에 왕가장 같은 재산을 물려받았으니 그 정도 위험은 감수해야지."

별로 공감이 가지 않는 말이지만 굳이 말대꾸를 할 필요를 느끼지 못했다.

지금 중요한 것은 만평궁이 어디까지 알고 있느냐는 것이었다.

"얼마 전까지 큰아버지가 살아 계신 것도 몰랐던 저로서는 별로 반갑지도 않은 유산이더군요. 유산에 딸린 자질구레한 일도 많고요."

"뭐 다 그런 것이지. 아마 무호채의 사면에 자네가 앞장선 것도 양부의 부하들 때문이겠지?"

"그렇습니다. 바른 길을 가도록 하자면 우선 일신의 안전을 보장해 줘야 하니까요."

"흥! 그런 도적놈들이 바른 길은 뭔 바른 길인가!"

"흠흠!"

"아, 자네 선친 같은 분이야 물론 예외지."

"어쨌든 사면령 때문에 제독께 번거로움을 끼친 것 같아 죄송하게 생각합니다. 이렇게 빨리 사면령이 내려질 줄 몰라 준비가 소홀했습니다."

"그게 자네 책임이겠나. 철없이 날뛰던 어린놈이 날개를 잃고 발버둥을 치려고 발악해서 서두른 탓이지."

봉연훈의 이야기였다. 품계야 어떻듯 사실상 지위가 높다고 할 수 있는 봉연훈을 대놓고 비난하는 만평궁이었다.

"거참! 사람들이 그놈이 끈 떨어진 연 신세가 된 것도 모르고 아부하기 바쁘니……."

"저도 이야기는 들었습니다. 황도에서 큰일이 있었다고요."

"큰일이지. 그러고 보니 이번에 힘을 얻으신 분 중에 자네와 같은 성을 가진 분이 있던데 혹시 아시는 분인가?"

나와 같은 성씨라면 태감 왕직을 말하는 것이었다. 왕직이라면 최근 만귀비의 총애를 받는 환관이었다.

"글쎄요. 저는 들어보지 못했습니다."

"왕 씨가 그리 흔한 성도 아니니 아주 남은 아닐 것이네. 허허! 자네 같은 인재가 배경도 튼튼하다면 뭐가 두렵겠나!"

강남의 명사인 내게 환관과 친척이냐고 노골적으로 이야기하는 것에 화가 났지만 그렇다고 대놓고 뭐라 할 수는 없었다.

더구나 권세를 가진 환관이 배경이라는 것은 다른 사람에게는 큰 배경이 되겠지만 나는 별로 탐탁지 않았다.

왕직 같은 예외적인 경우가 아닌 이상 환관의 권세는 길어야 십 년을 넘지 못하는 경우가 대부분이었다.

권세는 십 년이 넘지 않는다는 말이 가장 잘 적용되는 예가 바로 환관이었다.

내 예상이 맞는다면 왕직이라는 환관과 같은 성을 가지고 있다는 것은 처음은 모르지만 십 년이 지나지 않아 내 관직 생활에 두고두고 우환이 될 가능성이 컸다.

"말씀이라도 감사합니다. 하지만 저는 아직 나이가 어려서 그런지 선친이나 가문이 아닌 제 힘으로 앞길을 개척하고 싶습니다."

"좋네! 자네 나이 때는 그런 패기가 있어야지."

"어린 치기를 그렇게 보아주시니 감사합니다."

"그런 패기를 보고 내 솔직히 말하지. 자네 양부의 뒤를 이어 무호채의 채주가 된 강탄이라는 자에게 내 말을 전하게. 그자가 요즘 장강 하류를 시끄럽게 하는 것을 당장 중지하는 게 좋을 것이라고. 그리고 이번 조강채 토벌에 나서는 수군에 협조하라고."

강탄이 내가 내세운 가공인물이라는 것은 모른다는 사실에 안심의 한숨을 쉬었다.

그러면서도 만평궁의 노골적인 요구에 기분이 상했다. 말이야 수군의 토벌에 협조하라는 것이지만 사실상 무호채가 조강채를 토벌하고 공만 자신이 가져가겠다는 말이었다.

"강탄이라는 자와는 직접 만난 적이 없어 확실히 장담할수는 없지만, 말은 전해보겠습니다."

"변명은 필요없네. 자네를 위해서도 강탄이나 무호채가 적극적으로 나서는 것이 좋을 것이네. 그리고 요즘 왕가장에서 파는 색지가 아주 날개가 돋친 듯 팔려 나간다더군. 내 알아보니 자네 앞으로 꽤 많은 농토가 있더군. 내 긴말 않겠네. 농토의 절반! 그리고 앞으로 색지 판매에서 나오는 수익의 삼할이네."

"그건……."

"어차피 자네 양부가 수적을 하면서 장만한 것 아닌가! 참, 그리고 내 딸이 올해 열세 살이네. 탈상이 끝날 때쯤이면 얼추 자네와 나이가 맞을 것 같군."

산 넘어 산이었다.

세상에 수치를 모르는 인간보다 두려운 것이 없다는 말이 바로 만평궁을 두고 하는 말인 것 같았다.

"돌아가 생각해 보고 내일까지 확답을 해주게. 나도 준비해야 할 것이 많으니까. 좋은 답을 기다리겠네, 예비 사위."

너무나 어이없는 요구에 나는 별다른 대꾸도 못하고 조용히 나올 수밖에 없었다.

숙소로 돌아온 나는 고민에 고민을 거듭했다.

안경 수군제독 만평궁과의 일은 지금까지 내가 걱정하고 있던 사태가 터진 것이었다.

큰아버지가 고향을 떠나 무호채에 몸담은 것이 수십 년이다.

가명을 쓰고 정체를 숨겼다고는 하지만 세상에 완벽한 비밀이 어디에 있겠는가?

지난 십 년 동안은 사실상 장강 수적을 대표하는 수로 총표 파자의 역할을 맡고 있었다. 지금까지 큰아버지의 정체를 아는 사람을 만나지 못한 것이 이상한 일이다.

사면령을 받으려고 했던 이유도 만평궁 같은 자를 만나기 전에 일을 마무리하고 싶었기 때문이다.

사실 만평궁의 협박 자체는 그리 심각하지 않을 수도 있었다.

세 가지를 요구했지만, 그도 모든 요구를 내가 들어줄 것이라고는 생각하지 않을 것이다.

그도 죽은 홍가장주와 지금 조강채에 갇혀 있는 석태채주에게 뇌물을 받았다는 약점이 있었다.

내가 강탄이라는 사실이 밝혀지지 않는 이상 내 죄는 양아버지가 수적의 괴수라는 것뿐이었다.

물론 큰아버지에게 물려받은 농토와 왕가장의 재산은 국

가에 몰수되고 관직에 나가 명성을 떨치는 일은 영영 물 건너가게 될 것이다.

그렇지만 그뿐이었다. 그에 비해 만평궁은 수적에게 뇌물을 받은 일이 밝혀지면 용서받을 수 없었다. 도적에게 뇌물을 받은 관리에 대한 대명률의 형벌은 가혹했다.

이런 사정을 생각할 때 어느 정도 타협점을 찾을 수 있을 것이다.

그의 딸과 결혼하는 일이나 무호채의 가족이 농사를 짓고 있는 농토를 그에게 줄 수는 없다. 하지만 왕가장의 채지 사업 수익은 그가 요구하는 삼 할이 아니라 절반까지는 충분히 줄 수 있었다.

지금은 내 명성에 힘입어 꽤 많은 수익이 나지만 어차피 채지 사업은 다른 일을 하기 위한 준비 단계에 불과했다.

하지만 겨우 만평궁 같은 자에게 협박받는 것을 참을 수 없었다. 계속해서 돈을 줘야 한다는 것은 더욱 참을 수 없었다.

"그런 벌레 같은 자가 감히 나를 협박하다니……."

벌레에게는 벌레 취급을 하면 그만이었다.

결심을 한 나는 사람을 시켜 조훈을 불렀다. 방 안으로 들어온 조훈은 내 앞에서 고개를 숙였다.

"찾으셨습니까!"

"너는 오늘 밤 부하 둘을 데리고 안경 수군제독과 그 심복들의 목을 베거라!"

내 명령이 끝나자마자 조훈은 고개를 숙이며 대답했다.

"예!"

"베어낸 머리는 내가 지시하는 대로……."

만평궁의 목을 베고 처리 방법까지 지시하고 나서 나는 의자에 목을 기댔다.

만평궁이 무슨 생각으로 그런 말도 되지 않는 요구를 했는지는 모르지만, 사람을 잘못 본 것이다.

몇 달 전의 나라면 모르겠지만, 그동안 나에게는 많은 변화가 있었다.

만평궁의 실수는 그가 후방이라고 할 수 있는 안경 수영에 있지만, 인생이라는 전쟁터에서 전장에 있다는 사실을 몰랐다는 것이다.

만평궁이 나와 강탄이 같은 사람이라는 사실을 몰랐다는 것이 그 자신은 물론 가족의 목숨까지 앗아가게 한 이유다.

만평궁을 처리했다는 조훈의 보고를 받고 잠든 다음날!

나를 기다리는 것은 지난밤 안경을 휩쓸고 간 피바람이었다.

"안경에 모인 지방 호족들에 대한 습격이 있었다고?"

아침 일찍 나를 찾아온 조파진은 호족들에 대한 습격과 함께 안경 수군제독 만평궁이 목이 잘린 채 발견됐다는 말을 전했다.

하지만 내가 호족들이 습격당했다는 것에 대해서만 묻자 조파진의 표정이 약간 굳어졌다.

제독의 죽음에 내가 관련됐다는 사실을 어느 정도 눈치챈 듯 보였지만 나는 거기에 신경을 쓸 여유가 없었다.

"그렇습니다. 지금까지 알려진 사망자만 만 제독을 합쳐 이삼십 명이 넘는다고 합니다."

"이삼십 명이라……."

나는 생각보다 더 많은 사망자 수에 약간 놀랐다. 성내에서 일어난 살인사건치고는 너무나 엄청난 숫자였다.

안경이 어디인가? 경사와 함께 황제가 직접 다스리는 남직 례성 서부의 중심도시 중 하나였다.

"그런 일을 벌인 자들이 누구라고 하던가?"

"그게 단서가 전혀 없는 모양입니다. 특히 만 제독은 같이 침실에 든 애첩조차 목이 사라진 것을 모를 정도였다고 합니다. 깨어나 머리가 사라지고 온통 침상이 피범벅이 된 것을 발견한 애첩은 지금 반쯤은 정신이 나간 상태라고 합니다."

"만 제독의 머리가 완전히 사라졌다는 말인가?"

"아닙니다. 봉 낭중이 자신의 침대 위에 만 제독의 사라진 수급이 놓여 있는 것을 발견했다고 합니다. 그에 비해 호족들 은 그냥 칼이나 무기에 베이고 찔린 상처를 입고 발견되었습 니다. 그래서 일부에서는 어떤 자는 만 제독의 목으로 관부에 경고를 하는 것이라는 의견을 내놓고 있습니다."

"관에 대한 경고라……."

말을 하는 내내 조파진은 은밀히 내 표정을 살폈다. 하지만 별다른 변화가 없자 감을 잡기 어려운 듯 보였다.

"지금 그 때문에 안경은 포두와 포쾌는 물론 수군제독을 잃은 수영의 군사들까지 성안을 이 잡듯 뒤지고 있어 말 그대로 아수라장이라고 합니다."

내가 조훈을 통해 제거한 것은 안경 수군제독뿐이었다. 어젯밤 행동을 한 사람이 따로 있다는 말이다.

성내에서 수십 명이 죽었는데도 누가 한 일인지조차 모른다는 이야기에 배후가 어느 정도 짐작이 갔다. 그렇지만 누가 왜 그런 행동을 했는지를 알려면 먼저 습격을 당한 호족이 누구인가를 자세히 알아야 했다.

나는 곧 조파진과 수하들을 내보내 어젯밤 일에 대해 자세히 알아보도록 했다.

그렇게 알아본 바로는 내가 생각했던 것보다 피해 규모가 컸다.

워낙 많은 사람이 연관된 일이고 시체 중 일부는 심하게 당해 신분을 알아보는 데 시간이 걸렸다. 조파진이 정확한 피해 상황을 보고한 것은 습격 다음날이었다.

"습격을 당한 자의 신분은 정확히 알려졌나?"

"우선 현재 안경에 모인 가문들 대부분이 습격을 당했습니다. 특히 잠산의 왕가장과 석비진의 유가장의 일족 중 안경에 머물고 있던 자들이 피해가 컸습니다. 살아남은 자가 하나도 없다고 합니다."

"석비진의 유가장이라면 죽은 홍가장주의 딸이 출가했다는 그 유가장을 말하는 것인가?"

"예!"

조파진의 대답에 나는 안경에 도착한 직후 만났던 홍가장주의 딸을 떠올렸다.

그녀는 홍가장 직계 가족 중에서 유일하게 살아남은 생존자였다. 그녀는 자신의 시가인 유가장이 앞장서서 조강채 토벌을 하겠다며 나에게 빠져 달라고 요구했었다.

유가장은 조강채에서 얼마 떨어지지 않은 석비진을 대표하는 호족이었다.

명목은 가족의 복수를 하겠다는 것이지만 실제로는 홍가장의 남은 재산을 차지하기 위한 욕심이 예쁘장한 얼굴 뒤에 숨어 있던 여자다.

"겨우 살아남았던 홍가장주의 딸도 어제 죽어 홍가장주의 직계 가족은 하나도 남지 않았습니다."

"친정이 몰살한 것도 모자라 시댁까지 모두 지옥으로 끌어들인 셈이군. 분에 넘치는 욕심을 부리다 당한 일이기는 하지만……."

조파진의 보고에 의하면 유가장은 이번 사건에서 가장 큰 피해를 본 가문이었다.

욕심을 부려 토벌의 주도권을 쥐려고 남편은 물론 시댁 식구까지 대거 안경에 몰려왔다가 피해가 커진 것이다.

그렇지만 어쨌든 나 때문에 홍가장주 일가가 몰살한 셈이니 입맛이 썼다.

"겉으로 보기에는 가족의 복수를 하다 목숨을 잃은 것이니 동정하는 분위기입니다. 그 밖에 피해가 큰 가문은 잠산의 왕가장입니다. 그곳도 직계 중에서 잠산에 남아 있는 가주와 어린 막내아들만 살아남았습니다. 그 외에는 기루에서 술을 마시고 돌아오던 중에 습격을 당한 자들입니다."

잠산 왕가장은 대대로 자손이 많은 편이었다.

자손이 많다는 것은 곧 직계와 방계 간의 재산을 둘러싼 갈등이 많다는 것을 의미했다.

잠산 왕가장의 장주가 살아남았다지만 형제와 아들들을 잃은 이상 방계를 단속하는 것만으로도 힘에 부칠 것이다.

"그럼 석비진의 유가장과 잠산의 왕가장이 집중적으로 공격받았다는 셈인데…… 우연이라고 보기에는 공교롭군."

유가장과 왕가장은 안경 인근에서 가장 세력이 큰 호족들이었다. 지리적으로 가까워 이번 조강채 토벌에 가장 많은 인원을 동원한 가문이기도 했다.

그런 것을 생각하면 두 가문이 '습격의 주요 대상이 된 것이 당연하다! 고 할 수 있다. 하지만 두 가문의 공통점은 그것만이 아니었다.

알려지지는 않았지만 홍가장과 함께 밀무역에 깊숙이 가담한 가문들이라는 사실을 나는 알고 있었다.

이로써 밀무역에 가담했던 자 중 안경 수군제독과 세 가문이 사라지거나 힘을 잃고 이제 조강채에 숨어 있는 석태채주 정민구만 남은 셈이었다.

"습격한 자들이 누구인지는 밝혀졌나?"

"제독의 죽음으로 관원들을 만나기가 어려워서 정확히 알아내지는 못했습니다. 그렇지만 사방을 뒤지고 있는 모양을 보아서는 아직은 특별한 용의자나 증거를 찾지 못한 듯 합니다."

"그렇게 대대적으로 습격했다면서 한 명도 잡지 못했다는 말인가?"

"잡힌 자들은 꽤 있습니다만 인근 부와 현에서 돈을 많이 준다는 말을 듣고 참가한 자들이 대부분입니다. 죽은 자 중에 자객도 몇 명 포함되어 있습니다만 배후는 오리무중입니다. 습격을 당하지 않은 곳은 여기와 무호채뿐입니다."

조파진은 잠시 말을 멈추고 내 표정을 살폈다. 망설이던 조파진이 조심스럽게 물었다.

"혹시 장주님께서 손을 쓴 것은……."

"자네 짐작대로 내가 연관된 것은 사실이지만 내가 지시한 것은 만 제독뿐이네."

"그럼 도대체 누가?"

"뭐…… 왕가와 유가 두 가문을 노린 것을 보면 대강 짐작할 수 있네.

"습격을 당한 것은 두 가문뿐이 아니라 우리를 뺀 안경에 모인 세력 전부입니다. 그런데 누가?"

"그건 아니지!"

"아니라니요?"

조파진이 되물었다.

"무차별적으로 거의 모든 호족이나 문파를 습격했는지 모르지만, 실제 몰살할 정도로 피해를 본 것은 앞서 말한 두 가문뿐이네. 두 가문이 다른 가문들에 비해 약했다면 우연이라고 생각할 수도 있지만, 두 가문은 실제 이번 일에 가장 많은 인원을 동원했을 뿐 아니라 정예를 파견한 가문들이네."

"다른 가문들에 대한 습격은 위장이고 목표는 두 가문이라는 말이군요."

"그렇지. 그럼 왜 두 가문을 노렸겠나?"

"두 가문만 몰살한 이유가 있다는 말입니까?"

"결론부터 말하면… 이번 습격은 이번 토벌의 주도권을 쥐기 위해 이루어진 것이네."

"토벌의 주도권이요?"

"유가장은 가족의 복수라는 명분을 가지고 있었네. 그리고 유가장과 왕가장은 모두 이번 토벌의 대상인 조강채 인근 지형을 잘 알고 있지. 그리고 자네도 알다시피 두 가문 모두 홍가장과 함께 정민구와는 같이 밀무역을 했던 사이네. 그 비밀을 감추기 위해서라도 적극적으로 가문의 힘을 모두 동원할 가능성이 컸던 가문들이지. 두 가문이 우리 왕가장을 이번 일에서 따돌리는 데 적극적으로 나섰던 이유도 바로 그것이고."

"그렇겠군요."

고개를 끄덕이던 조파진이 무언가 생각난 듯 입을 열었다.

"하지만 그런 이유라면 우리 왕가장이나 무호채를 공격해야 하는 것 아닙니까? 무호채를 공격하지 않은 것이야 그렇다지만 우리 왕가장을 공격하지 않은 것은 조금……. 실상은 다르지만 겉으로는 무력이 형편없는 것으로 알려졌으니 습격하기도 쉬울 텐데요."

"이유야 여러 가지겠지. 우리 왕가장이 만만치 않다는 것을 눈치채고 그랬을 수도 있고, 내가 죽기라도 하다면 문제가 심각해지기 때문이라는 이유일 수도 있고. 하지만 내 생각에는 굳이 우리를 공격하지 않아도 왕가장은 더는 이번 일에 나서기 어렵다는 것을 알고 있기 때문이라는 것이 맞겠지."

"우리가 더는 나서기 어렵다니요? 이제 장주님을 의도적으로 따돌렸던 잠산의 왕가장이나 유가장도 없으니 장주님께서 앞으로 나서시면……."

"그럼 어제 습격을 한 것이 나라는 의심을 피할 수 없네."

"누가 감히 장주님을……!"

"방금 자네도 나를 의심하지 않았나?"

"그건……."

"어제 습격을 주도한 자가 최종적으로 노린 것은 바로 우리 왕가장이네. 우리를 이번 일에서 손을 떼게 하거나 적어도 주도권을 쥐지 못하게 하는 것이네."

"도대체 어떤 자가?"

"어제 습격을 받지 않은 곳이겠지."

"우리뿐이지 않습니까?"

"우리 외에도 아무런 피해를 보지 않은 곳이 또 한 곳 있지."

"제가 알기에는 거의 전부가……."

"바로 지금 범인을 잡는다는 명분으로 안경성 내를 뒤지고 있는 자들이 있지 않나."

"하지만 수군제독이 죽지 않았습니까?"

"안경 수군제독의 목을 벤 것은 내 명령을 받은 조훈 조장이네. 관부는 어젯밤 습격으로 피해를 본 것이 없지."

"그럼 관부에서 손을 쓴 것이라는 말입니까?"

"어젯밤 사건으로 안경성 전체가 관부의 손에 들어가지 않았나. 그런데도 백 명이 넘게 죽은 사건에 배후를 알 수 없네. 그게 가능하다고 생각하나?"

"그거야 워낙 습격이 용의주도하게 이뤄져서……."

"설사 아무런 증거가 없더라도 책임을 피하려면 지금쯤이면 배후를 지목할 시간이네."

"그럼 저희를……."

"아직은 아니지만, 습격의 배후를 아직 모른다는 말은 누구라도 그 배후가 될 수 있다는 말이기도 하지. 관부가 배후로 원하는 누구든지 말이야."

안경부의 지부가 있지만 지금 안경에는 형부의 낭중인 봉연훈이 머물고 있었다.

그 말은 지금의 상황을 봉연훈이 주도하고 있다는 말이다.

"설마 그렇게까지야?"

"왕가장이 이번 일에서 손을 떼지 않는다면 그들의 칼날이 나를 향할지도 모르지. 내가 무호채를 동원해 호족들을 습격했다고 말이야. 성내에서 백 명이 넘는 사람을 죽였다면 아무리 나라도 살아남기 어렵겠지."

"진짜로 그렇게까지야 하겠습니까? 조사해 보면 우리나 무호채와 연관이 없다는 것이 증명될 것입니다."

"황제가 올 초에 새로 등극하셨네. 아직 중앙정계가 혼란한 상황이지. 이런 시기에는 명확한 증거보다는 새로운 권력자들의 구미에 어떤 사실이 맞느냐가 중요한 법이네. 진실은 상관없네."

내 이야기를 듣는 조파진의 얼굴이 검게 변했다.

대명률은 살인에 대해 가혹한 처벌을 내리고 있었다. 자신은 물론 가족에게까지 그 죄가 미치는 것이다. 겨우 음지에서 양지로 나온 조파진으로서는 걱정이 되는 것도 당연할 것이다.

"너무 걱정하지 말게. 이번 일에서 손을 떼면 저들도 나를 배후로 모는 일은 하지 않을 테니까."

"그렇다면?"

"내가 물러나면 며칠 후에 적당한 증거를 조작해 조강채에 머무는 자들의 소행으로 몰겠지. 그리고는 앞으로 관부에서 이번 토벌을 주도하겠지."

"무서운 계략이군요. 도대체 어떤 자가?"

"그건 조금만 생각해 보면 바로 답이 나오는 질문이네."

"바로 답이 나오다니요?"

"자네 보고에 의하면 이번 일에 동원된 주요 세력은 노주부, 특히 합비를 중심으로 한 소호 일대의 무뢰배들이네. 무호채의 영향력이 적어 우리에게 들키지 않고 대규모로 인원을 동원할 수 있는 곳이지. 그러면서도 가깝고 말이야."

무호채가 소호에서 발원했다고는 하지만 현재는 무호채의 영향력 밖에 있는 곳이다. 오죽하면 모가장이 공개적으로 무호채에 반기를 들었겠는가?

"이번 일을 벌인 자는 이런 현지 사정을 잘 아는 자라는 뜻이지. 일이 이렇게 된 이상 포기할 때는 깨끗이 포기하는 것이 좋겠지."

"포기하신다면?"

"왕가장은 물론 무호채까지 모두 이번 조강채 토벌에서 손을 떼야겠지."

"무호채까지 말입니까?"

"그래야겠지."

"그렇지만, 이번 사면에 수채의 식구들은 물론 그들의 가족들까지 기대를 많이 하고 있습니다. 갑자기 물러나신다면……."

"지금 내 명령에 반기를 드는 것인가?

"아닙니다."

"그럼 뭘 하나! 당장 안경 포구 앞에 정박한 명월호에 연락을 하지 않고!"

"알겠습니다."

혼자 방 안에 남자 나는 이번 일에 대해 차분히 생각할 여유를 가질 수 있었다.

별것 아닌 것처럼 이야기했지만, 누구보다 이번 일에 받은 충격은 컸다.

완전히 봉연훈과의 지략 대결에서 패배했다.

만평궁의 수급을 굳이 봉연훈의 침상에 올려놓은 것은 경고이면서 동시에 그에 대한 일종의 선물이었다.

며칠 후에 봉연훈을 찾아가기 전 보내는 선물로는 만평궁의 수급보다 더한 것이 없다는 내 판단이었다.

봉연훈이 가진 환관들과의 넓은 인맥이라면 제독이 사라

진 안경 수군을 장악하는 것은 손쉬운 일이었다.

안경 수군에 대한 장악은 조강채 토벌뿐 아니라 곧 일어날 호광성 반란에서 꽤 큰 패가 될 수 있다는 생각이었다.

그렇지만 나는 봉연훈이 그동안 얼마나 변했는지 몰랐다는 사실을 지금은 인정할 수밖에 없었다.

봉연훈은 만평궁의 수급을 발견하고는 바로 대대적으로 안경에서 학살극을 벌인 것이다.

그 뒤 곧바로 안경을 장악한 것을 봐서는 미리 계획했던 일이 분명하다.

대대적으로 조강채 토벌을 나설 두 가문을 직접적으로 제거하고 나와 무호채를 발 떼게 한다. 그리고 관부, 아니, 정확히는 봉연훈의 주도로 조강채를 토벌한다.

조강채를 토벌한다는 것은 단지 조강채가 아니라 운하를 직접적으로 위험에 빠뜨릴 장강 하류의 수로를 안정시킨다는 말이다.

관리로서는 평생을 따라다닐 만한 공을 세우는 것이다. 쫓기듯 남경으로 내려온 봉연훈이 치밀하게 계획을 세워 안경으로 사람들을 불러 일을 꾀한 것도 이해가 가는 일이었다.

하지만 만평궁을 저녁에 찾아가 만나고 그의 목을 베기 전이라면 지금처럼 속수무책으로 물러나는 상황까지 몰리지는 않았을 것이다.

물러나지 않았을 때 나에게 향할 혐의 중 만평궁에 대한 일은 누명이 아닌 사실이니 말이다.

　아니, 지금 같은 상황이라면 만평궁이 죽기 전 만났던 사람이 나라는 사실만으로도 나에 대한 조사를 시작하기에는 충분했다.

　나는 창문을 통해 봉연훈이 머무는 안경부 지주부를 바라보았다.

　'이래서 세상은 재미있나 보군. 이번은 내 패배라는 것을 인정하지. 자네가 얼마나 컸는지는 나중에 확인해야겠네.'

第七章 공피고아(供彼顧我)

남을 공격하기 전에 나를 되돌아 보다

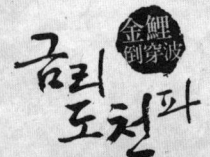

金鯉
倒穿波

금리
도전파

안경 성내에서 대규모 습격이 일어난 지 열흘이 지났다.

나는 이른바 '안경참사' 직후 안경을 떠나 동산채로 물러났다.

예상대로 안경에 모인 세력들이 나를 더 노골적으로 따돌리기 시작했기 때문이다.

이전의 따돌림이 좀 더 은밀했다면 이번 따돌림은 직접적이고 악의적인 소문이 그 배경에 깔렸다.

소문은 내가 이번 습격의 배후이며 직접 실행한 것은 무호채라는 것이다.

안경 수군제독인 만평궁이 죽기 전 마지막으로 만난 사람이 나라는 사실이 그 소문을 뒷받침했다.

내가 조강채로 물러난 다음에도 조파진은 안경에 남아 이리저리 뛰어다니면서 막아보려고 했다. 소용없다고 생각했지만 나는 굳이 말리지는 않았다.

하지만 왕가장과 무호채를 이번 조강채 토벌에서 제외되는 것을 막지는 못했다.

동산채로 돌아온 조파진은 풀이 죽은 표정이었다.

"죄송합니다. 가주님 말씀을 듣고 진작에 포기했어야 하는데……."

"됐네. 자네가 왕가장이 이번 일과는 상관이 없다고 구명 노력을 한 것도 나름대로는 의미가 있는 일이었네."

상대의 계략에 당해 누명을 쓰고 구차한 변명을 하는 내 성미와는 맞지 않았다.

더구나 아무런 변명을 하지 않는 것도 좋은 생각은 아니다. 변명하지 않는 것을 자백으로 생각하는 자도 많기 때문이다.

그렇지만 조파진이 깨끗이 포기한다는 말을 했음에도 안경에 남아 구명을 위해 노력한 일은 한번은 짚고 넘어갈 필요가 있었다.

어떤 식으로든 경고가 있어야 한다.

장주인 내 말보다 자신의 판단에 따라 한 행동이었다. 나중에 비슷한 일이 일어날 수도 있었다.

그렇다고 조파진을 묘해조나 다른 수적들처럼 힘이나 위

협으로 다스리는 것은 좋은 방법이 아니었다.

이번에는 자신보다 내가 상황 판단 능력이 낮다는 사실을 보여주는 것으로 경고를 대신할 생각이었다.

"그렇다고 해도 이번 구명 노력을 하면서 꽤 많은 돈을 썼더군."

조파진이 이번에 쓴 돈은 은자로 수천 냥이었다.

단지 남에게 보여주기 위한 것으로 생각하기에는 많은 액수였다. 물론 조파진은 실제 구명을 위해 쓴 것이겠지만 말이다.

"그건……."

"뭐, 돈을 썼으면 다시 벌어들이면 되지. 자네는 즉시 왕가장으로 돌아가 무명은 물론 목화까지 사들일 수 있는 만큼 사들이게."

"무명까지 사들이라는 말씀이십니까? 하지만 지난번 사들였던 목화를 이용해 지금 만들어놓은 무명이 이미 상당한 양입니다. 그것만 해도 아직 예년보다 가격도 높은 편인데 굳이……."

조파진의 말대로 올해 목화나 무명 가격은 작년보다 많이 오른 상태였다. 모두 내가 모가장의 창고를 불태운 영향이었다.

지금 왕가장이 가지고 있는 목화나 목면은 창고를 태우기 전에 사들인 것들이다.

장사의 기본은 쌀 때 사서 비쌀 때 파는 것이다. 그렇게 보면 지금 목화를 사들이는 것은 현명하지 못한 생각이고 조파진의 질문도 당연했다.

"목화의 가격이 작년보다 높기는 하지만 목면의 가격도 높지 않은가?"

"그렇기는 합니다만, 지금은 조운으로 여유가 있는 배가 없어 목화 가격이 높게 유지되는 것입니다. 그렇지만, 조금 시간이 지나면 시세차익을 노리고 강서성이나 호광성 쪽에서 목화나 목면을 실은 배들이 몰려올 것입니다. 지금 왕가장이 가지고 있는 목화나 목면도 서둘러 팔아야 할 상황입니다."

조파진은 노련한 상인답게 가격 하락을 예상했다.

지금이야 모가장의 창고가 불에 타서 남직례성 일대의 목화 가격이 폭등했지만 그런 가격이 오래 유지될 수는 없었다.

나라 안의 목화가 소호 일대에서만 나는 것은 아니었다. 창고가 불이 타고 꽤 시간이 지난 지금까지 목화 가격이 유지된 것은 바로 조운으로 상인들이 목화를 싣고 올 배가 없었기 때문이다.

"만약 올해 겨울이 유난히 춥다면 어떻겠나?"

"조금 날씨가 쌀쌀하기는 하지만 하북도 아니지 않습니까?"

말은 흐렸지만 조파진은 반대의 뜻을 분명히 밝혔다.

겨울이라고 해서 하북처럼 강남이 못 견딜 정도로 추운 것은 아니었다.

당장 남직례성 일대에서 겨울에 눈을 볼 수 있는 곳은 아주 높은 산을 제외하면 없었다.

"만약 올 겨울이 얼음이 얼 정도로 춥다면 어떻겠나?"

"얼음이 얼 정도라고요?"

얼음이 언다는 말에 조파진이 의심스러운 눈으로 나를 바라보았다.

"그렇다네."

"그런 추위는 몇 십 년 만에 한 번 오는데 올해가 바로 그때라는 말입니까! 혹 가주님께서는 천기를……?"

"천기라……. 뭐, 천기라면 천기라고도 할 수 있겠지. 어쨌든 올 겨울이 유난히 춥다는 것에 내 이름을 걸겠네."

"그렇게까지 말씀하시니 알겠습니다. 지금 당장 무호로 돌아가서 목면과 목화를 사들이겠습니다."

천기를 읽는다는 말에 조파진이 나를 존경스러운 눈으로 바라보았다.

천기라는 것이 별것인가!

시작은 동산채에 머물던 중 우연히 노수적에게서 올해 초겨울 날씨가 몇 십 년 전 유난히 추웠던 해와 비슷하다는 말을 들은 것이다.

그 후 사람을 시켜 알아보니 수십 명에게서 노인의 말을 확신할 수 있었다.

그리고 무엇보다 얼마 후면 호광성이나 강서성에서 목면과 목화를 싣고 올 것이라는 조파진의 예상은 틀렸다.

정보대로라면 호광성에서 곧 반란이 일어날 것이고 장강의 물길도 막힐 것이다. 한동안 장강을 통해 상선이 움직이는 것은 불가능했다.

조파진을 무호로 돌려보내고 나서 나는 동산채에 머물며 본격적으로 한 가지 일에 매달렸다.

방과 연공실을 오가며 녹 할아버지가 남겨주고 갔던 책과 씨름하며 보낸 것이다.

안경에서 나오려고 소지품을 정리하다가 우연히 녹 할아버지가 주고 갔던 책을 펼쳐 보았다. 사실 열 장 남짓한, 글은 하나도 없고 선만 그려져 있어 책이라고 부르기도 어려웠다.

그냥 무시하기에는 책을 줄 때 녹 할아버지의 분위기가 심상치 않았다. 게다가 처음 볼 때부터 선의 흐름 하나하나에서 섬뜩함이 느껴졌었다.

녹 할아버지에게서 받았을 때부터 보통 책은 아니라고 생각했었다. 지난 몇 달 동안 지켜본 경험으로는 녹 할아버지는 아무 의미 없는 행동을 할 사람이 아니었다. 하지만 책을 받았을 때는 죽었다 살아난 직후여서 경황이 없었다. 그 후로도 연이어 터지는 일로 신경을 쓸 여유가 없었다.

그러던 중 안경을 떠나려고 짐을 챙기던 내 눈에 책이 들어왔다. 무심코 책을 자세히 살펴본 나는 그중 한곳에서 놀라운 사실을 발견했다.

그리고 장강을 건너는 배 안에서, 그리고 동산채로 돌아오는 마차 안에서 다른 것들을 제쳐 놓고 책에 매달렸다.

예상이 정확하다면 녹 할아버지가 주고 간 열 장의 책은 무림인이라면 목숨을 걸 만한 보물이었다.

우연히 눈에 들어온 검은 선의 흐름은 오룡천궁에서 발견한 바로 그 궁왕의 궁술인 오룡천시였다.

내 오룡천궁의 경지를 냉정히 말하면 이제 막 손에 익은 정도였다. 그럼에도 수박 겉핥기로 익힌 것만으로도 내가 놀라운 능력을 발휘할 수 있게 했다.

바로 오룡천궁에서 보았던 오룡천시의 흐름이 종이 한 장에 그대로 있었다.

그리고 나를 더욱 놀라게 한 것은 검은 선들에 교차해 무질서하게 그려진 붉은색 선들이었다.

한눈에도 현기가 느껴지는 검은 선과 달리 붉은 주사로 그려진 선들은 그냥 봤을 때는 낙서처럼 보였다.

그러나 오룡천시를 이론적으로는 이해한 내 눈에 들어온 것은 그 하나하나의 붉은 선들이 오룡천시의 흐름을 가닥가닥 갈라놓고 있다는 것이다.

단 한 장의 종이에 백 년 전 무림십대고수의 하나였던 궁왕의 무공과 그 파훼식이 그대로 들어 있다는 말이다.

오룡천시를 완전히 이해하지 못했다면 주사로 그려진 선의 의미를 이해하지 못했을 것이다.

열 장 중 하나에 그려진 먹과 주사의 선들이 궁왕의 무공과 그 파훼식이라면 다른 아홉 장은 뭐겠는가?

녹 할아버지가 전해준 열 장 남짓한 책은 백 년 전 무림십대고수의 무공과 그 파훼식이라는 말이다.

나는 녹 할아버지가 준 책의 이름을 무명비급이라고 붙였다.

무명비급에 그려진 선만으로 백 년 전 십대고수의 무공을 익힌다는 것은 불가능했다.

종이에 나타난 선의 흐름은 오룡천궁에서 보았던 오룡천시의 흐름보다 더 난해했다.

더구나 내가 찾아내 익힌 오룡천시와는 달리 각각의 종이에 그려진 초식의 흐름은 십대고수 중 누가 사용하던 무공인지도, 어떤 무기를 사용하는 무공인지도 알 수 없는 상황이었다.

이것만으로 어떤 무공을 복원하고 유추해 낸다는 것은 아무리 내가 천재라도 불가능한 일이다.

그렇지만 천하에 새로운 것은 없다는 말이 있지 않은가?

다른 아홉 장의 곳곳에서 익히 알고 있는, 복희씨가 쉰다섯 개의 점인 하도를 통해 밝혀낸 시획팔괘의 이치나 우 임금 때 출현한 낙서인 홍범구주의 이치를, 즉 주역의 육십사괘와 비슷한 부분을 발견할 수 있었다.

물론 아직은 그것이 전부지만 이해하는 데 큰 도움이 되었다. 그렇지 않아도 죽을 뻔한 이후 무공에 대한 갈증에 시달리던 나다.

아무 말 없이 책을 그냥 던져주고 간 녹 할아버지를 원망하며 매달린 지 열흘.

많은 것을 얻었다. 하지만 아직 완전히 이해하지는 못했다.

검은 먹물로 그려진 선에는 성과가 있었지만, 붉은색으로 그려진 선은 아직도 오리무중이었다. 아직은 붉은색 선을 통해 검은색 선의 흐름을 훨씬 잘 이해할 수 있는 정도였다.

그나마 매일 저녁 한 시진 정도 흑귀조원들 사이의 비무를 보며 느껴지는 깨달음과 진전이 없었다면 견디기 어려웠을 것이다.

열흘이 지나도록 직접 흑귀조원들과 비무를 해보지는 못했다.

손에 익은 궁술을 이용한 오룡천시나 기마술을 이용한 신법과는 달리 박투술이나 무기를 사용하는 것에 관한 한 나는 흑귀조원에 비하면 어린아이나 마찬가지였다.

웃긴 것은 이런 내가 열흘간 연구한 것을 바탕으로 나보다 고수라고 할 수 있는 흑귀조원들에게 충고를 할 수 있다는 점이었다.

표지에 이름도 없어 무명비급이라고 붙인 책의 가치는 단순한 무공 비급이상이었다.

단 열 장이었지만 시간적 여유가 있으면 그 안에서 수많은 무공을 만들어 낼 수 있는 무공 이론서이기도 했다. 더 나아가 그렇게 만들어진 무공의 파훼식까지.

그처럼 녹 할아버지가 남겨준 책의 내용은 놀라운 것이었다. 이런 사실을 발견하고 나서 내 머릿속에는 한 가지 생각이 떠나지 않았다.

'녹 할아버지의 정체는 뭘까?'

녹 할아버지의 무공이 대단하다는 것은 이미 알고 있었다. 이 책을 이용한다면 단기간에 세력을 키울 수 있었다.

그럼에도 아무리 알아봐도 녹 할아버지에 대해 아는 사람이 없었다. 무호채에서도 녹 할아버지에 대해 아는 것은 양부의 사부라는 것뿐이었다.

자신의 주장대로라면 백 년을 넘게 산 녹 할아버지가 사람들에게는 전혀 알려지지 않았다?

주머니에 든 송곳은 주머니를 뚫고 나오게 마련이다.

녹 할아버지 같은 특이한 행동을 하는 사람에 대한 소문이 퍼지지 않는 것은 불가능한 일이었다.

녹 할아버지는 그 불가능한 일을 가능하게 만들었다. 뭔가 더 큰 비밀이 있는 것이 분명했다.

감춰진 비밀이 무엇이든 만약의 사태에 대비할 필요가 있었다.

무명비급의 가치는 크지만 그건 녹 할아버지도 아는 것이었다. 아니, 내가 지난 몇 달간 얻은 것 전부 다 녹 할아버지도 아는 것이었다.

녹 할아버지에게 한 방 먹일 수 있는 비장의 한 수가 필요했다.

나는 간단하다면 간단한 곳에서 비장의 한 수를 찾을 수 있었다. 성공만 한다면 큰 힘이 될 수 있는 한 수가 준비되고 있는 곳은 별실 한쪽에 마련된 약제실이었다.

약제실에 들어서자마자 약을 달이는 특유의 향이 강하게 풍겨왔다.

"주군!"

호위대 조장인 조훈이 가까이 다가와 고개를 숙였다.

그와 호위대원 중 반 이상이 약제실에서 약을 달이고 있는 의원들을 감시하기 위해 약제실 주위를 지키고 있었다.

"얼마나 더 기다려야 하나?"

조훈은 곁에 있는 의원 한 명의 뒷덜미를 잡아끌었다.

"성 의원, 주인님이 언제까지 기다려야 하는지 물으시지 않느냐!"

"일 각 정도만 기다리면 준비가 될 것입니다."

성 의원이라고 불린 자가 고개를 조아리며 대답했다.

그는 안경 일대에서는 명의로 알려진 자였다.

홍가장의 비호를 받으며 약제 유통에 관여해 많은 돈을 벌어들였다.

최근까지는 천금이 없는 환자는 얼굴 한 번 보기도 어려울 정도로 위세가 당당했다. 하지만 지금은 하루하루 불안에 떨며 약을 달이는 처지로 전락한 지 벌써 여러 날이었다.

나는 자리로 돌아가 약탕기가 올려 있는 화로에 부채질하는 성 의원을 손으로 가리키며 물었다.

"이자는 좀 쓸 만해졌느냐? 어째 부채질이 시원찮은 것 같은데?"

조훈이 대답하기 전 성 의원을 노려보자 그의 어깨가 바짝 움츠러들었다.

"직접 약을 달여본 지 이십 년도 넘었다고 하는데…… 곧 익숙해질 것입니다."

"또 약을 태워먹거나 한 것은 아니겠지?"

"지난번 탕약을 태웠다가 단단히 혼이 난 후로는 약을 태운 적은 없습니다."

"그래도 부채질하는 것이 영 마음에 들지 않는데……."

내 말이 떨어지자마자 성 의원의 부채질 속도가 빨라지기 시작했다.

"뭐, 계속 실수하면 자네가 알아서 처리하게. 아무리 명성이 높다고 해도 쓸모가 없는 자는 필요없으니까!"

"알겠습니다."

내 눈에 이제는 미친 듯이 부채질을 하는 성 의원의 모습이
들어왔다.

잠시 후 성 의원을 포함한 약제실의 의원 여섯이 두 개씩
가져온 열두 개의 탕약이 약제실 탁자 위에 놓였다.

"수고했네. 이제 다들 좀 쉬게."

나는 의원의 수고를 칭찬하고는 고개를 조훈에게 돌렸다.

"자네는 전처럼 이것들을 석실에 가져다 놓게."

"알겠습니다."

조훈이 고갯짓을 하자 문이 열리고 밖에서 부하들이 들어
와 탕약을 지하로 옮기기 시작했다.

하나하나 지하실로 옮겨지는 탕약을 보니 벌써 배가 부풀
어 오르는 것 같았다.

"오늘도 점심은 배가 터지게 탕약을 먹는 것으로 해결하겠
군."

아무리 목적을 위해서라지만 며칠째 점심마다 탕약을 먹
는 것은 고역이다. 거기다 탕약을 마시고 그 효과를 내 몸의
변화로 알아보는 정말 무식한 방법이었다.

특히 탕약을 하나도 아니고 여러 개를 먹는 것은 의학에 조
금이라도 관심이 있는 사람이라면 미친 짓이라고 생각할 행
동이었다.

쓰기에 따라서 약이 독이 되고 독이 약이 된다는 것은 의가
의 상식이다.

약이 독이 되는 가장 큰 흔한 이유 중 하나가 바로 지나치게 한 종류의 기운이 많아질 때였다.

이런 위험을 알면서도 내가 탕약을 먹는 것은 직접 먹어보고 몸의 반응을 살피는 것이 빠르고 정확하기 때문이다.

내게는 그리 많은 시간이 없었다. 다른 사람에게 약을 먹이고 반응을 살필 시간이 없었다.

약간의 위험을 감수하는 것은 어쩔 수 없었다.

나는 한 사발의 약을 먹고 상태를 살피기 시작했다.

"이번에도 실패군!"

나는 눈을 뜨고 바닥에 널려 있는 약사발들을 바라보았다.

하루에 두 시진씩 열흘이 넘게 공을 들였지만 현천심법의 부작용을 해결할 방법을 찾는 데 실패했다.

녹 할아버지나 죽은 큰아버지가 그 긴 세월 동안 노력하고도 찾지 못한 것을 생각하면 어쩌면 나의 실패는 당연한 결과라고도 할 수 있었다.

하지만 내 나름대로는 자신이 있었던 일이다.

묘 씨 부자를 통해 현천심법의 부작용에 대해 알아낼 때만 해도 해결책을 금방이라도 찾을 수 있을 것 같았다.

내가 태어나 한 문제에 이번처럼 오랜 시간을 들여 노력한 적이 없었다.

하지만 열흘이 지난 지금 현천심법이나 구자결의 원리를 상당 부분 이해했지만, 해결 방법은 오리무중이었다.

"뭔가 단서라도 있다면 계속 연구하겠지만……."

그랬다.

문제는 단순히 현천심법의 부작용을 해결할 방법을 찾지 못했다는 것이 아니라 단서조차 찾을 수 없다는 것이다.

단서를 찾는 데만도 긴 시간이 걸릴 것 같았다.

생각해 보면 당연한 것이, 현천심법의 부작용은 따지고 보면 부작용이라고 단정 짓기 어려웠다.

현천심법의 부작용이라는 것은 내가 아는 한 독맥을 자극해 보통 사람은 상상하기 어려울 정도로 발달시키는 것이다.

독맥의 발달은 결국 독맥과 연결된 양맥을 발달시키게 된다.

음맥에 비해 양맥이 비정상적으로 발달하게 되는데, 이건 어찌 보면 한 세대에 한 명 정도 나온다는 태양신맥과 비슷했다.

태양신맥이 무엇인가?

태양신맥의 특징은 무공을 익히는 데 천부적인 체질로 다른 사람보다 내공을 쌓는 속도가 몇 배나 빠르고 같은 무공을 익혀도 더 큰 위력을 발휘할 수 있다는 것이다.

태양신맥이 가지지 못한 장점인 선천지기를 키울 수 있다는 장점까지 있었다.

문제는 본래 태양신맥으로 타고나지 않은 사람이 태양신맥이 되면서 가지는 몸이 이런 변화를 견디지 못한다는 것이다.

황제내경에서는 몸의 병이 생기는 것은 음양의 조화가 깨지기 때문이고 말하지 않던가?

해결책은 간단하다면 간단했다.

독맥이 발달한 만큼 임맥도 같이 발달시키거나 발달한 독맥을 진정시키면 되는 것이다.

내가 시험해 본 결과 어느 정도까지는 침으로도 해결할 수 있었다.

침구보사법에서 말하는 '허(虛)하면 보(補)하고 실(實)하면 사(瀉)한다' 는 대원칙이 현천심법의 부작용을 치료하는 데도 유효했다.

하지만 침으로 해결하는 것은 간편하지만 한계가 있었다.

분자결로 인위적으로 독맥을 발달시킨 묘관기나 보공석 정도는 침으로도 효과를 볼 수 있지만 직접 구자결을 익힌 나 같은 경우에는 별 효과가 없었다.

묘관기 등의 경우에도 상태를 자세히 살피려면 동화의 법을 사용해야 하기 때문에 침을 사용하는 것이 그리 효과적이라고 보기도 어려웠다.

녹 할아버지가 독하다며 놀란 내 정신력으로도 동화의 법을 묘 씨 삼부자에게 사용한 이후 한동안 후유증에 시달려야 했다.

동화의 법을 연이어 사용하는 것이 내가 아니라 다른 사람이었다면 목숨을 잃을 수도 있을 정도로 위험한 일이었다.

동화의 법이 선문에서도 극히 일부만 전승되어 내려오는 것은 다 이유가 있었던 것이다.

내가 다음으로 생각해 낸 것은 바로 약으로 보사법을 행할 수 있지 않을까 하는 것이었다.

영약이니 보약이니 하는 것이나 독약이라는 것도 결국은 침구술에서 말하는 보사법에서 벗어나지 않기 때문이다.

그래서 흔히 말하듯이 쓰기에 따라서 약도 독이 되고 독도 약이 된다는 것이 아니던가?

하지만 큰 기대를 걸었던 약은 열흘이 지나도록 별다른 진전이 없었다. 짧은 시간이었지만 안경부는 물론 귀지부에서 이름이 알려진 의원들이 도왔다는 것을 생각하면 지금쯤은 뭔가 단서가 나와도 진작에 나왔어야 한다.

이제 남은 방법은 세 가지였다.

첫 번째는 녹 할아버지 말대로 여의주를 찾아 나서는 것이다.

쉽지 않은 일이었다. 지금 장강십팔채의 분위기를 봤을 때 여의주를 찾는 것은 장강십팔채를 하나로 통일한 이후에야 가능했다.

시간도 시간이지만 상중에 그런 일을 벌이려면 여러 가지 여건이 준비되어야 했다.

더구나 언제 반란이 일어날지도 모르는 상황이라는 것을

생각하면 상당한 어려움이 따르는 일이었다.

두 번째는 지금이라도 구자결을 통해 편법으로 현천심법을 익히는 것을 포기하고 본격적으로 현천심법을 정식으로 익히는 것이었다.

이 방법은 가장 안전하지만, 나로서는 가장 선택하기 어려운 방법이었다.

이미 내 몸은 합자결을 통해 편한 길을 알아버린 상태였다. 결국 처음부터 다시 시작해야 한다는 것인데…….

그러면 내 몸 하나도 지킬 수 없게 되니 무호채의 채주 직을 포기해야 한다. 그러나 지금의 상황은 내가 손을 떼고 싶다고 뗄 수 있는 상태가 아니었다.

그랬다가는 당장 내 앞에서 머리를 조아리는 묘 씨 삼부자나 보공석부터 내 목을 노릴 것이다.

녹 할아버지가 막아줄 리도 없었다.

누구보다 녹 할아버지가 내가 구자결을 버리고 처음부터 현천심법을 익히는 것을 용납하지 않을 것이다.

세 번째 방법은 가능성은 가장 클 뿐 아니라 부수적인 효과도 큰 방법이다.

바로 녹 할아버지가 큰아버지나 나를 통해, 그리고 큰아버지가 무호채의 간부급 수적들을 통해서 현천심법의 부작용을 없앨 방법을 찾으려고 한 것처럼 나도 다른 사람들을 이용해 부작용을 없애거나 완화할 방법을 찾는 것이다.

차이가 있다면 큰아버지가 열 명이 채 안 되는 자들에게 분자결을 사용했다면 나는 약을 통해 인위적으로 독맥을 발달시켜 비슷한 효과를 내는 것이다.

 현천심법을 편법으로 익히거나 다른 사람에게 분자결을 사용해 자신의 선천지기를 주입하는 방법과는 달리 선천지기를 키우는 부수적인 효과는 없었다.

 하지만 부작용의 가장 큰 특징인 독맥을 발달시키는 데 굳이 분자결을 사용하는 필요는 없다는 것이 내 생각이었다.

 독맥을 발달시키는 것은 약만으로도 충분히 가능했다.

 다만 분자결을 통해 선천지기를 주입받는 방식보다 부작용이 훨씬 위험했다.

 약으로 억지로 독맥을 발달시키는 것이다 보니 선천지기를 통한 방법과는 달리 자칫 머리에 심각한 손상을 줄 수도 있었다.

 어찌 보면 약을 통한 방법이야말로 인위적으로 태양신맥을 만드는 확실한 방법이었다.

 독맥을 발달시켜 무공이 늘어나는 것도 확실했다.

 내공이 늘어나는 속도는 힘도 늘어날 뿐 아니라 반사신경까지 늘어나니 무공을 익힌 자들에게는 어떤 영약보다 효과가 좋을 것이다.

 지난 몇 달간의 경험으로는 부작용을 알더라도 먹을 자는 차고도 넘쳤다.

부작용이 당장 나타나는 것도 모든 사람에게 나타나는 것도 아니다. 체질에 따라 다른 것이다.

나는 현실적으로 어려운 두 번째 방법을 제외한 첫 번째와 두 번째 방법을 동시에 사용하기로 했다.

세 번째 방법은 부수적으로 당장 무호채의 전력을 높일 수 있으니 일거양득의 방법이라고 할 수 있었다.

물론 나는 약의 부작용을 알려줄 생각은 없었다.

완전한 해결책을 찾는 것에 비하면 못하지만, 비장의 한 수로 쓰기에는 어쩌면 완전한 해결책보다 더 나을 수도 있었다.

결심을 한 후 실제 단약을 만들어 그 결과를 아는 데까지 그리 오래 걸리지 않았다.

항상 내 곁을 지키는 호위대가 단약의 덕을 본 첫 수혜자이자 실험 대상이었다.

단약을 본격적으로 만든 지 며칠 후, 후원은 무공을 익히는 호위대의 열기로 후끈 달아올라 있었다.

밀착 호위하던 조훈이 내가 후원에 도착한 것을 알리려고 하는 것을 손을 들어 막았다.

"그만두게. 내 호위를 하느라 고생하지 않았나. 모처럼 수련에 집중한 것을 방해하고 싶지 않네. 무공에 대한 호위대의 의욕은 어느 때보다 높은 것 같아 기쁘군."

"당연한 일이지요. 지난 십 년간 무호채는 무공 수련이 일상화되어 있었습니다. 그리고 호위대를 비롯한 흑귀조는 무호채에서도 무공광들이 모여 있지요. 군소 수채를 징계하는 과정에서 전투력이 늘어나기는 했지만, 실제 실력이 늘어났다고 보기는 어려웠습니다."

"그야 흑귀조의 무공이 너무 강하기 때문 아니겠는가? 상대가 되기에는 군소 수채의 수적들 수준이 너무 낮았네. 그나마 호위대는 내 호위를 하느라 그 실전 경험조차 다른 흑귀조에 비해 적었으니 내 잘못인 것 같네."

"저도 그렇지만 제 부하들에게 요 며칠간의 무공 수련은 그야말로 가뭄의 단비입니다. 실력이 느는 것을 몸으로 바로 느낄 수 있으니까요. 덕분에 대원들 모두 무공을 익히는 데 의욕을 불태우고 있습니다. 모든 것이 주군께서 내리신 영단 덕분입니다."

"영단은 무슨……."

"매일매일 실력이 늘어나는 것을 느낄 정도의 약이 영단이 아니면 뭐겠습니까?"

"내 마음 같아서는 항상 나를 지키느라 수고하는 호위대에게 대환단이라도 내려주고 싶은 심정이네. 무공을 익히는 데 약간 도움이 되는 단약 정도밖에 내려주지 못하는 것이 안타까울 뿐이네."

"무슨 말씀을 그렇게 하십니까! 대환단이나 자소단 같은 영약을 먹더라도 한동안은 늘어난 내공에 적응하기 위한 기간이 필요하다고 들었습니다. 그에 비해 주군께서 내리신 영

단은 매일매일 실력이 늘어나는 것을 느낄 수 있으니 무공을
익히는 이들에게는 대환단보다 더 귀한 영약입니다."

"뭐…… 자네가 그렇다면야."

나는 잠시 말을 멈추었다가 생각이 난 듯 고개를 돌려 조훈
곁에 있는 호위대원을 바라보았다.

"영약을 개발하는 데 도움을 준 의원들은 잘 모시고 있겠
지?"

"그건……."

호위대원은 내 질문에 당황해 조훈을 바라보았다. 잠시 후
내 눈에 조훈이 고개를 좌우로 젓는 것이 들어왔다.

"안전한 곳에 잘 모셔두고 있습니다."

"절대 다른 곳에서 알지 못하게 안전하게 지키고 있게."

"알겠습니다."

"내 지난번에 말한 것처럼 영약을 만드는 자세한 방법을
아는 사람은 오직 나밖에 없네. 하지만 그들이 아는 것도 적
지 않지. 그들을 모아놓고 연구를 계속한다면 다른 자들도 내
가 만든 영약을 만들지도 모르네. 만약 적에게 지금 호위대가
먹는 단약을 만드는 방법이 넘어갔다고 생각해 보게."

조훈이 단호한 목소리로 대답했다.

"절대 그런 일이 생겨서는 안 되지요."

조훈의 대답으로 의원들의 운명은 결정되었다. 아마 모르
기는 몰라도 의원들은 오늘을 넘기지 못할 것이다.

내가 아는 조훈은 풀을 베되 뿌리째 뽑지 않으면 봄바람에 다시 살아난다는 생각을 하는 인물이었다.

등호연의 배신에 그럴 줄 알았다는 말과 함께 강필준도 제거해야 한다고 주장한 인물이다.

큰아버지에 대한 맹목적인 충성심까지 가진 조훈이고 보면 영약의 비밀이 넘어갈 위험을 감수할 사람이 아니었다.

내가 굳이 의원들을 내 손을 직접 처리하지 않고 조훈에게 맡긴 것은 이런 그의 성격을 알기 때문이었다.

내가 충분히 이용할 여지가 많은 의원들을 제거하려는 것은 다른 이유 때문이었다.

의원들의 연구는 구자결의 부작용을 해결하는 방법을 찾는 것이었다.

내가 부작용 해소 방법을 연구한 것은 녹 할아버지는 물론 큰아버지에게 분자결을 통해 선천지기를 이식받은 간부들에게 알려져서는 안 되는 비밀이었다.

납치되고 나서 협박을 통해서 이룬 것이지만 의원들이 공을 세운 것은 사실이었다.

아무리 현천심법을 연구하는 과정에서 나온 성과라고 해도 혼자서는 이런 효과를 내는 단약을 단기간에 만들어내지 못했을 것이다.

그런 공을 세운 의원들을 내 손으로 해치우는 모습을 내 가장 곁에 있는 호위대에게 보일 수는 없었다.

정민구가 화공을 이용해 조강채로 도망한 것처럼 이용하고 버리는 것이 장강십팔채 같은 흑도 문파에서는 당연한 모습일지도 모른다.

그러기 때문에 나는 그들과는 다르다는 것을 보여줄 필요가 있었다.

눈 가리고 아웅 한다는 생각이 들기는 했다. 하지만 겉모습이나마 직접적인 명령을 내리는 것은 곤란했다.

이런 의원들의 운명은 처음 납치될 때 정해진 것이나 다름없었다.

내가 여러 번 의원들을 통해 단약의 비밀이 새어 나갈 수 있음을 강조한 것은 바로 이 순간을 위해서였다.

조훈에게 한 말과는 달리 실제 의원들이 백날 연구해 봐야 단약을 만들어낼 가능성은 적었다.

사실 지금 호위대가 먹는 단환은 의원들이 연구했던 구자결의 부작용 해소 방법을 참고하기는 했지만, 실제적인 작용은 많이 달랐다.

구자결이 궁극적으로 선천지기로 독맥의 혈을 자극해 무공을 비약적으로 빠르게 상승시키는 것과는 달리 호위대가 먹는 단약은 약을 통해 인위적으로 독맥의 혈도를 자극하는 것이었다.

독맥의 혈도를 자극하는 것은 같지만, 그 자극원이 선천지기와 약이라는 차이점이 있었다.

비슷한 것 같지만 독맥의 혈도를 자극하는 것이 무엇이냐
에 따라 그 결과는 천지차이였다.

처음에는 약으로 인위적으로 자극하는 것이 훨씬 빠른 내
공 상승은 물론 완력, 몸 자체의 반응 속도도 향상을 가져온
다.

그렇지만 그 부작용은 구자결로 속성으로 현천심법을 익
힌 나나 분자결을 통해 다른 사람의 선천지기를 주입받은 묘
씨 부자나 보공석과는 비교할 수 없을 정도로 위험할 수 있었
다.

아무리 내가 주의 깊게 단약을 연단했다고 해도 선천지기
와 비교할 수는 없다.

부작용이 언제 어떤 방법으로 나타날지는 확실하지 않았
다. 운이 좋으면 나타나지 않을 수도 있을 것이다.

부작용을 비밀로 하겠다는 생각과는 달리 호위대에게 약
을 나눠 주기 전에 부작용에 대해 경고했다.

내 신변을 지키는 호위대에게까지 아무런 말을 하지 않을
수는 없었다. 물론 예상되는 부작용 전부에 대해 이야기한 것
은 아니다.

나는 나름대로 많은 생각을 하고 부작용에 대해 이야기했
다.

이야기하기 전 나는 호위대가 약간은 먹기를 주저할 것이
라고 생각했다. 그렇지만 호위대는 무공에 도움이 된다는 말

에 단약을 먹는 데 주저하지 않았다.

그런 그들을 보며 나는 내가 무인이 아니라는 사실을 다시 한 번 느꼈다.

만약 현천심법이 궁극적으로 이루고자 하는 신선의 의미를 알았다면, 그리고 구자결의 부작용을 알았다면 나는 현천심법을 익히지도 구자결을 익히지도 않았을 것이다.

나에게 현천심법은 그냥 건강을 위해 유생들이 흔히 익히는 운기법 그 이상도 이하도 아니었다.

무공에 대한 내 이런 생각은 죽을 고비를 넘었으면서도 처음 무호채로 납치되다시피 와서 채주 직을 맡을 때와 근본적으로는 달라진 것이 없었다.

상황을 따라가기 급급했었다. 여전히 지금의 자리와 상황이 내가 있을 곳이 아니라는 생각을 하고 있었다.

나도 모르게 어릴 적부터 보고 배웠던 사고방식에서 벗어나지 못하고 있는 것이다.

겉으로는 유학의 도리를 누구보다 잘 지키는 척하면서도 속으로는 그 고루함을 비웃었다고 생각한 것은 내 착각일 뿐이었던 걸까?

독에 중독되어 거의 죽다 살아나고 나서도 내 딴에는 굳게 결심했지만 지나고 보니 별로 변한 것이 없음을 깨달았다.

그렇지만 앞으로 장강십팔채의 아귀다툼에 뛰어들어야 할지도 모르는 상황에서 믿을 것은 힘뿐이었다.

호위대를 통해 증명된 단환의 효과는 내게 전장을 헤쳐 나갈 힘을 줄 것이다.

소수를 대상으로 한다면 당연히 분자결을 이용해 선천지기를 키우는 방법이 더 효과적이었다.

체질 자체를 무공을 익히는 데 최상이라는 태양신체로 바꾸는 것이니 말해 무엇 하겠는가?

구자결에 치명적인 부작용이 있다는 것을 알고서 많은 사람과 이야기를 나누고 무공에 대해 될 수 있는 한 많은 것을 알려고 노력했다.

현천심법은 비록 모으는 속도는 느리지만 선천지기를 키울 수 있다는 면에서는 정말 대단한 심법이었다.

선천지기는 같은 양의 후천지기에 비해 몇 배나 더 큰 위력을 가지고 있었다.

절정고수를 구분하는 기준은 생사현관, 즉 임맥과 독맥의 타동이다.

하지만 생사현관을 뚫는 것이 내공이 곧 선천지기로 바뀌는 것을 말함은 아니다. 단지 선천지기를 내공처럼 이용할 수 있게 만드는 것뿐이었다.

그것만으로도 절정고수는 생사현관을 타동하지 못한 같은 내공의 초일류고수 몇 명을 상대할 수 있었다.

구자결은 단순히 자신의 선천지기를 천천히 증가시키는 것에서 그치지 않는다.

자신의 선천지기를 이용해 보다 빠르게 선천지기를 증가
시키고 상대가 미처 느끼지도 못하는 순식간에 상대를 제압
한다. 무엇보다 자신만이 아니라 상대의 선천지기를 증가시
킬 수도 있었다.

그야말로 신선의 무공이라고 할 수 있었다.

어쩌면 구자결의 부작용이라는 것은 신선의 무공을 인간
의 나약한 정신과 신체가 감당하지 못해서 생기는 것일 수도
있었다.

그에 비해 지금 호위대처럼 약으로 독맥의 혈도를 자극하
는 것은 선천지기가 늘어나는 것도, 태양신맥으로의 체질 변
화도 기대할 수 없었다.

근본적인 몸의 변화 없이 내공의 축기 속도를 높이고 몸의
반응 속도를 높이다 보니 부작용도 만만치 않을 것이다.

하지만 이런 단점을 모두 만회할 만한 장점이 있었다.

꾸준히 주의 깊게 상태를 살펴야 하는 분자결을 이용한 방
법과는 달리 단환을 이용한 방법은 세심하게 주의를 기울일
필요가 적다는 것이다.

분자결을 사용해 무공을 높일 수 있는 인원은 구자결의 성
취에 따라 차이는 있지만 많아야 열 명에서 스무 명을 넘지
못했다.

열 명이라는 인원도 최대한 많이 잡은 것으로 큰아버지처
럼 수십 년을 구자결을 익히지 않는 한 현재의 나로서도 무리

였다.

그에 비해 약을 사용하면 약간의 도움을 받는다는 조건에 나 혼자서도 수백 명이 먹을 단약을 연단할 수 있었다.

그렇게 많은 사람이 단약을 복용한다면 단약을 먹는 부작용이 일어날 가능성은 더 컸다.

지금 호위대가 먹는 단약은 사람에 따라 양을 조절하고 있었다.

단약을 먹는 사람에 관계없이 부작용을 최소화하는 효과를 단약의 크기로 정하기는 했다.

하지만 한계는 분명했다. 부작용이 더 빨리 나타날 가능성은 크지만 그건 나중 일이었다.

지금 당장 필요한 것은 녹 할아버지에게 한 방 먹일 비장의 한 수를 준비하는 것과 만약의 사태에 장강십팔채를 통일할 힘을 가지는 것이다.

第八章 가기이방(可欺以方)

그럴듯한 방법으로 남을 속이다

金鯉
倒穿波

금리
도천파

현천심법의 부작용을 연구하면서 만들어낸 단약을 천석환이라고 이름 지었다.

작은 물방울이 모여 바위를 뚫는다는 산류천석(山溜穿石)에서 따온 이름이다.

대환단이나 자소단처럼 단숨에 막대한 내공을 얻지는 못하지만, 꾸준히 복용하면 바위처럼 단단한 무공의 단계를 뚫을 수 있게 만든다는 의미였다.

천석환의 개량과 무명비급으로 무공 초식을 연구한 성과는 그날그날 호위대를 통해 검증되었다.

호위대의 무공은 약점이 사라져 갔고, 신체 반응 속도와 내공이 향상되었다.

곁에서 보는 나로서는 매일매일 하나하나의 변화는 크지 않은 것 같았다. 하지만 보고를 하려고 훈련장을 찾는 사람들의 말에 의하면 호위대 모두가 엄청나게 강해졌다는 평가다.

생각 같아서는 무명비급의 초식을 모두 이해하고 천석환의 부작용을 최소화할 때까지 계속하고 싶었다. 하지만 주변 상황은 나에게 그런 여유를 주지 않았다.

아쉬움을 뒤로하고 나는 동산채로 부하들을 불러들여만 했다.

"지금 당장 해야 할 일은 지나간 일에 집착하기보다 동요하는 수채의 분위기를 다잡는 일입니다."

회의에서 처음 입을 연 것은 은연중에 무호채에 흡수된 군소 수채 출신 수적들을 대표하는 강필준이었다.

아쉬움을 뒤로하고 동산채에서 사람들을 불러 모은 것은 내가 두문불출하는 동안 어수선해진 동산채의 분위기 때문이었다.

"현재 동산채에는 무호채의 본진과 흡수한 군소 수채의 수적들이 함께 모여 있다는 것이 근본적인 갈등의 원인입니다."

"그런 식으로 말하니 마치 양쪽 모두에게 책임이 있다는 듯 들리는군요."

묘해조의 큰아들이자 무호채 소장파를 대표하는 묘형안이

반박했다.

"그럼 아니라는 말씀이십니까?"

강필준의 말투에는 가시가 돋아 있었다.

"그야 밖에서 보면 같은 그놈이 그놈이라고 생각할지 모르지만 무호채의 출신 수적과 흡수된 군소 수채 수적과는 무공은 물론 사고방식까지 모든 것이 다르기 때문 아닙니까?"

"맞습니다. 그도 그럴 것이, 오래전부터 무호채의 수적들은 장강십팔채 중 최강의 수채 중 하나라는 자긍심을 가지고 있었습니다. 여기에 지난 십 년 전 전대 채주님께서 당시 총표파자님의 악정을 보다 못해 거사를 한 후 무호채는 사실상 장강십팔채를 좌지우지해 왔습니다. 최고의 자리에 올랐던 사람과 그렇지 못한 사람과는 마음가짐부터 차이가 나게 마련이지요."

묘관기가 형의 말을 거들고 나왔다.

물론 내가 보기에는 두 형제의 말이 전부는 아니었다.

그보다 근본적인 이유는 더욱이 지난 십 년 동안 골수 수적이라고 할 수 있는 중년 이상의 수적이 대부분 은퇴했다는 것이다.

군소 수채 출신들과는 아예 안면이 없어 문제가 생겨도 중재할 사람이 현 무호채에는 얼마 없었다. 거기에 지난 십 년간 무호채는 수채라기보다는 무학관 같은 분위기였다.

이런저런 이유로 내 생각에도 무호채 출신은 군소 수채의 수적들을 대놓고 무시하는 것도 어쩌면 당연했다.

그렇지만 조직을 이끄는 처지에 무조건 무호채 편만을 들 수도 없었다.

내가 중립을 지키려고 말을 아끼자 강필준이 다시 입을 열었다.

"제가 듣기에는 무호채의 영웅 분들 대부분이 지난 십 년 간 무공만 익혀 정작 수공에는 약하다고 하더군요. 장강의 뱃사람이 수영조차 할 수 없다면 과연 장강의 호걸이라고 불릴 수 있을지……."

강필준은 단단히 각오를 하고 나온 듯 매섭게 쏘아붙였다. 강필준의 말대로 수영조차 못하는 자는 별로 없었다. 하지만 수공이라고 불릴 정도로 물에 익숙한 자가 무호채에 적은 것은 사실이었다.

"지금 우리보고 장강의 호걸이 아니라고 하는 것이요!"

무호채의 역린을 건드리자 분위기가 심상치 않게 돌아갔다. 그러자 한쪽에서 지켜보던 묘해조가 자리에서 일어났다.

"자자! 그만하거라! 어디서 언성을 높이는 것이냐! 너희는 이제 이 아비는 물론이고 주군도 보이지 않는다는 말이냐!"

"죄송합니다."

아버지의 호통에 두 형제가 급히 고개를 숙였다.

회의실을 둘러본 묘해조가 나를 향해 고개를 숙이며 말했다.

"제가 한 말씀 올려도 될는지요?"

"말해보게!"

"물론 최근 주군을 근심시킨 소동은 제 두 아들과 강 향주의 말처럼 본래 무호채였던 자들과 무호채에 흡수된 자들이 서로 다르기 때문일 수도 있습니다. 하나!"

나직하던 묘해조의 말이 갑자기 높아졌다.

"제 생각에는 사면령을 받을 것이라고 한껏 들떴던 자들이 조강채 토벌에서 제외되어 사면령이 취소될지도 모른다는 소문에 크게 동요하고 있는 것이 가장 큰 이유입니다. 그 문제를 먼저 짚고 넘어가야 합니다. 책임을 져야 할 사람은 책임을 져야 하겠지요."

말을 마친 묘해조는 고개를 돌려 보공석을 노려보았다.

묘해조는 안경에서 철수 결정이 난 다음부터 노골적으로 불만을 드러내고 있었다.

최근 동산채의 소동 원인 중 하나는 묘해조가 불만을 품고 있다는 사실이 알려진 것이었다.

처음 나는 묘해조의 그런 행동을 이해할 수 없었다.

다른 사람이라면 모르지만 묘해조는 내가 본 누구보다 수적에 어울리는 사람이었다. 적어도 중요 인물 중에는 묘해조가 가장 수적다운 수적이었다.

지금은 무호에서 골동품을 파는 찬곤이 수채에서 태어나 수적 외에는 다른 것을 생각하지 못한 경우라면 묘해조는 태어나기를 수적으로 태어난 경우라고 할 수 있었다.

아마 묘해조는 수적이 되지 않았더라도 평소 행동이나 급한 성격을 생각했을 때 산적이 되거나 흑도방파에 들어갔을 것이다.

처음 함정에 빠져 안경에서 물러나게 되었다는 사실을 깨달은 다음 가장 크게 실망할 것으로 생각한 사람은 묘해조가 아닌 조파진이나 보공석이었다.

조파진은 최근 몇 달간 왕가장의 색지 사업을 통해 상인으로 재기에 성공한 셈이었다. 한편, 보공석은 큰아버지가 살아 계실 때부터 무호채 내부보다 외부에서 활동이 많았다.

사면령이 당장 필요한 사람은 묘해조가 아닌 이 두 명이라고 생각했다. 하지만 예상과는 달리 이 두 명은 사면령이 어려워진 것에 실망하기는 했지만, 생각보다 큰 반응을 보이지는 않았다.

물론 그들의 이런 반응에는 다 이유가 있었다.

우선 조파진은 지난 십 년간 무호채에 있던 것이 외부로는 알려지지 않았다.

상계에서 물러난 것과 무호채의 봉문이나 다름없는 상태가 겹친 결과였다. 사람들이 알기에는 십 년 동안 상계에서 은퇴했다가 몇 달 전 왕가장을 대신해 복귀한 것이었다.

보공석도 처음부터 사면령의 대상이 아니었다. 보공석은 아예 무호채가 거의 활동하지 않던 시기에 무호채에 들어온 경우다.

　내 호위를 담당하고 있는 흑귀조의 호위대를 비롯해 무호채의 수하들 나이가 젊은 상당수도 조파진이나 보공석과 비슷한 상황이었다.

　무호채에 소속되었다는 것뿐 실제 수적질은 한 번도 한 적이 없는 경우가 대부분이었다.

　사면령의 대상은 무호채보다는 무호채에 흡수된 군소 수채에 더 많았다.

　묘해조의 반발이 무호채 소속 수하들보다는 군소 수채 출신 수하들을 더 불안하게 한 것은 바로 이런 이유였다.

　물론 무호채 같은 수채에 소속되었다는 것만으로도 고향은 물론 관청에 수배되는 것이 원칙이었다.

　그렇지만 아무리 귀신같은 포교라도 수채의 모든 인원을 파악하는 것은 불가능했다. 무호채처럼 십 년간 거의 외부 활동을 하지 않은 경우는 더더욱 불가능했다.

　세 명 중 유일한 사면령 대상이 바로 묘해조인 것이다.

　외부에서 영입한 조파진이나 보공석과는 달리 묘해조는 십 년 전에도 장강 하류 전체에 이름을 날리던 수적이었다.

　과격한 행동 때문에 부채주였던 큰아버지보다 묘해조의 이름을 아는 사람이 많았다.

　십 년이 지난 지금도 묘해조의 이름을 들으면 고개를 젓는 상인들이 있다니 말을 해서 무엇 하겠는가!

묘해조가 사면령의 직접적인 대상인 것은 그렇다고 해도 그가 그렇게 사면령에 매달리는 이유는 좀 이해가 가지 않았다.

묘해조 정도의 명성이나 실력이라면 수배는 형식적인 경우가 많았다. 당장 안경성 내를 활보해도 그를 잡겠다고 포졸들이 나올 가능성은 별로 없다.

묘해조가 예상 밖의 반발을 한 이유는 간단했다.

그가 수적이나 무림인이기 이전에 아버지이기 때문이다.

자신은 평생 수적으로 양지에서 살지 못했지만 두 아들은 떳떳하게 살게 하고 싶었던 것이다.

아무리 자식들을 위해서 한 일이라고 해도 묘해조가 부하들을 선동해 내게 항명하려고 한 일은 용서할 수 없는 일이었다.

그렇지만 묘해조가 항명하려고 한 이유를 들었을 때 몇 달간 보지 못한 친아버지가 생각났다.

내가 철이 들기 전부터 나를 팔아 주변 사람들에게 가지가지 명목으로 손을 벌리던 아버지.

말보다 주먹이나 칼이 앞선 타고난 도둑놈이지만 자식들에 관한 문제에서는 내 친아버지보다 묘해조가 차라리 낫다는 생각이 들었다.

자식들을 위해 한 일이라는 것을 생각해 이번 묘해조의 행동은 그냥 넘어가기로 하고 나서 경고를 보내는 것으로 일을 마무리했다.

보공석이 보고하기 시작했다.

"무호채의 외부 정탐망은 최근 어수선한 상황에도 빠르게 확장되고 있습니다. 이제 적어도 장강 하류의 거의 모든 포구에는 무호채의 눈과 귀가 깔린 상태입니다."

보공석의 보고에는 자부심이 가득했다. 그가 말하는 눈과 귀는 단순히 한두 명을 말하는 것이 아니었다.

적어도 포구 하나당 작은 흑도 조직 하나 정도는 직간접적으로 영향력을 가지게 됐다는 말이다.

무호채는 오래전부터 장강 하류 곳곳에 정탐망을 가지고 있었다는 것을 생각해도 몇 달 만에 이뤄낸 성과로는 대단한 것임은 틀림없었다.

"수고했네. 자네가 고생했겠군."

"아닙니다."

보공석의 반대편에서 있던 묘해조가 입을 열었다.

"제길! 정탐망만 깔리면 뭐 합니까? 우리는 여기 동산채에 갇혀 꼼짝도 못하는데……."

묘해조는 이래저래 불만이 많은 것 같았다.

오랜 침묵을 깨고 장강의 군소 수채를 모두 정리하고 영국부 일대를 장악했던 석태채마저 격파했다. 이제 장강 하류에서는 무호채의 적수가 없는 상황이었다.

그런데 동산채에 갇혀 있게 됐으니 갑갑하고 불만이 생기는 것은 인지상정이었다. 조강채 토벌에 참가하지도, 그렇다고 지나가는 배를 약탈할 수도 없었다.

"저는 아직도 그렇게 안경에서 물러난 것이 억울합니다. 뭐라는 놈이 있으면 손을 봐주면 그만이지 겁쟁이처럼 이곳에 비겁하게 처박혀 있는 것은……."

묘해조는 안경에서 물러난 내 결정에 불만을 그대로 드러냈다.

나는 그의 말에 눈살이 저절로 찌푸려졌다.

회의석상에서 내 결정을 연이어 노골적으로 비난하는 묘해조의 행동은 용납할 수 없었다.

묘해조의 자식 사랑을 이해해 소동을 일으킨 것은 문책하지 않았지만, 공개적으로 내 결정을 비난하고 나오는 것은 다른 문제였다.

"지금 나를 비겁한 행동을 한 겁쟁이라고 하는 것인가?"

내가 매서운 눈으로 쏘아보자 묘해조가 고개를 숙였다.

"제가 어찌 감히 채주님에게……. 저는 다만……."

"됐네! 다시 그런 말을 했다가는 아무리 무호채의 원로라도 용서하지 않겠네!"

단순한 말실수일 수는 있지만 지금 묘해조의 말은 그냥 넘어갈 수 없었다.

좋은 것이 좋은 것이라는 말은 적어도 무뢰배들이 모인 강호, 특히 흑도인 수채에는 통하지 않는 이야기였다.

부하들의 불만을 받아주는 채주는 사람이 좋은 채주라기
보다는 약하고 언제든지 뒤통수를 쳐도 괜찮다는 생각이 들
게 할 뿐이었다.

　묘해조를 꾸짖고 나서 나는 보공석에게 고개를 돌렸다.

　"지금 안경의 분위기는 어떤가?"

　"왕가장과 무호채가 안경에서 물러나고 나서 우리를 왕가
장과 유가장의 습격의 배후로 의심하던 소문은 언제 그랬냐
는 듯 바로 가라앉았습니다. 지금은 우리를 배제하고 관부와
군부 주도로 현재 안경에 모인 세력들만으로 조강채를 토벌
하기 위한 준비를 하고 있습니다."

　"겉으로는 관부나 군부가 나서겠지만, 그들이 자신들의 직
접 나서지는 않을 것 아닌가? 실제로 주도하는 곳이 있을 텐
데?"

　관부나 군부나 공을 탐하기는 하지만 실제 토벌에 병력을
동원할 가능성은 거의 없었다.

　물론 생각 같아서는 수군의 피해가 있더라도 조강채 토벌
을 관의 주도로 하고 싶은 마음이야 굴뚝같을 것이다.

　무호채를 제외하고 장강 하류에서 유일하게 남은 수적이
조강채에 있는 석태채 잔당이었다.

　무호채가 사면령을 받아놓은 지금 조강채를 토벌하는 것
은 단지 수적의 잔당을 토벌하는 것이 아니었다. 장강 하류의
수적을 모두 토벌한 공을 세울 수 있다.

문제는 안경에서의 참사를 이유로 압력을 넣어 왕가장과 무호채를 물러나게 하는 데는 성공했지만 조강채 토벌을 주도할 주체가 불분명하다는 것이다.

강을 통해서만 접근할 수 있는 조강채의 위치를 생각하면 안경 수군이 주도해야 하는데, 정작 안경 수군을 이끌 수군제독이 안경참사 당일 목숨을 잃은 것이다.

정식으로 새로운 수군제독이 내려오려면 빨라야 내년 봄은 지나야 했다. 그때까지 안경 수군을 움직이는 것은 힘들었다.

다른 때라면 모르지만, 현재는 국상이 나고 새로운 황제가 등극한 해였다. 이런 때 다른 곳도 아닌 남직례성에서 불분명한 명령 계통에 따라 군을 직접 움직이는 것은 역모로 몰릴 가능성이 컸다.

"실제로 토벌대를 이끄는 곳은 양가장입니다."

"양가장이라……"

열흘 전 안경에서 물러날 때만 해도 양가장은 조강채 토벌에 적극적으로 나서지 않았었다. 양가장은 안경부에 세력을 보내는 대신 홍가장의 공백을 메우는 데만 집중하고 있었다.

그런데 그사이에 조강채 토벌을 실제 주도하는 것이 양가장이라……

어느 정도 짐작은 하고 있었던 일이다.

나는 안경참사의 배후로 양가장을 의심하고 있었다.

봉연훈이 주도하더라도 그가 남직례성에서 대규모 인원을 동원하기에는 기간이 너무 짧았다.

그는 강남 기반이 약했고, 그를 도와 이번 일을 실행한 세력이 분명히 존재했다.

보공석의 정탐망이 사건이 발생하기 전 전혀 몰랐다는 것은 그 세력의 본거지가 안경에서 그리 멀리 떨어지지 않은 곳이라는 뜻이다.

그런 일을 벌일 수 있는 세력 중 가장 의심되는 곳이 바로 양가장이었다.

문제는 짐작일 뿐 확실한 증거도, 그런 짓을 한 분명한 이유도 알 수 없다는 것이 내 짐작을 확신으로 바꾸지 못하고 있었다.

그렇지만 이제 양가장이 조강채 토벌을 실질적으로 주도하고 있다는 말을 듣자 나는 내 짐작을 확신할 수 있었다.

양가장의 주도로 조강채 토벌이 성공한다면 양가장은 앞으로 장강 하류에서 큰 영향력을 가질 수 있었다.

이전에 양가장과 봉연훈이 서로 교류가 없었다면 봉연훈이 양가장에 이런 특혜를 줄 리 없었다.

확신이 들자 머리까지 올라오는 화를 참을 수가 없었다. 순간 정신을 차려보니 나도 모르게 주먹을 쥐고 자리에서 벌떡 일어나 있었다.

"양가장! 제기랄! 역시 그놈들이었군!"

갑작스러운 내 행동과 갑작스럽게 터져 나온 욕에 부하들이 모두 놀란 눈으로 바라보았다.

"양가장이라니요?"

무슨 일인지 모르겠다는 표정으로 나를 바라보고 있는 부하들의 모습이 짜증스러웠다.

그나마 낫다는 보공석과 조파진도 영문을 모르겠다는 표정을 지은 것은 마찬가지였다.

'이들에게 내 말을 듣고 바로 알아들을 수 있는 머리까지 바라는 것은 영원히 무리일지도……'

어쩌겠는가?

머리는 부족하지만 그나마 수족으로나마 쓸 만한 것을 다행으로 생각해야지.

이들은 이번에도 내가 깨달은 사실을 자세히 이야기해 줘야 알아들을 것이다.

"안경성 습격의 배후가 양가장이라는 말이네."

"그 빌어먹을 놈들이 양가장 놈들이라는 말입니까?"

예상했던 그대로 성질이 급한 묘해조가 자리에서 일어나며 소리쳤다.

그는 당장에라도 도를 뽑아 들 기세였다. 묘해조가 사면령이 무효가 될 수 있는 상황에 분노하고 있었다.

"앉게!"

흥분한 묘해조와는 달리 보공석은 이해할 수 없다는 표정이었다.

"정말 양가장입니까?"

"안경성에 그 정도 인원을 동원하려면 장강을 이용했을 것이네. 그런데도 자네 정탐망을 피해 그 정도 인원을 실어 나를 수 있는 곳이 양가장 외에 다른 곳이 어디 있겠나?"

"그렇기는 합니다만……."

지난 몇 달간 종횡무진 노력한 결과 남경에서 안경에 이르기까지 보공석의 정탐망이 깔리지 않은 포구가 없었다.

설사 그렇지 않더라도 포구에서 무장한 수십 명이 다른 사람의 눈을 피하기는 쉬운 일이 아니었다.

안경성에서 난리가 난 지도 열흘이 흐른 지금.

그들을 본 자들이 있다면 소문이 났어도 벌써 났어야 한다. 수십 명의 이동을 숨기는 방법이 뭐가 있겠는가? 바로 더 큰 무리에 숨기는 것이다.

아무리 보공석의 정탐망이 치밀하다고 해도 평소보다 약간 더 많은 인원이 움직이는 것까지 알아내기는 어려웠다. 안경성 일대에서 그 정도 인원을 움직이는 곳은 현재로서는 양가장뿐이었다.

"보공석 당주의 보고에 의하면 최근 한 달 사이 양가장의 상단이 노주 근방에 자주 왕래했다고 하더군. 그렇지 않은가?"

"예, 그렇습니다."

대답하는 보공석의 표정이 굳어졌다.

잇달아 내가 내놓는 정황 증거에 보공석도 양가장이 범인이라는 사실을 인정할 수밖에 없을 것이다.

이 자리에 있는 사람 중 안경참사의 범인을 알아낼 책임이 있는 사람이 있다면 그것은 바로 보공석이었다.

그는 무호채를 대표해 장강 하류의 상단을 방문하면서 실제로는 장강 하류의 주요 포구와 주현에 정탐망을 조직하고 있었다. 안경참사를 미리 막지 못하고 아직 배후를 밝혀내지 못했던 일차적 책임은 그에게 있었다.

그런 면에서 아직 보공석이 책임지고 있는 정보 조직은 부족했다. 단편적인 사실을 수집하는 일에는 꽤 성과를 거뒀지만 그렇게 모인 첩보를 분석해서 정보를 만들어낼 능력은 부족한 것이다.

"자네가 나름대로 안경참사의 배후를 조사하려고 노력한 것은 알고 있네. 하지만 사람을 풀어 새로운 사실을 알아내려고 하기 전에 이미 알고 있는 사실들을 자세히 살펴보는 것에 소홀한 것 같네. 보고를 받고 내가 알아낸 양가장의 움직임을 정작 보공석 자네가 짐작조차 못했다는 것은 책임을 피할 수 없을 것이네."

어쩌면 보공석의 책임만은 아닐 수도 있었다.

보공석이 유능하다고는 하지만 그가 모든 일을 다 할 수는 없다.

더욱이 정보원이라고는 하지만 그 태생은 무뢰배들이다. 그들에게 정보 처리 능력까지 요구하는 것은 무리일 것이다.

그럼에도 내가 그에게 책임을 묻는 것은 그에게 앞으로는 단순한 정보 수집뿐만 아니라 정보 분석 능력을 키우는 데 관심을 기울이라는 의미였다.

조직을 확장하는 과정에서 보공석이 소모하는 비용은 현재 동산채에 머물고 있는 무호채의 정예와 군소 수채 출신 수적들에 소모되는 비용과 맞먹을 정도였다. 두 조직은 실질적인 전력으로는 비교할 수 없었다.

실질적인 무력을 소모하는 전력과 비슷한 비용을 소모하면서도 단순한 정보 수집에 머무른다면 앞으로 조직의 균형이 급격히 무너질 수 있었다.

"그게 사실인가?"

묘해조가 눈을 부라리며 보공석을 닦달했다.

"그렇습니다."

"그것을 알고도 도대체 뭘 한 것인가!"

"예년과 약간 다르다는 보고는 받았지만 홍가장이 몰락한 영향이라고만 생각했습니다. 밀무역이 아니더라도 홍가장이 무너지면서 다른 가문이나 상단도 어느 정도는 조금씩 상행에 인원이 늘어났으니까요."

"그걸 지금 말이라고 하는가!"

기회를 잡은 묘해조는 매섭게 몰아붙였다. 그의 의도는 눈에 뻔히 보였다. 이번 기회에 보공석의 기를 꺾으려는 것이다.

묘해조가 보공석을 일방적으로 몰아붙이는 것은 내가 원하는 바가 아니었다.

물론 내가 보공석에 대해 불만이 없는 것은 아니다.

분석 능력이야 이해할 수 있지만 보공석은 일이 일어나기 전에 양가장의 움직임을 전혀 알아채지 못했다.

이번 일을 계획하고 지시한 것은 분명히 봉연훈일 것이다. 실행을 한 것이 양가장이라면 그전에 둘 사이에 활발한 의견 교환이 있었을 것이다. 그런데 보공석은 이런 움직임을 지금까지도 전혀 알아내지 못했다.

그뿐 아니라 꽤 치밀한 정탐망을 구축하고도 십 일이 지나도록 양가장이 범인이라는 것을 알아내지도 못했다.

더 큰 문제는 그런 실수에 대해 반성 후 보안책을 마련하기보다는 변명만 늘어놓고 있다는 것이다.

그렇지만 현재도 가장 큰 힘을 가지고 있는 묘해조에게 더욱 힘이 실려서는 안 된다.

지난 몇 달간 많은 일이 있었지만 무호채 내에서의 내 지위는 아직 확고하지 않았다.

조파진이 무호채에서 사실상 손을 뗀 지금 묘해조를 견제할 사람은 그나마 보공석이 유일했다.

그렇지 않아도 내가 무호채를 비운 몇 달 동안 묘해조 일가의 영향력이 지나치게 커진 상태였다.

　사실 보공석과 조파진이 호광성의 반란 세력과 손을 잡았을 가능성이 묘해조보다 큰 것이 아니었다면 무호채의 실질적인 권한을 묘해조에게 맡기는 일은 없었을 것이다.

　"그만하게!"

　"하지만……."

　"기존의 정탐망이 있었다고 해도 포구가 아닌 내륙에까지는 자세한 정보를 알기 어려웠을 것이네."

　"이상하다는 점을 알고도 조사를 하지 않았다면 정보당주로서 능력이……."

　"그만하라는 내 말에 반박하는 것인가! 보고를 받은 나도 별로 이상하다는 점을 느끼지 못했네. 그럼 자네 눈에는 나도 채주로서 능력이 부족한 것인가?"

　"아닙니다."

　보공석을 편들고 나선 내 생각을 읽었는지 곁에서 조용히 앉아 있던 조파진이 입을 열었다.

　"저는 보공석 당주가 양가장을 의심하지 못한 것이 이해가 갑니다. 양가장은 주군과 혼담이 오가는 곳입니다. 그런 가문에서 주군을 함정으로 몰았다고 생각하기는 어려웠을 것입니다."

　양가장과의 혼담 이야기가 나왔지만, 자리에 모인 사람 중 누구도 이상하다는 표정을 짓지 않았다.

이 자리에 있는 사람은 내가 깨어나고 나서 양가장과 혼담이 오간 것을 들었다.

한마디로 내 정체에 대해 알고 있는 사람들만 참석한 회의였다.

양가장이 최종적으로는 나를 노렸다는 것을 보공석이 짐작하지 못했을 것이라는 조파진의 변명은 충분히 이해가 되는 말이었다.

정보를 통해 짐작되는 배후로 양가장이 의심됐을 때 나도 양가장이 그런 이유를 알지 못해 반신반의했다.

나와 혼담이 오가는 양가장이 굳이 나를 해칠 이유가 없었던 것이다.

그들은 내 치명적인 약점을 쥐고 있었다.

양가장의 입장에서는 나와 장주의 딸이 혼인하는 상황에서 굳이 내 뒤통수를 칠 이유가 없었다.

일방적으로 내게 불리한 만평궁의 딸과의 혼담과는 달리 양가장과의 관계는 서로 도움이 될 수 있는 관계였다.

양가장이 일을 벌인 곳이라는 판단 아래 이유를 추측해 내던 내 머리에 얼핏 들었던 말이 생각났다.

바로 양가장이 겉으로는 하나의 가문이지만 실제로는 두 개의 가문으로 이뤄졌다는 것이다.

나는 이 사실을 양준과의 만남을 통해 알고 있었다.

아무리 같은 한나라 양웅의 후손이라는 공통점이 있다고

해도 그건 천 년도 훨씬 지난 옛날 일이었다.

어떤 곳이든 성격이 다른 두 개의 힘이 모인 곳은 완전히 하나의 목소리를 낼 수는 없었다.

양준의 말에 의하면 현재 양가장의 가주는 양흠의 후예인 호상채 계열이었다.

기존의 양가장이라고 할 수 있는 양무구 계열에서는 나와의 혼담이 별로 달갑지 않은 일일 것이다.

양무구 계열에서는 이번 안경참사로 양가장의 영향력을 장강 하류 전체에 확장할 기회일 뿐 아니라 양흠 계열을 견제하는 두 마리 토끼를 잡으려는 목적에서일 수도 있었다.

비밀을 이용하려면 그 비밀을 아는 사람이 많아서는 안 되는 것은 상식이다.

나를 더 쉽게 제거할 수 있는 비밀이 드러나지 않은 것은 현 가주 측이 양무구 후손들에게 내 정체를 감췄기 때문이라고 생각할 수 있었다.

그것이 아니면 결혼을 약속하기는 했지만 내가 힘을 갖는 것보다는 양가장이 힘을 갖는 것이 낫다고 생각해서 한 행동일 수도 있었다.

여기에 일을 벌이는 데 시간이 걸린다는 것을 생각하면 모든 계획이 나와 결혼을 약속하기 전부터 계획된 것일 수도 있었다.

하지만 어떤 이유에서든 결론적으로 양가장이 내 뒤통수

를 쳤다는 사실에는 변함이 없었다.

나와 결혼을 약속했다는 사실 때문에 보공석이 양가장에 주의를 기울이지 못했으니 완벽하게 뒤통수를 맞은 셈이다.

상황이 이해되자 가슴 한구석에서 울컥하는 분노가 다시 치밀어 올랐었다.

자기들끼리 밥그릇 싸움을 하는 것이야 내가 알 바 아니었다.

협박으로 약속한 결혼이다.

양가장에 아무런 애정도 없었다. 결혼을 한 후라고 해도 양가장 내부 다툼에 끼어들 생각도 없었다.

왜 거기에 나를 끼어 넣느냐는 말이다.

억지로 협박해 나와의 혼담을 진행하더니 이번에는 내 뒤통수를 친 것이다.

그렇지 않아도 나도 모르는 사이에 억지로 양자가 되어 지금까지 쌓은 모든 것을 잃을 위기에 처한 것도 모자라 언제 죽을지도 모르는 처지가 된 것만 해도 화를 참을 수 없었다.

얼마 전에는 멀쩡히 길을 가다가 별다른 이유도 없이 사천당가라는 놈들에게 목숨을 잃을 뻔하지 않았던가?

"명령만 내려주십시오. 지금 당장 제가 부하들을 이끌고 가서 양가장을 쓸어버리겠습니다."

묘해조는 양가장에 대한 공격 명령을 내려달라고 졸랐다. 아무래도 안경에서 물러난 것에 대해 화를 풀 상대가 나타나기를 기다린 듯싶었다.

"지금 양가장을 공격할 수는 없네."

나는 묘해조의 요청을 단번에 거절했다.

"채주님을 함정에 빠뜨린 양가장을 용서하겠다는 말씀이십니까? 양가장이 제법 강하지만 무호채를 상대할 수는 없습니다."

"자네 말대로 양가장이야 몇 달 전의 무호채로도 충분히 도륙할 수 있겠지. 지금은 그보다 강해졌으니 말해 무엇 하겠는가."

"그런데 왜?"

"지금 양가장을 공격하면 안경성에서의 일을 벌인 것이 우리라고 자백하는 것이나 다름없네. 아무런 증거가 없을 때도 우리를 의심하던 자들이네. 만약 양가장을 습격하면 우리가 한 것을 숨기더라도 사람들은 우리를 의심할 것이네. 그러면 안경은 물론 진강을 비롯해 남직례성 일대의 모든 수군이 이곳으로 몰려올 것이다."

"무호채는 백 년, 아니, 그 이전부터 수군을 두려워해 본 적이 없습니다. 해적들에게 매일 당하기만 하는 수군이 뭐가 두렵다는 말입니까!"

나는 큰소리를 치는 묘해조를 보며 고개를 저었다.

묘해조는 큰소리를 쳤지만 장강 하류의 군소 수채를 흡수했다고 해도 무호채가 수군을 상대할 수는 없었다.

무호채의 전신인 백 년 전 소호 시절이라면 수군을 두려워할 필요가 없을지도 모른다. 원말 명초 무호채의 전신인 소호의 수적들이 홍무제의 강남 정벌을 도우려고 동원한 배는 수천 척이었다.

하지만 지금 무호채가 동원할 수 있는 배는 나룻배를 합한다고 해도 몇 백 척에 불과했다.

더구나 수군의 배는 처음부터 수전을 위해 만들어진 전선이었다. 그에 비해 무호채의 배 대부분은 나룻배나 상선으로 건조된 것들이다.

"명 수군이 왜구나 해적을 막아내지 못한다고 해서 수적이 상대할 수 있는 것은 아니네. 해적이 수적보다 강하다기보다는 내륙에 근거지가 위치한 수적과 외국에 근거지가 있는 해적의 차이지. 그리고 무엇보다 수군에게는 화포가 있네. 무호채가 정예여서 수군의 병사보다 강한 것은 사실이지만 그뿐이네. 흡수한 군소 수채가 함께한다고 해도 강 위에서 안경 수군 하나를 상대하기는 어렵네."

내가 화포를 거론하자 회의장이 침묵에 휩싸였다. 그들도 화포가 얼마나 무서운지 잘 알고 있었다.

무공이 아무리 강하다고 해도 화약과 화포를 사용하는 군을 상대하는 것은 불가능했다.

토목보에서 참패한 이후 약해진 전력을 보완하기 위해 군부는 화약무기 개발에 전념하고 있었다.

물론 개량된 화약무기와 화포가 가장 먼저 배치되는 곳은 북방의 장성이었다.

장성 다음으로 화포가 배치되는 곳이 바로 남경의 수군이었다. 화약무기를 개발하는 신기영이나 남경의 수군이나 모두 환관들의 직접적인 영향력 아래 있다는 공통점 때문이었다.

"하지만 양가장을 그냥 둘 수는 없습니다."

묘해조는 여전히 보복을 주장하고 나섰다.

"한번 약한 모습을 보인다면 언제 다른 누가 우리의 등을 노릴지 모릅니다."

"나도 양가장은 가만둘 생각이 없네. 양가장에 대한 복수는 내가 생각해 놓은 것이 있네. 알겠나!"

"주군께서 그렇게 말씀하신다면야……."

묘해조가 마지못한 표정으로 고개를 숙였다.

"양가장에 대한 복수가 중요한 것이 아니네. 지금은 과거에 연연하기보다는 미래를 준비할 때네. 사면령을 받은 이후의 일 같은 것 말이네."

묘해조가 아들들이 앉아 있는 쪽을 잠시 바라보았다. 역시 그의 최근 행동은 아들들과 관련이 있는 것이 분명했다.

묘해조가 말했다.

"사면령을 받을 수는 있는 것입니까?"

"사면령을 받는 것은 걱정하지 말게. 양가장이 무슨 일을 벌이든 수군이 전면적으로 나서지 않는 이상 저들만으로는 절대 조강채를 함락할 수 없네. 내년 봄이 오기 전에 사면령을 받게 될 것이네. 이미 말한 것처럼 문제는 사면령을 받은 이후 어떻게 할 것이냐일세."

"그 후가 문제라니요? 사면령이 받기만 하면 다 끝나는 것 아닙니까? 장강 하류 일대에서는 우리를 능가할 문파가 없을 것입니다. 수군이라면 모르겠지만 다른 자들이야 신경 쓰지 않아도 됩니다."

"그게 그렇게 단순한 문제가 아니네. 우선 무호채만 따져도 식솔들까지 합하면 천 명이 훨씬 넘네. 자네는 장강에, 그것도 남경이 바로 코앞인 이곳에서 그런 규모의 문파를 관부에서 허용할 것으로 생각하나?'

인원이 많은 것이 문제가 된다는 생각은 해본 적이 없는지 묘해조가 고개를 저었다.

"문제가 된다는 말씀이십니까?'

"국초부터 대명제국에서는 사사롭게 무리를 이루는 일을 역모를 꾀한다 하여 처벌하고 있네. 이런 이유로 무림의 세가라도 본가에는 몇백 명만 머무네."

말이 그렇지 정예만 추린다고 해도 사면령을 받은 자들로 문파를 만들면 그 규모는 족히 천 명에 가까워진다.

남직례성에 변변한 무림세가도 발붙이지 못하는 상황에서 이런 거대 문파를 허락할 자는 황실이나 관부 어느 곳에도 없다는 것이 내 판단이다.

호족이 몇 백 명의 사명만 가지고 있어도 역모로 의심받는 것이 바로 이 대명제국이었다.

사면령을 받았다고 해도 도적 출신이 천 명이 넘는 도당이 함께 모여 있는 것을 허용할 관부가 아니었다.

"그렇지만 무호채의 규모가 천 명이 넘는다는 것을 웬만한 관리라면 다 아는 사실 아닙니까? 더구나 천 명이 넘는 문파가 없는 것도 아니고…… 당장 소림이나 무당만 해도……."

"국가에 등록되기에는 소림에 있는 것은 승적을 가진 승려들이고 무당에 있는 것은 도적을 가진 도사들이지 무림 문파로서가 아니지."

"그럼 어떻게 해야 합니까?"

"사면령을 받더라도 남경 근처에 무호채 규모의 문파를 허용할 것인지는 다른 문제라는 말이네."

묘해조가 어리둥절한 표정을 지으며 말했다.

"허용하다니요? 누가 누구를 허용한다는 말씀이십니까!"

"설사 허용된다고 해도 문제가 해결되는 것은 아니네. 항상 감시를 하고 사사건건 방해를 할 텐데 문파를 어떻게 유지하겠나."

십 년간 무호채를 먹여 살리려고 조파진은 빈털터리가 되었다.

그 돈 대부분이 다른 것 없이 무호채와 그 식솔들을 먹여 살리는 식량을 위해 사용됐다는 것을 생각하면 사람을 먹여 살리는 것보다 더 돈이 드는 일은 별로 없었다.

한때 원나라 재정 삼분의 일을 감당했다는 양주의 염상을 통해 거둬들이는 세금이 사용되는 것도 북방에 주둔하는 병사들을 먹여 살릴 식량이다.

그나마 외부 활동 없이 무호채에 박혀 있을 때나 그렇지 정식 문파가 되면 그 외에도 돈 들어갈 일이 사방에 널렸다.

큰아버지가 내 이름으로 산 농지에서 나는 수확이나 상점을 통해 수입도 어느 정도 있겠지만, 그것은 한계가 있었다. 천 명이 넘는 거대 문파를 유지하려면 그것만으로는 안 된다.

구대문파처럼 종교를 이유로 신자들의 기부를 받거나 국가의 지원을 받아 농지의 세금을 면제받아야 한다.

구대문파 외에는 문파를 유지하기 위해 정도를 표방한다는 세가나 문파들도 겉으로 드러난 사업 외에 어느 정도 불법적인 일에 발을 담그는 것이 보통이다.

그런데 관의 감시를 받는 상황에서 이런 일을 하는 것은 너무 위험부담이 큰일이었다.

다른 문파라면 할 수 있는 사소한 불법 행위도 무호채가 만들 문파는 할 수 없다는 말이다.

"내가 전에 자네들에게 현 무호채를 셋으로 나눈다고 한 것이 바로 그런 의미이네. 될 수 있는 한 많은 인원을 무호채에서 내보내 내 명의의 농지에 정착시킬 생각이네. 모자라면 농지를 더 사들일 생각이네. 그리고 그렇게 내보내고 남은 인원도 적당한 수를 뽑아 장강 하류 여기저기에 흩어져 무호채를 위해 일하는 자들과 함께 따로 조직을 만들어 보공석 외당주에게 이끌게 할 것이네."

약간 얼굴이 굳어진 묘해조가 조심스럽게 물었다.

"무호채의 식구 중 몇 명이나 밖으로 내보낼 생각을 하시는지요?"

"아마 남은 인원의 절반 정도가 되지 않을까 생각하고 있네."

"절반이나 무호채 밖으로 내보내신다는 말입니까?"

"일부는 왕가장에 배치되겠지만 많은 수가 그렇게 될 것이네."

"너무 많지 않겠습니까?"

묘해조는 떨떠름한 표정으로 말했다.

이미 사면령을 받은 이후 무호채를 자신들 부자가 맡게 된다는 사실을 통고받은 묘해조였다. 그런 묘해조로서는 반이나 되는 인원이 빠져나간다는 것이 기쁠 리 없었다.

"장강 하류에 중요한 포구만 해도 얼마나 많은가? 장강 하류에 우리 영향력을 확대하려면 그 정도 인원도 조금 부족하네. 당장 무호의 포구를 장악하려면 몇 십 명은 있어야 하네."

내 말이 끝나기가 무섭게 조파진이 입을 열었다.

"무호의 포구는 중요한 곳입니다. 진작에 손에 넣었어야 하는데 늦은 감이 있습니다."

묘해조가 더욱 내키지 않는 표정으로 말했다.

다른 곳과는 달리 왕가장이 있는 무호포구를 장악할 자들은 정예로 구성되어야만 했다.

그나마 다행이라면 무호포구에 배치되는 인원은 보공석이 아닌 왕가장에 소속될 가능성이 크다는 정도였다.

그렇다고 해도 정예 수십 명이 자신의 영향력에서 빠져나간다는 것은 묘해조로서는 큰 손실이었다.

"왕가장이 무호에 있으니 이해는 가지만 그래도 몇 십 명이나 있을 필요는……."

"무호포구의 중요성은 단순히 왕가장이 무호에 있어서가 아닙니다. 휘주부와 영국부를 비롯한 남직례성 남서부에서 모인 물건이 모이는 곳이기 때문에 무호는 중요한 곳입니다."

조파진이 무호의 중요성을 이야기하며 묘해조를 반박하고 나섰다. 그러자 보공석도 입을 열었다.

"채주님께서 처음에 하신 일 중 하나가 바로 무호의 포구를 장악하고 있던 도길회라는 각부 조직을 무너뜨린 것이었습니다. 하지만 도길회를 무너뜨리고도 사람들의 눈을 생각해 별다른 이익을 얻지는 못했습니다. 이제는 그때 얻지 못한 것을 얻어야지요. 아직 무호포구는 도길회가 사라진 이후 뚜

렷한 강자가 없는 실정입니다."

"그때 무호포구에서 손을 뗀 것은 괜한 입방아에 오르지 않기 위해서였네. 이래저래 사람들이 채주님을 주시하고 있을 때 괜한 문제를 만드는 것이 옳은지 생각해 봐야 하지 않겠나? 너무 많은 인원이 한꺼번에 움직이는 것은 그렇지 않아도 우리에게 관심이 집중된 상황에서는 위험할 수도 있는 일이네."

묘해조와 조파진의 설전이 길어지자 곁에서 듣고 있던 보공석이 나섰다.

"제 생각에는 그래서 더욱 지금이 기회인 것 같습니다. 무호포구의 일로 채주님께서 장강 군소 수채를 흡수하는 것에서 사람들의 관심을 돌린 것처럼 사람들의 시선이 지금 안경과 조강채에 모인 것을 이용해 무호는 물론 장강 하류 포구에 영향력을 넓힐 절호의 기회일 수 있습니다."

보공석은 당장 장강 하류 포구에 영향력을 넓힐 것을 주장하고 나섰다.

이미 내가 세 사람에게 각자 수하로 거느리고 싶은 자를 추천하라고 말해두었다. 하지만 아무래도 같은 조건이라면 무호채에 오랜 기반을 지닌 묘해조가 유리할 수밖에 없었다.

그런데 장강 하류 포구에 영향력을 넓히는 것을 목표로 한다면 보공석이 우선권을 가지게 되는 셈이다.

논리적인 보공석의 말에 반대로 묘해조는 뭐라도 씹은 얼굴이었다.

"다른 의견이 없으면 보공석의 의견대로 무호포구를 장악하는 것으로 하겠네. 그리고 무호는 왕가장이 있는 곳이라는 점을 생각하면 다른 포구처럼 간접적으로 지배하는 것은 위험할 것 같네. 그런 면에서 다른 조직과는 분리하는 것이 좋겠네."

자신의 의견이 받아들여진 일에 대해 기뻐하던 보공석이 무호의 조직을 따로 분리한다는 말에 급히 물었다.

"다른 조직과 분리하다니요?"

"보공석 자네가 항상 무호에 머물 수도 없지 않나. 그때그때 벌어지는 일을 처리하려면 아무래도 무호에 계속 머물 수 있는 자가 필요하네."

"그럼 왕가장에서 직접 관리한다는 말씀이십니까?"

말을 마친 보공석이 고개를 조파진 쪽으로 돌렸다. 왕가장을 사실상 책임지고 있는 사람이 바로 조파진이었기 때문이다.

그렇지만 조파진은 정작 어두운 표정이었다. 조금이라도 자신의 손에 힘을 더 쥐고 싶어하는 묘해조나 보공석과 그는 처지가 다르기 때문일 것이다.

"저도 장사하다 보면 앞으로 자주 무호를 비우게 되기 쉽습니다. 더욱이 왕가장이 혹도 조직과 관련이 있다는 사실이 드러난다면 자칫 무호채와의 관계도 드러날 수 있습니다."

조파진은 왕가장과 무호채의 관계가 드러나는 것에 대해 강한 우려를 드러냈다. 조파진은 최근 들어 장사에 다시 재미를 들여 되도록 무호채 일에는 관여하지 않으려고 하는 것이다.

"무호에는 무호채의 원로라고 할 수 있는 찬곤이 있지 않나. 그라면 흑도조직을 충분히 관리할 수 있을 것이네."

찬곤은 무호에서 골동품상을 운영하고 있었다.

말이 골동품상이지 실제로는 무호채가 수적질을 통해 얻었던 재물과 군소 수채를 흡수하며 얻은 물건들을 처리하는 것이 본업이었다.

"찬곤이라면 믿을 수 있을 것입니다."

찬곤의 이름이 나오자 묘해조가 가장 먼저 찬성하고 나섰다. 보공석보다는 그와 오랜 세월을 함께 보낸 찬곤이 힘을 얻는 것이 묘해조에게는 이익이기 때문이다.

말이 무호포구이지 무호포구의 중요성이나 위치를 생각하면 사실상 장강 하류의 포구 중 삼분의 일 정도는 찬곤의 영향력 아래에 들어간다는 말이었다.

"그럼 회의는 이만 마치겠네. 앞으로 자네들이 할 자세한 임무는 내가 따로 사람을 보내 지시할 것이네. 지시가 내려오면 자네들은 각자 필요한 사람을 뽑아 이행하게. 그리고 보공석 당주는 내가 할 말이 있으니 잠시 남도록 하게."

"예!"

보공석은 남으라는 말에 묘해조와 보공석이 희비가 엇갈렸다.

어느 시대 어느 조직에나 최고 권력자와 단둘이 만난다는 것은 곧 그가 최측근이라는 의미였다.

보공석은 여전히 자신이 최측근이라는 것을 확인하고는 안도의 한숨을 쉬었고, 묘해조는 아쉬움이 오가는 표정을 지었다.

第九章 동주상구(同舟相救)

같은 배를 탄 사람은 서로를 돕게 마련이다

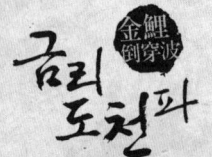
金鯉倒穿波
금리
도천파

모두 나가고 나서 보공석이 회의실에 홀로 남았다.

나는 한동안 그에게 장강 하류 포구에 조직하고 있는 정탐망에 대해 이것저것 물었다.

그렇게 잠시 시간을 보내던 내 눈에 보공석의 긴장이 풀린 것이 들어왔다.

나는 자리에서 일어나 그에게 다가가 어깨에 손을 얹었다.

"짧은 시간에 꽤 정탐망을 잘 조직했군."

갑작스러운 내 행동에 보공석의 눈에 긴장이 스쳐 지나갔다.

"모든 것이 다 주군이 저에게 힘을 실어주신 덕분입니다."

대답을 하는 보공석의 목소리는 조금씩 떨리고 있었다. 그도 이미 비슷한 분위기에서 내 손에 두 명이 목숨을 잃은 것을 잘 알고 있었다.

"그런데 왜 그런 실수를 한 것인가? 내가 황도에서 내려온 지 얼마 되지도 않은 젊은 관리와 양가장에게 뒤통수를 맞을 때까지 아무것도 알아내지 못하다니……."

"그건……."

"회의 중에 이미 말을 했지만, 이번 자네 실수는 그냥 넘어갈 수 없는 일이기 때문이네."

말이 끝나는 것과 동시에 나는 보공석의 어깨를 통해 진시를 흘려보냈다.

보공석이 그 자리에 그대로 주저앉으며 소리를 지르기 시작했다.

"아아악!"

내가 익힌 현천심법으로는 녹 할아버지처럼 떨어져 있으면서 순식간에 다른 사람을 죽이거나 시간을 두고 몸을 폭발시키는 것은 불가능했다.

그렇지만 보공석의 선천지기를 흔들어 고통을 주는 일은 간단했다.

보공석도 묘해조 삼부자와 마찬가지로 분자결을 통해 큰아버지에게 선천진기를 전해 받은 사람이었다.

그의 선천지기를 주도적으로 움직이는 것은 큰아버지가

주입한 선천지기였다. 많이 달라지기는 했지만, 큰아버지와 내가 익힌 것은 근본이 같은 심법이었다.

보공석의 고통에 찬 비명에 회의실 밖에 소란스러워졌지만, 안으로 들어오는 사람은 없었다.

회의가 시작하기 전에 이미 호위대에 누구도 들어오지 못하도록 지시를 내려놓은 탓이었다.

보공석의 비명은 일 각 정도 이어졌다.

평소 보공석과는 어울리지 않는 행동이지만 그도 어쩔 수가 없을 것이다.

육체와 정신을 보호하는 최후의 보루인 선천지기가 오히려 보호해야 할 대상을 공격하며 생기는 고통은 인간으로서는 견디기 어려울 것이다.

나는 보공석의 등을 통해 선천지기를 진정시켰다. 그 뒤로도 한동안 보공석은 쓰러진 채 일어나지 못했다.

고통은 사라졌겠지만, 고통이 가져온 피로에서 회복하지 못하는 것이 틀림없었다.

나는 쓰러져 있는 그의 앞으로 다가가 그의 얼굴 앞에 쪼그려 앉았다.

"아픈가?"

보공석은 대답 대신 나를 매서운 눈으로 노려보았다.

"눈빛이 살아 있는 것 보니 견딜 만한가 보군. 지금까지는 너무 머리만 굴리는 것 같아서 별로 마음에 안 들었는데 지금

모습은 마음에 드네. 거친 장강에서 살아가는 사나이가 그런 눈빛을 가져야지. 내가 지금까지 책만 읽은 백면서생이라서 그런지 내 앞에서 머리를 굴리는 사람만 보면 기분이 나빠져서 말이야."

보공석은 힘겹게 일어났다.

"오늘 주군의 충고, 감사하게 받아들이겠습니다."

말을 하는 내내 보공석은 독기를 품은 눈으로 나를 바라보았다.

"점점 마음에 드는군. 큰아버지께서 자네를 아끼신 것도 이해가 가네."

"선대 채주께서 저를 아끼신 것은 모두 그분의 마음이 너그러우셨기 때문입니다."

보공석은 큰아버지와 나를 대놓고 비교했다.

내가 큰아버지와 비교하면 속이 좁다는 말에도 나는 신경 쓰지 않았다.

큰아버지는 이들의 목줄을 쥐고 있으면서도 너그럽게 대했던 것 같다.

그러나 나는 앞으로 큰아버지처럼 부하들을 대우하며 행동할 생각이 전혀 없었다.

"흐흐! 뭐 좋네. 이번은 내가 너그럽게 넘어가지. 하지만 오늘의 고통을 명심하게. 그리고 자네의 목숨을 거두는 일은 나에게는 손가락 한 번 움직이는 것만으로도 충분하다는 것도 말이야. 그때는 자네뿐 아니라 자네 주변 사람들 모두 함께라는 것을 명심하게. 나중에 원한을 갚겠다고 나타나는 일은 피하고 싶거든."

"……."

주변 사람들의 목숨까지 언급되자 독기가 가득하던 보공석의 눈빛이 흔들렸다.

흔들리는 보공석의 눈빛을 보며 나는 채찍은 이 정도면 충분하다고 생각했다.

"그럼 내 뒤통수를 치고 자네에게 고통을 준 양가장에 대해 복수를 해야겠지?"

양가장의 이름이 나오자 보공석의 눈이 변했다. 그의 이런 반응은 당연했다.

세력을 다투던 묘해조에게 회의에서 일방적으로 몰린 것이나 나에게 고통을 당한 것 모두가 따지고 보면 안경에서의 일 때문이었다.

그리고 그 안경에서의 일을 벌인 것은 바로 양가장이었다.

"지금 자네는 당장 조직을 동원해 한 가지 소문을 퍼뜨리게."

"어떤 소문인지?"

"양가장과 나 왕세정이 결혼을 약속했다는 소문이네. 특히 지금 안경에 모여 있는 버러지들 같은 놈들의 귀에 자연스럽게 들어가게 하게."

"양가장과 주군이 약혼한 것을 알리자는 말씀이십니까?"

"그렇다네. 안경에 모여 있는 자들이 나와 양가장이 결혼할 것이라는 소문을 들으면 어떻게 생각할까?"

"양가장에 속았다고 생각하겠군요."

"맞네. 내가 듣기로는 양가장에서 이미 안휘에 있는 내 친부께 사람을 보냈다고 하더군. 그 사실을 은밀히 함께 알린다면 양가장으로서는 부인할 수도 없을 것이네."

양가장에 한 방 먹일 수 있다는 생각에 기뻐하던 보공석의 안색이 어두워졌다. 보공석은 잠시 무언가를 생각하는 듯하더니 입을 열었다.

"그렇지만 양가장이 궁지에 몰리면 무슨 짓을 할지 모릅니다. 자칫 주군의 정체를 밝히기라도 하는 날에는……."

양가장이 나에게 혼인을 강요할 수 있었던 이유가 뭔가?

바로 그들이 나 왕세정이 무호채의 신임 채주인 강탄과 같은 인물이라는 사실을 알고 협박했기 때문이다.

그 사실을 내게 들어 알고 있는 보공석으로서는 내 계획이 위험천만하게 생각될 것이다.

"양가장을 궁지에 몰면 무슨 짓을 할지 모릅니다."

"글쎄. 과연 그들이 내 정체를 밝힐 수 있을까? 혼담이 오가기 전이라면 모르지만 이미 혼담이 오간 상황에서 내 약점은 곧 양가장의 약점도 될 수 있네. 더욱이 그들이 그 사실을 밝히는 것보다는 나를 통해 얻을 수 있는 것이 더 많지."

"그렇지만……."

내 설명에도 보공석은 불안한 표정이었다. 그럼에도 적극적으로 내 의견에 반대하지는 못했다.

양가장이 내 비밀을 밝힐 수 없다고 확신하는 것에는 보공석에게 말하지 않은 이유가 있었다.

나는 지금 안경에서 나를 따돌리는 양가장 사람들이 내 정체에 대해 모른다는 것에 목숨을 걸 수 있었다.

지주부 일대에서 가장 명문으로 여겨지는 지금의 양가장은 학자이자 화가로 유명했던 양무구의 후손과 남송 초기 악비공을 도와 이름을 날렸던 양흠의 후손이 함께 모여 있는 곳이었다.

전혀 다른 양무구의 후손과 양흠의 후손이 하나의 가문에 모여 있는 것은 둘 다 시조가 같다는 인연 때문이다.

물론 이런 사실까지 보공석이 알 필요는 없었다.

지금 당장 내가 해야 할 일은 자칫 의욕이 떨어질 수 있는 보공석에게 일을 열심히 할 동기를 부여하는 것이었다.

당장은 양가장에 대한 분노 때문에 열심히 할지 모르지만 보공석의 성격을 생각할 때 그것만으로는 부족했다.

"이번 조강채 토벌이 끝나면 이미 전에 말한 것처럼 왕가장을 빼고 무호채를 묘해조 일가와 자네를 중심으로 둘로 나눌 생각이네. 물론 자네는 지금 맡고 있는 조직을 이끌게 될 것이네."

내 말이 떨어지자마자 보공석이 내 앞에 무릎을 꿇으며 고개를 숙였다.

내 앞에 두 번째로 무릎을 꿇는 것이지만 이전과는 달리 이번에는 보공석 자신의 의지였다.

"충성을 다하겠습니다."

"자네가 실수를 하기는 했지만 내 양부께서 가장 아끼던 부하일 뿐 아니라 지금의 내가 있기까지 공을 생각해 주는 포상이네."

"가, 감사합니다."

보공석의 목소리가 기쁨에 약간 떨리는 것이 그대로 기분을 전하고 있었다.

보공석으로서는 묘해조와의 경쟁에서 완전히 밀려났다고 생각했다가 동아줄이라도 잡은 기분일 것이다.

묘해조와의 경쟁은 보공석이 큰아버지가 살아 있을 때부터 해오던 일이지만 그때와 지금은 얻을 수 있는 것이 달랐다.

큰아버지는 실질적인 장강십팔채의 총표파자였던 것에 비해 나는 장강십팔채 중 하나인 무호채의 채주일 뿐이다.

일개 채주의 부하인 지금보다 총표파자의 심복이었던 과거에 더 많이 얻을 수 있었다고 생각할 수도 있었다.

그렇지만 그 시절의 보공석은 수채연합을 이끌던 큰아버지의 심복 중 하나일 뿐이었다.

무호채 내부적으로도 그가 가지고 있던 공식적인 직위인 형당주는 겉으로 보이는 권한은 클지 모르지만, 세력을 쌓기는 어려운 직위였다.

더구나 무호채 같은 분위기의 조직에서 보공석이 가질 수 있는 권력에는 한계가 있었다.

아마 큰아버지가 보공석을 곁에 둔 것은 바로 그가 가진 한계 때문에 큰아버지를 배신할 수 없었기 때문일 것이다.

오 년 전에 보공석이 큰아버지의 부하가 된 것을 생각하면 그 심복이라는 지위는 모래 위에 지은 성과 같은 것이다.

최고 권력자와의 친분을 통해 얻은 다른 비공식적인 지위가 언제나 다 그렇듯 말이다.

그에 비해 내가 그에게 약속한 지위는 실질적인 힘을 가진 지위였다.

묘해조가 알고 있는 것보다 훨씬 크고 방대한 조직이었다.

이름이 정탐망이지 나와 보공석이 세운 계획은 이전처럼 포구에 정보원 한두 명을 배치하는 것이 아니었다.

무호포구에서 배에 짐을 싣고 내리는 각부들을 장악했던 도길회처럼 장강 하류의 포구에 흑도 조직을 하나씩 설치하는 것이었다.

말이 정탐망이지 사실상 장강 하류 포구에 흩어져 있는 조직들의 연합체였다.

이런 무모해 보이는 계획을 세울 수 있는 바탕에는 군소 수채를 흡수하며 먹여 살릴 인원이 대폭 늘어났기 때문이다.

보공석은 수적인 면에서는 묘해조가 이끌 조직보다 몇 배는 큰 조직을 이끌게 되는 것이다.

보공석은 자신의 빛나는 미래를 생각하는 듯 미소를 지은 채 움직일 생각을 하지 않았다.

"뭐 하나? 어서 나가서 지시한 일을 하지 않고!"

"예!"

나는 듯 회의실을 빠져나가는 보공석의 뒷모습을 보며 나는 무호채에 대한 일이 반 정도는 마무리됐다는 생각이 들었다.

문제는 있었지만 서로 비생산적인 경쟁을 하는 조직을 재조직해 묘해조와 보공석이 생산적인 경쟁을 할 수 있도록 하는 첫걸음을 내디뎠다.

내 계획대로만 된다면 왕가장을 이끄는 조파진과 묘해조, 그리고 보공석은 서로 각자 협력해 가며 자신이 맡은 일을 해나가게 될 것이다.

그러나 이제 모든 일이 해결된 것도, 그 세 사람을 믿을 수 있는 것도 아니었다.

반란 세력과 손을 잡은 자가 누구인지 알 수 없는 상황에서 가장 좋은 것은 세 명 모두를 제거하고 믿을 수 있는 사람을 그 자리에 앉히는 것이다.

그렇지만 세 사람을 모두 제거하기에는 내게 주어진 시간이 너무 짧았다. 더구나 내가 계속 관여할 것도 아닌 이상 되도록 기존의 사람을 유지하는 것이 필요했다.

현재 나로서는 세 사람 중 누구도 혼자서는 반란 세력을 위해 조직 전체를 움직일 수 없도록 하는 것이 최선이었다.

물론 굳이 반란을 생각하지 않더라도 각 조직을 이끄는 이인자 세 사람이 서로 경쟁하면서도 협력할 수밖에 없는 조직이 장점이 많은 것은 물론이다.

조직 재정비가 진행되는 동안 나는 다음 일에 착수했다.

바로 나를 위해 움직이는 친위 조직을 만드는 일이었다.

만약의 일이 생길 때를 대비해 내가 믿을 수 있는 친위 조직을 따로 만드는 것이 필요했다.

그리고 내게는 그런 조직이 있었다.

바로 나와 함께 장강 하류를 평정한 흑귀조였다.

흑귀조는 무호채 정예 중의 정예를 모아놓았을 뿐 아니라 내가 가장 믿을 수 있는 조직이었다.

그렇지만 최근 여러 가지 일로 바빠 최근 호위대를 제외한 다른 흑귀조원과 관계가 소홀한 면이 있었다.

더 신경을 써야 할 부분이었다.

조직을 정예화하는 방법에는 여러 가지 방법이 있다.

하지만 심복을 만드는 방법, 아니, 사람을 움직이는 방법은 옛날이나 지금이나 간단했다.

적당한 자들을 골라 곁에 두면서 명예를 주거나 이익을 주는 것이다.

때로는 두 가지를 모두 주고 끌어들여야 할 자도 있지만 그런 자는 조심스럽게 선택해야 한다.

뒤통수를 칠 수도 있기 때문이다.

어쨌든 내가 흑귀조를 완전한 심복으로 삼고자 한 일은 흑귀조를 완전히 무호채에서 분리해 친위 조직으로 만드는 일이었다.

이미 친위 조직이나 다름없었지만 이런 과정을 통해 기존 무호채와의 관계를 완전히 끊었다.

동시에 흑귀조를 확장했다.

실력을 위주로 선발하다 보니 묘해조와 보공석에게서 너무한 것 아니냐는 볼멘소리가 터져 나왔다.

둘이 끌어들이려고 공을 들이던 사람 중 상당수가 흑귀조에 선발된 것이다.

이런 과정에서 둘이 자기 조직에 끌어들이겠다고 했을 때 파악한 정보를 이용했다.

둘이 자신들이 이끌 조직을 장악하는 것을 잠시 늦추기 위해서였다.

최종적으로 선발된 인원은 기존 인원을 합해 무호채 출신 칠십오 명에 군소 수채 출신 이십오 명으로 백 명이었다.

흑귀조만의 독문 무공으로 도법도 하나 만들었다.

물론 내 짧은 실력에 새로운 무공을 만드는 것은 불가능했다. 기존 무호채가 가지고 있던 무공에 녹 할아버지가 준 무명비급을 참고해 만든 것이다.

이렇게 만들어진 무공은 처음에는 당연히 어딘가 어색했다.

그렇지만 얼마 지나지 않아 흑귀조 스스로 개량해 쓸 만한 무공으로 변모했다. 무공광들이 모인 흑귀조다운 성과였다.

독문 무공으로 위력적인 도법이 주어지고 호위대를 통해 효과가 입증된 영단이 함께 지급되자 흑귀조의 무공은 빠르게 늘어났다.

그리고 빠르게 늘어난 무공만큼이나 흑귀조의 위치도 높아졌다.

이렇게 무호채의 채주가 된 지 반년이 훌쩍 지난 지금에서야 내부 장악이 대충 끝난 셈이었다.

내부 정리를 끝내고 내가 동산채에 머무는 동안 보공석이 두 가지 소식을 알려왔다.

첫 번째 소식은 이간계가 성공해 양가장과 호족들, 그리고 양가장과 봉연훈을 갈라놓는 데 성공했다는 것이다.

두 번째 소식은 호족들이 독자적으로 세력을 모아 조강채를 포위하고 있다는 것이다.

모든 것이 원하는 결과는 아니었다. 하지만 내 뜻대로 일이 돌아가는 것은 이미 진작에 포기했다.

나를 대신해 묘관기를 무호채주 강탄으로 변장시켜 조강

채로 먼저 출발시켰다. 그 후 나는 본가가 있는 휘주부를 들려 일을 처리하고는 안경으로 향했다.

안경에 도착해 봉연훈을 만나기는 쉽지 않았다.

안경에서 봉연훈의 위치가 떠나기 전과는 비교할 수 없을 만큼 달라진 것이다.

안경지부는 성내에서 벌어진 일을 막지 못한 것에 책임을 지고 직무가 정지된 상태였다.

봉연훈이 임시로 안경성은 물론 안경부에 소속된 여섯 개현을 다스리는 지부의 역할을 수행하고 있었다.

여기에 형부 낭중이라는 지위를 이용해 치안을 손에 넣고 안경 수군의 지휘권을 행사했다.

행정, 사법, 군사까지 삼권을 손에 쥐었으니 적어도 안경부 내에서 봉연훈의 힘은 무소불위라고 해도 과언이 아니었다.

이러다 보니 봉연훈을 만나기를 원하는 사람이 줄을 잇고 있었다.

만나고 싶다는 말을 전하고도 하루가 꼬박 지난 후에야 봉연훈을 겨우 만날 수 있었다.

봉연훈을 만난 곳은 만평궁과 술잔을 나눴던 바로 그 내실이었다.

"자네가 나를 먼저 찾아오다니 뜻밖이군."

봉연훈은 처음부터 호의적이지는 않았다.

"뭐, 목마른 사람이 우물을 판다고, 부탁할 것이 있는 사람이 당연히 찾아와야 하지 않겠나."

먼저 굽히는 듯한 말을 꺼내자 봉연훈이 나를 매서운 눈으로 바라보았다.

그의 표정은 내가 굽히고 들어온 것을 기뻐하기보다는 무슨 꿍꿍이가 있는지 의심하는 표정이었다.

"자네 같은 사람이 나 같은 사람에게 부탁이라는 것을 할 때도 있나?"

"사람의 처지가 어떻게 변할지는 하늘도 모르는 일이더군."

"하늘도 자네 마음먹은 대로 움직일 수 있다고 자신하던 사람이 자네가 아니었나?"

"그러게 말이네. 내가 자네에게 부탁이라는 것을 할 때가 올 줄 어떻게 알았겠나! 왜? 다른 사람들처럼 나도 자네에게 선물이라도 줘야 부탁을 들어줄 텐가?"

"지금 형부의 낭중인 내가 뇌물이라도 받는다는 이야기를 하는 것인가?"

"허허! 뇌물이라니 나는 어디까지나 선물이라고 이야기했네."

"선물이라……. 그래, 좋네. 뭔 선물을 할 생각인가?"

"무슨 선물을 받고 싶나?"

"그건 자네가 정해야겠지. 세상 돌아가는 이치가 머릿속에 있다는 자네가 부탁하는 일이니 그에 걸맞은 선물이어야겠지."

"글쎄, 어떤 선물이 좋을까……. 그래, 그게 좋겠군."

나는 잠시 말을 멈추고 봉연훈의 얼굴을 위아래로 흝어보았다.

"지난번 선물과 같은 것이면 되겠나?"

"지난번 선물이라니?"

봉연훈이 소리쳤다. 그의 목소리는 날카로웠다.

"허, 이상하군. 난 분명히 자네에게 전했다고 들었는데?"

나는 영문을 모르겠다는 표정을 지으며 과장된 동작으로 머리를 흔들었다.

"분명히 내가 안경을 떠나기 전날에 선물을 자네 침상 위에 올려놓았다고 하던데……."

내 말이 끝나자마자 봉연훈이 자리에서 일어나며 소리쳤다.

"네놈이!

이제야 내가 줬다는 선물이 무엇인지 깨달은 것이다.

내가 그에게 주었다는 선물은 바로 전 안경 수군제독 만펑궁의 수급이었다.

"그 선물 덕분에 자네가 지금처럼 안경부에서 무소불위의 권력을 휘두를 수 있었으니 그 정도면 쓸 만한 선물 아닌가?"

"네놈이 지금 내 앞에서 수군제독의 목을 베었다고 자백하는 것이냐!"

"글쎄……. 난 무슨 소리인지 모르겠는데……."

나는 영문을 모르겠다는 표정을 지어 보였다.

"어쨌거나 그 정도 선물이면 괜찮은지나 말해주게. 그때의 물건은 이미 없으니 같은 곳에 있는 다른 물건을 선물하면 되는가?"

말을 마친 후 나는 봉연훈의 목 부분을 유심히 바라보았다.

봉연훈은 내 시선이 향한 곳을 보고는 한 걸음 뒤로 물러섰다.

내가 그에게 보낸다는 선물이 바로 봉연훈 그 자신의 목이라는 사실을 깨달은 것이다.

"네가 감히 나를 협박하는 것이냐!"

"선물을 주겠다는 것이 협박이라니……. 난 도무지 영문을 모르겠군."

"당장에라도 네놈을 가두고 목을 벨 수 있다는 것을 알고 그런 말을 하는 것이냐?"

"글쎄! 나를 무슨 죄목으로 가두겠다는 것인지……."

"감히 수군제독을 해치고도 죄가 없다는 것이냐!"

"잊었나 보군. 상중이라 관직을 받지는 못했지만, 진사인 나를 무슨 명목으로 가두겠다는 것인가? 증거도 없으면서 말이야."

내 말을 빼고는 아무런 증거도 없다는 사실을 이제야 깨달았는지 봉연훈의 몸이 부르르 떨렸다.

"네놈이!"

사실 형부 낭중인 봉연훈이 독한 마음만 먹는다면 진사라도 감옥에 갇히는 것을 피할 수 없었다.

그렇지만 나는 평범한 진사가 아니었다. 대명제국 역사상 최연소 진사이자 강남의 명사였다.

나를 처벌하려면 확실한 증거가 필요했다.

그렇지만 지시한 나와 실행한 조훈을 제외하면 증거도 증인도 없었다.

"아참! 자네 말을 들으니 나도 생각나는 것이 있군."

나는 잠시 말을 멈추고 미소 띤 얼굴로 봉연훈의 얼굴을 바라보았다.

"얼마 전 말이야. 나와 결혼을 약속한 양가장 상행에 끼어든 수상한 자들에게서 재미있는 말을 들었는데 말이야."

양가장이라는 말에 봉연훈의 얼굴이 검게 변했다.

"수상해서 족쳤더니… 글쎄, 그놈들이 얼마 전 대담하게도 번화한 성내에서 살인을 저질렀다고 자백하더란 말이지."

"네가 누굴 속이려는 것이냐! 그놈들은 분명히 일이 끝나고 모두 처리했⋯⋯."

말을 하던 봉연훈은 실수를 한 것을 깨닫고는 서둘러 입을 다물었다.

내 예상대로 안경에서의 일을 벌인 것은 바로 그가 양가장을 통해 끌어들인 무뢰배들이었다.

그 사실을 도발에 넘어가 거의 털어놓은 것이다.

입을 다물기는 했지만, 이 정도까지 말이 나왔으면 이미 선을 넘은 것이었다. 나는 이겼다는 생각에 왼손 주먹을 꼭 쥐었다.

"그들이 모두 죽었다고 자신할 수 있나?"

"……."

내 질문에도 봉연훈은 입을 다물었다. 하지만 그의 얼굴은 검게 변했다.

"양가장은 말이야, 나와 결혼을 약속한 곳이지."

"처음부터 양가장이 너와 손잡고 감히 나를 속였다는 말이냐?"

"내가 어떻게 양가장과 결혼을 약속하게 됐는지 알고 있나?"

"결혼을 약속한 것도 며칠 전에 들었는데 내가 그것을 어떻게 알겠느냐!"

"지금까지 그 숱한 명문가에서의 청혼도 거절해 온 나일세. 양가장이 비록 지주부에서야 명문이지만 나를 감싸 안기에는 좀 좁지."

"결혼을 약속한 것에 무슨 사정이라도 있다는 말이냐?"

"천하의 이 왕세정이 양가장에게 협박을 당해 결혼을 약속하게 된 것이란 말이야."

"네놈이 협박을 당했다고?"

"그래! 지금도 믿기지 않지만 협박을 당했지."

내가 협박당해 결혼을 약속했다는 말에 봉연훈의 표정이 더욱 굳어졌다.

봉연훈은 서원에 다닐 때부터 나를 경쟁자로 여겼다. 그런 만큼 내가 어떤 사람인지에 대해서 어느 정도는 알고 있었다.

"도대체 양가장이 너를 뭐로 협박했다는 말이냐?"

"그것까지는 알려줄 수는 없지. 궁금하면 자네도 알아내 나를 협박해 보든가!"

"됐다! 난 네놈같이 사람을 협박할 정도로 밑바닥까지 떨어지지 않았다."

이 상황에서도 큰소리를 치는 봉연훈의 모습에 나는 미소를 지었다.

"큰소리는……. 어쨌든 나를 협박한 자들이 자네의 약점을 잡을 기회를 그냥 놓쳤을 것 같은가? 한동안은 양가장에게 자네가 나보다 더 쓸모가 많은데 말이야."

"그놈들이 감히……."

"양가장에 대해 분노하는 것은 나중에 하게. 지금은 내 부탁을 들어줬으면 좋겠는데……."

"양가장에 대해 알려준 것으로 선물을 받은 셈 치지."

순식간에 냉정함을 되찾은 봉연훈의 모습에 만나지 못하는 동안 그도 많이 변했다는 사실을 실감했다.

세월이 그를 성장시켰는지 아니면 관직 생활이 나에 대한 노골적인 적의를 숨기지 못하던 그 순진한 서생을 변화시켰는지는 모를 일이다.

어쨌든 봉연훈은 내가 알던 예전의 봉연훈이 아니었다.

"하고 싶다는 부탁이나 말해봐. 자네와 손을 잡은 무호채 수적들에 대한 사면령이라도 내려줄까?"

"그건 뭐, 자네가 굳이 도와주지 않아도 되네."

"내가 도와주지 않아도 된다고? 무호채 수적들이 사면령을 받으면 자네에게 많은 도움이 될 텐데……. 자네 소유의 농지에서 농사를 짓는 자 중에 수배가 된 자들이 상당히 많던데 정말 괜찮나?"

역시 봉연훈이었다.

그는 내 소유 농토에서 농사를 짓는 자들이 사실은 무호채의 수적이었다가 은퇴한 자들이라는 사실을 알아낸 것이다.

완벽하게 위장한 신분을 남경으로 부임하고 그 짧은 시간에 용케도 알아낸 것이다.

"그래……."

"정말인가?"

봉연훈은 미심쩍다는 표정으로 다시 물었다.

나는 그가 진심으로 나를 도와주려고 한다는 것을 깨달았다.

"어차피 자네도 곧 알게 될 일이니 말해주지. 연말에 경사와 남경의 잡범에 대한 사면령이 내릴 예정이네. 그러니 굳이 자네가 힘을 쓸 필요가 없다는 말이지."

"그게 사실인가?"

"내가 왜 자네에게 들통 날 거짓말을 하겠나."

"연초에 대사면령이 내려졌는데 또다시 사면령이라 니……. 더구나 경사와 남경의 모든 잡범에 대한 사면령이라 면 전례가 없던 일인데……."

봉연훈이 이해가 가지 않는다는 표정으로 고개를 갸웃했 다.

그의 말대로 이미 올 초 황제가 즉위할 때 대사면령이 내려 진 상태였다.

한 해에 두 번의 사면령이 내려지는 것도 전례가 없는 일이 지만 이번 사면령은 더욱 특별했다.

그리고 비록 경사와 남경에 국한된다고는 하지만 잡범들 전체로 한 사면령은 일찍이 없던 일이다.

"안경으로 오기 전 휘주부를 방문했다고 들었는데 혹시 자 네가 한 일인가?"

나는 대답 대신 어깨를 들어 보였다.

관직에 있다가 휘주부로 낙향해 있던 전직 고위 관리들을 찾아다니며 이뤄낸 성과였다.

비록 확답을 얻지는 못했지만 내가 지급하기로 한 대가를 생각하면 이뤄지는 것은 확실했다.

"대단하군. 겨우 삼 년 만에 종오품 낭중에 오른 나도 할 수 없는 일을 이제 막 진사가 된 자네가 하다니……."

"자네는 할 수 없었던 것이 아니라 할 필요가 없었던 것이지."

"그렇기는 하지만… 도대체 왜 그렇게까지 매달리는지 이해가 가지 않는군."

"글쎄?"

"하여간 음흉한 것은 예나 지금이나 똑같군. 부탁할 것이 뭔지나 어서 말해보게."

"특별한 것은 아니고… 나를 조강채, 아니, 석태채 잔당에 대한 토벌대의 책임자로 임명한다고 발표하기만 하면 되네."

"잉? 그게 다인가?"

"그렇다네."

"하지만 이미 토벌대가 출발했고, 그들은 내가 명령한다고 해도 자네 말을 순순히 따르지 않을 것이네."

"그거야 내가 할 일이지. 자네는 내게 명분만 주면 되네."

"하긴 전례에 없는 사면령을 내리도록 하는 자네라면 알아서 하겠지. 그렇지만 굳이 그 일에 매달리는 것이 이해가 가지 않는군. 자네도 알겠지만 조강채를 토벌해 봐야 공을 내세우기도 어렵네. 조정에는 조강채의 수적이라고 해봐야 몇 십명 정도로 보고됐으니 말이야."

현재 조강채에 모여 있는 수적의 수는 족히 오백 명이 넘었다. 오백 명의 도적을 토벌하는 것은 큰 공이라고 할 수 있다.

관리라면 한두 계단의 관직이 올라갈 큰 공이었다.

그러나 그런 일은 일어날 수 없다.

봉연훈의 말대로 황도에 보내는 보고는 물론이고 이곳 안경부의 기록에는 수십 명으로 기록되어 있기 때문이다.

이것은 장강십팔채 중 무호채처럼 큰 수채의 수적이 천여 명이 되지만 관청에는 백 명이 채 안 되는 것으로 보고되는 것과 마찬가지이다.

어차피 장강의 도적을 모두 토벌할 수 없는 상황에서 있는 사실 그대로 보고하는 것은 자살 행위나 마찬가지이기 때문이다.

이런 상황에서 내가 별것 아닌 조강채 토벌에 매달리는 것은 봉연훈이 보기에 이상한 일로 보일 것이다.

"자네는 나를 책임자로 임명해 주기만 하면 되네. 해줄 건가?"

"좋네. 그게 뭐 어렵겠나."

"부탁을 들어줬으니 자네가 거절하더라도 선물을 하나 정도는 해야 맞겠지? 원하는 선물이 있으면 말해보게."

선물이라는 말에 봉연훈이 고개를 저었다.

"그까짓 일에 무슨…… 나중에 자네도 내 부탁 하나 들어주는 것으로 하지. 어떤가?"

"부탁 하나라……. 그건 내가 감당하기 어려울 것 같군."

부탁 하나라는 것은 나중에 어떻게 돌아올지 모르는 것이었다. 그 부탁을 들어주려면 무슨 대가를 치러야 할지 몰랐다.

이미 내가 모르는 사이 생긴 양부 때문에 고생한 나로서는 불확실한 일을 미래에 남겨두는 것은 피하고 싶었다.

그렇지만 부탁 한 가지를 들어달라는 봉연훈에게 웬만한 선물은 눈에 차지 않을 것 같았다.

나는 그가 흥미를 느낄 만한 것을 주기로 했다.

"내가 선물로 이번에도 한 가지 정보를 알려주지. 올해 말이나 내년 초 사이에 형주지방에서 대규모 반란이 일어날 것이네."

"반란? 그게 정말인가?"

봉영훈이 깜짝 놀란 눈으로 나를 바라보았다.

"확실하네. 이번 반란은 민란 수준이 아니네. 우발적인 것이 아니라 몇 년 동안 준비된 것으로 규모가 클 것이네. 아마 토벌하는 데 족히 몇 년에 걸릴 것이네."

"그런 사실을 자네가 어떻게 안 것인가?"

"무호채의 사람을 통해 들었다는 정도만 말해주겠네. 사천당가도 알고 있으니 확실하다고 해야겠지."

"무호채? 사천당가?"

"아마 장강십팔채 중 상당수가 반란에 참여할 것이네. 형주 지방, 지금의 호광성에 있는 수채들이겠지."

"그러면 반란이 진짜로 일어난다는 말인가?"

"아마……."

"흠……."

반란이 일어난다는 말에 충격을 받은 듯 봉연훈은 한동안 말이 없었다.

아마 그는 속으로 이런저런 생각을 하는 듯했다.

생각을 마친 봉연훈이 마침내 다시 입을 열었다.

"그럼 자네가 석태채 잔당에 대한 토벌 책임자가 되려고 하는 것도 그 일과 관련이 된 것인가?"

"그렇다고도 할 수 있겠지."

"좋네. 선물을 받은 것으로 하지."

나는 봉연훈에게 인사를 하고 방을 나왔다.

반란이 일어난다는 정보를 전한 이상 봉연훈이 그것을 어떻게 이용할지는 내가 상관할 일이 아니었다.

봉연훈이 내 말을 무시하고 처음부터 공을 세우겠다고 나선다면 그에게는 몰락이 기다리고 있을 것이다.

내가 지금까지 알아본 바로는 말한 것처럼 이번 반란은 쉽게 진압될 성질의 것이 아니었다.

얼굴도 모르는 큰아버지가 무호채에서 반란을 일으키고 십 년 전 장강십팔채의 대표파자를 공격한 것 자체가 반란과 관련됐을 가능성이 컸다.

일 년도 안 돼서 장강십팔채를 장악한 큰아버지가 십 년이 넘게 준비한 반란이다.

대명제국을 무너뜨리겠다는 생각은 이뤄지지 못하겠지만 쉽게 진압될 리가 없었다.

물론 내가 있는 이상 반란은 실패하겠지만 말이다.

봉연훈과의 만남을 통해 석태채 잔당에 대한 토벌 책임자가 되고 나서 마음 한구석이 홀가분해졌다.

단순한 일이기는 하지만 이것은 적이었던 봉연훈과 내가 손을 잡는 시작이었다.

이제야 내가 양아버지에게 물려받은 무호채를 완전히 장악할 준비가 끝난 것이다.

내부적으로는 무호채와 군소 수채를 합치고 셋으로 나눠 누구도 내 권위에 도전할 수 없게 만들었다.

그리고 외부적으로는 장강 하류 서쪽, 남직례성 서부에서 가장 큰 영향력을 가진 휘주부의 명문거족들과 안경부를 장악한 봉연훈과 동맹을 맺었다.

안경부의 명문거족들은 연말에 사면령을 받게 하는 것뿐 아니라 내가 남직례성에 머무는 동안 내 일을 도와주기로 약속했다.

그 대가로 나는 앞으로 칠 년간 관직에 나가지 않기로 약속했다.

휘주부의 명문거족들이 그런 조건을 내건 이유는 바로 자신의 자식들이 나와 비교되는 것을 막기 위해서였다.

최연소 진사인 내가 관직을 받게 되면 비슷한 젊은 황제의 관심을 받게 될 가능성이 컸다.

그렇게 되면 자신들의 자식들이 출세할 기회가 적어지게 될 것을 염려한 것이다.

그들은 선심을 쓰는 듯 칠 년 후에는 관직에 나가도 된다고 말했지만, 그것은 다 이유가 있었다.

칠 년이면 황제가 바뀌고 통치가 완전히 자리 잡을 시간이었다.

통치가 자리를 잡게 되면 새로운 사람이 기회를 잡을 기회는 거의 사라지게 된다.

칠 년 후에도 내 나이가 많은 것은 아니지만 비슷한 나이 또래가 없는 것은 아니었다.

하지만 나는 그들의 요구를 받아들였다. 내 판단으로는 한동안 조정을 뒤흔드는 것은 환관들이 될 것이다. 굳이 관직에 일찍 나가봐야 유리할 것이 없었다.

그 외에 봉연훈과 손을 잡은 것도 이유가 있었다.

안경부가 아니더라도 봉연훈은 남경의 치안을 책임진 형부 낭중이었다. 앞으로 얼마나 올라갈지 모르는 인재 중의 인재였다.

나중을 생각하더라도 친하게 지내서 손해 볼 것이 없는 사람이 바로 봉연훈이었다.

이런 외부의 도움에 더해 나에게는 흑귀조가 있었다.

아마 장강은 물론 남경 일대를 통틀어 가장 강한 정예 조직이 있다면 그것은 바로 흑귀조일 것이다.

이제 조강채를 토벌하기만 하면 설사 보공석과 묘해조 중한 명이 반란에 관련이 되었다 할지라도 내 권위에 도전할 수는 없게 될 것이다.

봉연훈의 명령서를 받은 나는 곧장 조강채가 있는 곳으로 향했다.

내가 조강채에 도착하고 나서 처음 본 것은 처참하게 패해 있는 토벌대의 모습이었다.

무호채를 제외하면 이천이 넘었던 호족들의 병력은 반으로 줄어 있었다.

"무슨 일인가? 어떻게 겨우 며칠 만에……."

나는 나를 대신해 신임 무호채주 강탄 행세를 하고 있는 묘관기에게 물었다.

"저희 무호채가 도착하자 저희를 빼고 강을 건너 공격했다가 대패했습니다."

"자네들은 저렇게 될 때까지 뭐 했나!"

"그게… 저들이 적극적으로 저희가 관여하는 것을 막아서……."

그나마 저들이 인정할 수 있는 나도 없는 상황에서 수적인 무호채가 끼어드는 것을 막은 것이다.

"거참, 아무리 그래도 그렇지."

조강채에 숨어 있는 자들의 수는 오백 명 내외였다.

아무리 조강채가 공격하기 어렵다고 해도 네 배에 달하는 이천 명이 넘는 병력으로 공격하고도 천 명을 잃는 것은 뭐라 할 말이 없는 대패였다.

말이 천 명이지 저들 대부분이 한창 힘을 쓸 장정(壯丁)이었다.

그 말은 곧 아버지나 형제를 잃은 사람이 족히 오천 명에서 팔천 명은 된다는 말이다.

그리고 장정을 잃은 자들은 당장 올 겨울을 넘기는 것 자체가 힘들어질 것이다.

비록 나와는 관련이 없는 자들이었지만 내가 안경에 들르지 않았다면 피할 수 있는 죽음이었다.

아니, 내가 있었다면 설사 무호채를 따돌렸다고 해도 저렇게 되기 전에 끼어들었을 것이다.

이렇게 패할 줄 알았다면 굳이 봉연훈을 만나 토벌을 주도할 명분을 얻을 필요도 없었을 것이다.

목적을 위해서라면 더 많은 사람을 기꺼이 희생시킬 수 있는 나였지만 의미도 없고 막을 수 있는 희생에 무감각할 정도로 나 자신이 인간 이하로 떨어지지는 않았다.

나는 즉각 회의를 소집했다.

저녁때가 되자 묘해조와 보공석을 비롯한 부하들이 조강채 공격에 대해 의논하기 위해 막사에 모였다.

하지만 조강채를 어떻게 공격할 것인가 하는 방법에 대해서는 이런저런 상황을 이야기할 뿐 구체적인 계획은 나오지 않았다.

어설픈 계획을 세우고 조강채 공격을 건의했다가 질책만 받을 것을 걱정해 모두 조심하는 듯했다.

묘해조나 보공석을 바라봤지만 내가 공격 방법을 알아오라는 말을 했음에도 눈치를 보니 내가 계획을 이야기해 주기를 기다리는 듯했다.

한심한 일이었지만 지금까지 거의 모든 계획을 내가 세우고 나선 부작용이니 뭐라고 할 말이 없었다.

회의에 모인 자들을 한심한 눈으로 둘러보던 내 눈에 강필준이 들어왔다.

전이라면 감히 회의에서 발표할 자격이 없었겠지만, 지금은 내 직속인 흑귀조에 들어와 부대장 직을 맡고 있었다.

"자네가 이야기해 보게."

강필준은 자리에서 일어나 고개를 숙여 보였다.

"부족하지만 제가 그럼 한 말씀 올리겠습니다."

강필준의 말은 겉으로는 겸손했다.

"제가 잠시 읽어본 병법에 따르면 부하를 움직이는 것은 신속해야 한다고 들었습니다."

강필준의 말에 시선이 모두 그에게 집중되었다.

"특히 우리처럼 적의 요새를 공격하거나 포위한 상황에서 적의 부하 수는 적으나 군량이 풍부하며 밖에서 적을 도와줄 만한 다른 세력이 있을 때는 속공을 해야 승리할 수 있다고 했습니다. 바로 지금이 그런 상황입니다. 조강채는 지난 몇 년간 일대 밀무역의 거점으로 식량이 많이 비축되어 있습니다. 또 다른 한편으로는 시간을 끌고 겨울이나 봄까지 이어진다면 강서성의 수채들이 부대를 움직일지 모르는 상황입니다. 비록 적의 요새가 견고하나 채주님의 용병술과 다른 분들의 용맹이라면 요새를 함락시킬 수 있을 것입니다."

'용병은 신속해야 한다' 라는 말은 이 자리에 있는 사람들도 한 번은 들어본 말이었다.

나름대로 학문을 익힌 강필준과는 달리 수적인 이들이 무슨 병법을 배웠다는 말은 아니었다.

그보다는 주루나 객점에서 삼국지나 수호지, 또는 충렬전에 대한 이야기가 많이 떠돌았기 때문이다.

"저는 이곳에 오기 전 지난 며칠간 요새를 공격할 방법에 대해 생각해 보았습니다. 결론적으로 크게 세 가지 방법을 찾을 수 있었습니다."

강필준의 말에 방에 모인 사람들이 흥미롭다는 듯이 바라보았다.

"세 가지나? 그래, 한번 이야기해 보게."

내가 이야기하자 강필준이 다시 고개를 숙였다 펴며 말했다.

"우선 조강채가 강에 바로 붙어 있기는 하지만 삼면이 산으로 둘러싸여있고 강과 인접한 곳도 인근에 바닥이 고르지 못해 배로 직접 공격하는 것이 불가능하다는 사실은 모두 아실 것입니다."

"그 이야기는 들었네."

"가장 하책(下策)은 병력을 동원해 강을 건너 정면에서 공격하는 방법이 있습니다. 비록 어느 정도 피해는 있겠지만, 부하들의 사기도 높고 적과 비교하면 우세한 병력을 가진 우리로서는 단기간에 승부를 결정짓는 방법입니다. 문제는 시간은 벌 수 있을지 모르지만 적지 않은 희생이나 자칫하다가는 앞으로 있을 강서성 수채들의 공격에 어려움에 부닥칠 수 있다는 것입니다."

"그렇겠지. 다른 방법은?"

강필준의 말에 나는 물론 회의실에 모인 다른 자들도 고개를 끄덕였다.

"중책(中策)은 좀 더 철저한 준비를 한 후에 조강채를 공격하는 것입니다. 지난번 동산채에서 우리가 저들을 물리칠 수 있었던 가장 큰 이유는 저들이 제대로 된 준비를 하지 않은 상태에서 무리하게 공격했기 때문입니다. 저들의 실수를 이번에 우리가 되풀이하지 않으려면 철저한 준비를 하는 것이 필요합니다. 우선 적을 공격하려면 부교가 필요합니다. 부교만 완성되면 아주 쉽게 요새를 공격할 수 있습니다."

옆에서 이야기를 듣고 있던 묘해조가 앞으로 나오며 말했다.

"부교라……. 그러고 보니 부교만 만들 수 있다면 쉽게 요새를 공격할 수 있겠군."

배를 타지 않은 상태에서 무호채와 다른 수채의 수적들과의 실력 차이를 생각하면 강필준의 말은 당연한 말이었다.

다른 자들도 흑귀조의 활약을 통해 무호채의 무공 수준을 잘 알고 있으니 별다른 반론을 내놓지 않았다.

강필준이 다시 입을 열었다.

"문제가 없는 것은 아닙니다. 부교를 건설하자면 병력 일부를 조강채에서 지주부로 보내 목재를 가져와야 합니다."

"나무야 다른 자들을 통해 구하면 되는 것 아닌가? 굳이 우리가 직접 목재를 준비할 필요가 있는지 모르겠군. 더구나 굳이 이곳의 목재를 가져가야 하는 이유도 이해가 가지 않고."

묘해조가 나무를 사오자는 의견을 내자 옆에서 듣고 있던 보공석이 입을 열었다.

"지금의 병력을 그냥 유지하는 데만도 큰 비용이 지출되고 있습니다. 그런데 여기서 목재까지 사는 것은 무립니다. 더구나 지금은 사람이나 배를 구하기 어려운 계절입니다. 사람이 남아나는 늦겨울이 되면 모르겠지만 그전에 목재를 다른 자들에게 사는 것은 무리입니다."

묘해조가 물었다.

"결국 돈이 많이 든다는 것이 문제군. 그래도 조강채 근처에서 목재를 구하면 별 문제는 없지 않겠나?"

"그게 그렇지만은 않습니다. 조강채 인근 산은 대부분이 나라의 소유입니다. 벌목 허락을 받는 데만 족히 몇 달은 걸릴 것입니다."

"좀 떨어진 산중에 벌목할 수 있는 곳에서 벌목해도 충분할 것 같은데?"

묘해조의 말이 떨어지자마자 강필준이 고개를 저었다.

"일부 병력만으로 포위를 시도했다가는 저들이 먼저 요새를 나와 공격할 가능성이 있습니다."

"그래? 지금 상태로는 저들도 강을 건너오는 것은 힘들 것 같은데? 원래 뗏목을 이용해 강을 건너는 데 사용했던 부두를 저들 손으로 불태웠다고 하지 않았나?"

묘해조의 질문에 강필준이 대답하기 전에 서평하가 나섰다.

"그 일에 대해서는 제가 전에 조사한 적이 있습니다."

정민구를 놓친 것이 마음에 걸린 서평하는 항복한 자들을 통해 조강채를 조사해 보았다. 조강채는 일대 밀무역의 거점 중 하나였기 때문에 꽤 많은 것을 알아낼 수 있었다.

"조강채에는 뗏목을 이용해 짐을 옮기던 부두 외에도 강을 건너려면 조립식 목교가 있습니다. 여러 개를 조립하는 방식이라서 설치하는 데 그리 오래 걸리지 않는다고 합니다. 일 년에 몇 번 대규모로 물건을 육로로 옮길 때 사용한다고 합니다."

"서 조장이 조강채에 대해서 잘 알고 있군."

묘해조는 서평하가 나선 것에 약간 눈살을 찌푸렸다.

나는 그가 왜 유독 서평하에게 신경을 쓰는지 그 이유를 알 수 있었다.

서평하가 마인각주였다고는 하지만 실제로는 내당주였던 조파진의 호위무사 그 이상이 아니었다.

그런 서평하가 이제는 명성이 높아져 최근 장강 하류 수적들 사이에는 서평하와 묘해조를 함께 비교하는 말이 나돌고 있었다.

그나마도 외부에 이름이 별로 알려지지 않은 묘해조가 서평하와 함께 거론되는 것도 그가 무호채를 실질적으로 이끌고 있다는 사실 때문이었다.

전에는 자신과는 비교할 수도 없던 자가 겨우 몇 달 사이에 자신이 덤으로 이름이 날릴 정도로 성장했으니 신경을 쓰는 것은 당연했다.

나는 잠시 눈으로 묘해조에게 주의를 주고는 강필준에게 시선을 다시 돌렸다.

"하책, 중책이 그런 것이라면 가장 최선의 상책(上策)은 무

엇인가? 앞선 두 가지 계획도 꽤 괜찮은 것 같은데. 뭐, 피해
나 위험이 없는 것은 아니지만 말이야. 조강채를 함락시킬 가
장 훌륭하다는 상책은 어떤 것인지 기대가 되는군."

"가장 상책은 이대로 포위한 채 적이 항복하기를 기다리는
것입니다."

"강 부대장! 그게 무슨 말인가?"

옆에서 듣고 있던 서평하가 놀라 소리쳤다.

'항복하기를 기다리자니……'

그만큼 강필준의 대답은 놀라운 것이었다.

조강채의 식량이 충분해 적이 몇 년을 버틸지 모른다는 점
은 제쳐 놓고서라도 토벌을 조건으로 사면령을 받은 상태였
다.

회의에서 기다리자는 계획을 가장 좋은 상책이라면서 내
세우다니…….

"조강채에 지금 인원이 어림잡아도 사오 년은 버틸 수 있
는 식량이 있다고 하지 않았나? 몇 년이 걸릴 지 잘 모르는데
항복하기를 기다리자니……"

"사람이 쌀만 먹고살 수 있다고 생각하십니까?"

"……"

"조강채는 튼튼하기는 하지만 근본적으로 밀무역을 위해
만들어진 창고입니다. 어떤 미친 자가 가을철에 소금을 창고
에 쌓아놓고 있겠습니까? 조강채가 식량을 보관하는 창고를

겸하고 있으니 식량 자체야 풍부하겠지만, 소금은 그렇게 많지 않을 것입니다."

장강을 통한 물류의 유통은 가을철 장강을 통해 상류에서 하류로 쌀이나 밀을 비롯한 곡물이 운반되고 난 후 돌아가는 길에 소금이나 면포, 또는 비단을 싣고 돌아가는 것이 일반적이었다.

식량이야 여러 가지 이유로 일정한 양 이상을 보관한다고 하지만 이맘때에 밀무역을 위해 만들어진 창고에 소금을 쌓아놓는 것은 미친 짓이었다.

강필준의 말에 회의실에 모인 사람들은 고개를 끄덕였다.

소금을 국가에서 관리하는 이유가 뭔가? 바로 소금이 없으면 사람이 살 수가 없기 때문이다.

"소금이 없다면 식료품들은 오래 보관할 수 없을 것입니다. 겨울이야 어떻게 견디겠지만, 저 작은 성으로는 내년 여름이 되기 전에 소금이 부족해 반 이상이 쓰러질 것입니다."

강필준의 계획에 회의실에 모인 사람들이 고개를 끄떡였다. 그만큼 강필준의 계획은 치밀해 보였다.

이때 서평하가 자리에서 일어났다.

이전부터 여러 가지로 강필준과 부딪친 그로서는 그대로 의견을 받아들이고 싶지 않은 듯했다.

"강 조장!"

"예?"

"그래서 어쩌자는 것입니까? 그러다가 남경 조정의 마음이 바뀌어 수군을 동원해 우리까지 토벌하겠다고 나서면요? 아니, 수군이 신경을 쓰지 않는 사이 강서성의 수채가 남직례성을 약탈하면요?"

녹 할아버지와 당가의 정보를 통해 전해 들은 바로는 강서성, 즉 포양호의 수채는 반란에 관련되지 않았다.

그렇지만 반란이 아니더라도 지금 장강십팔채 사이에는 총표파자 자리를 두고 싸움이 벌어지고 있는 상황이었다.

이미 한 번 무호채가 공격받은 일도 있다는 것을 생각하면 만약 조강채에 무호채의 병력이 묶인다면 강서성 수채에서 그 모습을 그냥 두고 보지는 않을 것이다.

"이런 위험이 있는데도 여기서 요새를 포위한 채 기다리자는 계획이 가장 상책이라니요!"

서평하의 추궁에 회의실에 모여 있던 참석자들도 고개를 돌리며 무언가 생각하는 듯했다.

그 모습을 보며 나는 나서고 싶은 마음을 겨우 참았다.

겨우 부하들이 스스로 이야기를 하며 회의를 하는데 내가 나서서 회의 분위기를 망치는 것은 좋은 생각이 아니었다.

내가 계획을 내면 쉽게 조강채를 함락할 수도 있겠지만 내가 모든 일을 할 수는 없었다.

더구나 조직을 셋으로 나눠 각자에게 맡기려는 상황에서 내 말에 무조건적으로 따르는 것이 아니라 앞으로는 능동적으로 생각하고 움직이는 능력이 필요했다.

조강채 함락이 어렵지 않은 상황에서 굳이 나설 필요는 없었다.

내가 아무 말도 없이 그냥 바라만 보고 있자 묘해조가 강필준을 바라보며 말했다.

"자네 말은 요새를 포위한 채 무작정 저들이 항복하기를 기다리자는 말인가?"

강필준은 고개를 저었다.

"그건 아닙니다. 제가 앞서 말한 계획들은 조강채만을 공격할 때를 생각한 것입니다. 조강채만이 문제라면 기다리는 것이 최선이지만 여러 가지 상황은 편안히 요새를 포위한 채 적이 항복해 오기만을 기다릴 수 없게 돌아가고 있습니다."

"주변 상황이라니?"

"남아 있는 적의 수를 생각했을 때 거의 전 부대가 조강채에 묶이게 됩니다."

"그렇겠군. 조강채에 있는 적의 수는 지금은 오백 명 정도로 불어나 있고, 우리와는 달리 적들은 조립식 목교를 통해 쉽게 강을 건널 수 있으니……."

"그런 경우 몇 가지 문제가 발생하게 됩니다. 첫째, 조강채 공격에 병력이 묶이게 됩니다. 둘째, 시간이 지나 강서성의 수채가 공격해 왔을 때 협공을 당할 가능성이 있습니다. 마지막으로 아직 굴복하지 않은 자들을 견제할 예비 병력이 필요합니다. 현재 장강 하류를 완전하게 장악하지 못한 상태입니다. 남직례성 일대의 군소 수채가 이 자리에 있는 분들이 있던 수채만 있는 것은 아니니까요."

"그렇겠군."

서평하는 강필준이 자신의 반론에도 전혀 당황하지 않고 회의를 이끌어가는 것이 마음에 들지 않았다.

그래서 그는 다시 입을 열었다.

"이건 이래서 안 된다, 저건 저래서 안 된다면 공격을 하자는 말입니까, 아니면 그냥 이대로 있자는 말입니까? 지금은 최대한 빨리 최소한의 피해로 조강채를 공격할 방법을 생각해 보자고 모인 것 아닙니까? 공격 시기는 그렇다고 해도 구체적으로 요새를 공격할 방법이 있어야 하는 것 아닙니까? 강 조장은 시간낭비하지 말고 당장 요새를 공격할 방법이 있으면 이야기해 보십시오."

서평하의 추궁에도 강필준은 전혀 당황하는 기색이 없었다.

"조강채를 공격하는 데 가장 힘든 점은 바로 강 때문에 공격하기 어렵다는 점입니다. 강을 건널 수만 있다면 요새를 공격하는 것은 그리 어렵지 않은 일이라고 생각합니다."

"그 사실을 모르는 사람이 여기 누가 있나?"

강필준이 자신의 추궁에도 물이 흐르듯이 대처하자 서평하의 말에는 가시가 돋쳐 있었다.

"오래전부터 강을 건너는 데 세 가지 방법이 흔히 쓰였습니다. 우선 하책은 전통적인 방법으로 부교를 이용하는 것입니다. 이 방법은 피해가 클 수 있습니다. 중책은 강이 그리 깊지 않은 것을 이용하는 것입니다. 제가 조사한 바로는 비교적 강이 얕은 곳이 몇 곳 있었습니다. 부대로 강을 직접 건너는 것입니다."

"잠시만……."

묘해조가 강필준의 이야기에 끼어들었다.

강필준의 말대로 조강채를 막고 있는 강은 장강과는 비교할 수 없는 작은 지류였다. 그렇지만, 그래도 쉽게 건널 수 있을 정도의 깊이는 아니었다.

암석이 곳곳에 있고 지형이 험해 배가 들어오지 못할 뿐 깊이 자체는 만만치 않은 것이다.

수영에 아직은 익숙하지 않은 무호채를 생각하면 만만치 않은 깊이와 넓이였다.

"가능하겠나? 이런 말이 어떻게 들릴지 모르겠지만……."

묘해조가 잠시 말을 머뭇거렸다.

"자네들은 모르겠지만 무호채 본채의 가족 중에는 수영이 서툰 자들이 꽤 많네. 몰래 건널 수 있을지 모르겠군."

무호채의 약점 중 하나는 장강십팔채 중 하나라는 이름에 어울리지 않게 수공에 서툴다는 것이었다.

무호채에 수영이나 수공에 능숙한 고수가 없는 것은 아니다. 무호채가 활동을 중지한 지 십 년이다.

그전부터 무호채에 있던 자 중에는 장강을 헤엄쳐 건넌 적이 있다는 말을 하는 자들조차 있었다. 물론 삼십 리에서 오십 리나 되는 장강을 헤엄쳐 건너는 것은 불가능하다. 그런 자가 있다면 그건 인간이 아니라 물고기일 것이다.

과장은 있지만 수공에 자신 있는 자들은 많았고, 묘해조 자신도 수공에는 자신이 있었다.

그러나 내가 듣기로는 이번에 묘해조가 이끌고 온 자들은 젊고 무공이 강한 것을 중심으로 선발한 자들이었다.

당연히 대부분이 지난 십 년 동안 외부 출입을 중지하고 나서 배출된 자들이었다.

물론 단순한 수영은 어느 정도 하는 자들이 많지만, 단순히 강에서 수영하는 것과 물속에서 적과 싸우거나 적을 상대하기 위해 체력을 비축하고 강을 건너는 것은 다른 문제였다.

"그건 본채의 가족들과 수공에 능한 자를 조를 만들어 강을 건너면 됩니다."

"음, 그러면 되겠군."

말과는 달리 묘해조의 말투는 그리 밝지 않았다.

말은 그럴듯하지만 실행하기는 쉽지 않았다.

강필준의 말을 듣고는 있지만 묘해조로서는 항복한 자들을 완전히 믿지 못하는 듯 보였다.

한번 배신한 자는 다시 배신할 수도 있다. 강필준의 말대로라면 믿을 수 없는 자들에게 강에서 목숨을 맡겨야 하는 상황이다.

나는 그런 묘해조의 마음을 이해할 수 있을 것 같았다. 그의 처지에서는 무호채 본진이 수영을 잘 못한다고 이야기하는 것 자체가 힘들었을 것이다.

그가 수영에 대한 이야기를 꺼낸 것은 수영이야 얼마 지나지 않아 해결될 수 있는 문제이기 때문이다.

내가 떠나오기 전 매일 한 번은 수영을 연습하도록 지시했다. 아마 내년 봄이나 여름에는 무호채 사람 중 수영이 문제가 되는 사람은 거의 없어질 것이다.

오히려 흑귀조 중에 많은 수가 전투에 바빠 수영이 서툰 편이었다.

"강을 헤엄쳐 건너는 것은 간단하기는 하지만 부교를 만드는 것에 비해 단점이 있습니다. 아무리 조를 지어 강을 건넌다고는 하지만 수공에 익숙하지 않으면 강을 건널 때 체력 소모가 많습니다. 더구나 차례로 강을 건너는 과정에 적에게 발각되면 그대로 당할 수 있습니다. 결국 어떤 식으로든 다리를 만들어 강을 건너는 것이 최고의 방법입니다."

"그렇겠군. 결국 최소한의 피해로 다리를 만드는 방법을 찾아야겠군."

"그렇습니다."

"그렇게 말하는 것을 보니 방법이 있나 보군. 그래, 그 방법이 뭔가?"

"간단하다면 간단한 방법입니다. 뗏목을 만들어 상류에서 부하들을 내려 보내는 것입니다. 이렇게 일단 강 건너에 교두보를 마련합니다. 그다음에 강 양쪽에서 밧줄을 연결합니다. 그리고 뗏목들을 계속 내려 보내 묶기만 하면 엉성하지만 부하들이 건널 수 있는 임시 다리로 이용할 수 있습니다."

묘해조는 잠시 후 고개를 끄덕였다. 그는 그동안 머릿속으로 뗏목을 이용해 건너는 방법을 생각해 본 듯했다.

"그럴듯하군."

묘해조는 고개를 돌려 서평하를 바라보았다.

"서 조장 자네의 생각은 어떤가?"

"저도 찬성입니다."

서평하는 몸을 돌려 강필준을 향해 말했다.

"강 조장의 지략에 감탄했습니다. 이번에 한 수 배웠습니다."

"과찬의 말씀입니다."

짝짝짝!

나는 회의가 성공적으로 끝난 것에 기뻐 손뼉을 쳤다.

"강필준 조장, 자네의 계획은 잘 들었네. 아주 흥미진진한 계획이더군."

"감사합니다. 채주님의 신산묘계에 비하면 조잡한 계획입니다."

되지도 않는 겸손을 떠는 모습에 나는 '그렇다!'고 말하고
싶은 것을 겨우 참았다.

말로는 그럴듯하지만 중간중간 구멍이 숭숭 뚫린 계획이
었다.

하지만 워낙 전력 차가 크니 조강채를 함락하는 것에는 큰
무리가 없을 것이다.

단순히 말해서 이 정도 전력 차라면 그냥 밀어붙이는 것이
가장 좋은 상책이라고 할 수 있었다..

물론 이미 실패한 자들처럼 무조건 강을 건너기보다는 준
비가 필요하지만 말이다.

어째 이거…….

조강채를 곧 함락할 것 같은데?

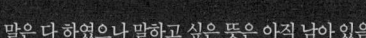

結語 사진의 부진 (辭盡意不盡)

말은 다 하였으나 말하고 싶은 뜻은 아직 남아 있음

결론적으로 내 예감을 그대로 들어맞았다.

조강채를 공격한 지 이틀 만에 조강채를 함락했다.

그렇지만 강필준이나 서평하의 말처럼 다리를 건너 그 기세를 타고 수채를 함락한 것은 아니다.

엉성하게나마 다리를 만들어 건너는 것에는 성공했지만 정작 수채를 공격하는 일은 쉽지 않았다.

일단 강을 건너는 것에는 성공했으니 작전이 실패했다고는 할 수 없었다.

그럼에도 일반적인 예상보다 조강채 함락에는 많은 피해가 있었다.

예상이 빗나간 것은 생각보다 조강채의 저항이 거세 사상자가 백여 명에 가깝게 난 것이다.

죽은 사람은 별로 없지만, 부상자 중에는 팔이나 다리를 잃은 사람은 물론 화상은 입어 살아나기 어려운 사람이 많았다.

그렇다.

화상이다.

정민구는 또 한 번 부하들을 이용해 화공을 사용했다.

이번에는 어디서 구했는지 화약도 함께 사용되었다. 조강채는 물론 수채 안에 보관되어 있던 식량에 불이 붙었다.

조강채에 들어가 사상자를 확인할 수 있었던 것은 열흘이 지난 후였다.

석태채주 정민구와 그의 부하 십여 명의 시체는 찾지 못했다.

그리고 일주일 후.

석태채주가 포양호 근방에 나타났다는 소식이 들려왔다.

내가 실망했느냐고?

그럴 리가 있겠는가!

내가 봉연훈을 통해 받아낸 것은 조강채 토벌 책임자가 아니라 석태채 잔당에 대한 토벌의 책임자이다.

이제 내가 포양호 일대 수적에게 관여할 명분이 생긴 것이다.

그리고 이것은 내가 바라던 바였다.

억지로 맡게 된 일이고 예상할 수 없었던 일이 연이어 터져 정신이 없기는 했지만 지난 몇 달 만큼 무언가에 빠져 있던 적이 없다.

무호채를 장악하는 데 어느 정도 성공하기는 했지만, 앞일은 지난 몇 달 겪은 일보다 더 어려울 것이다.

현천심법의 부작용은 여전히 나를 위협하고 있었다.

무엇보다 속을 알 수 없는 녹 할아버지에 대해서는 아는 것보다 모르는 것이 더 많았다.

무언가를 꾸미는 것은 같은데 그 일이 무엇인지는 확실하지 않았다.

반란에 대해 내게 알려주기는 했지만 어쩌면 반란의 최종적인 배후가 녹 할아버지일지도 모른다는 생각이 머리를 떠나지 않고 있었다.

양가장과의 문제도 한시라도 빨리 해결해야 할 문제였다.

그리고 앞으로 만날 적 중에는 큰아버지, 그리고 나에 대해 아는 자들도 있을 것이다.

사실이 밝혀지면 내가 이룬 모든 것이 한순간에 무너질 수도 있는 비밀을 아는 자가 얼마나 되는지조차 알 수 없었다.

여기에 큰아버지의 죽음과 관련이 있는 사천당가를 어떻게 대해야 할지도 걱정이었다.

하지만, 그럼에도 가슴이 뛰는 것은 몇 달간처럼 내가 살아 있다고 느꼈기 때문이다.

당신은 지금 가슴 뛰는 일을 하고 있는가? 그러면 당신은 진정으로 살아 있는 것이다.

『금리도천파』 완결

화마경
火魔經

허담 新무협 판타지 소설

대호산의 다섯 산적이 자칭 천하제일인을 만난다.

괴노 마효(魔梟)!
그는 정말 천하제일인이었을까?
그의 화마경은 정말 천하제일무경일까?

인간의 마음속에 억압된 자아를 끌어내는 자(者)의 무공!
그 화마경의 세계로 다섯 산적이 뛰어든다.

"본래 사람 사는 세상이 화마의 세계인 거다."

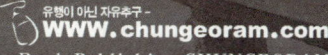